1 MONTH OF
FREE
READING

at
www.ForgottenBooks.com

By purchasing this book you are eligible for one month membership to ForgottenBooks.com, giving you unlimited access to our entire collection of over 1,000,000 titles via our web site and mobile apps.

To claim your free month visit:

www.forgottenbooks.com/free918399

ISBN 978-0-266-97721-6
PIBN 10918399

This book is a reproduction of an important historical work. Forgotten Books uses
state-of-the-art technology to digitally reconstruct the work, preserving the original format
whilst repairing imperfections present in the aged copy. In rare cases, an imperfection in
the original, such as a blemish or missing page, may be replicated in our edition. We do,
however, repair the vast majority of imperfections successfully; any imperfections that
remain are intentionally left to preserve the state of such historical works.

FIRST BOOK IN FRENCH;

OR,

A PRACTICAL INTRODUCTION

TO

READING, WRITING, AND SPEAKING

THE

FRENCH LANGUAGE.

BY NORMAN PINNEY, A. M.

HARTFORD:
HENRY E. ROBINS AND CO.
HUNTINGTON AND SAVAGE, NEW YORK. E. C. AND J. BIDDLE, PHILA-
DELPHIA. H. W. DERBY AND CO., CINCINNATI, MACCARTER
AND ALLEN, CHARLESTON, S. C.
1848.

ENTERED, according to Act of Congress, in the year 1848,
By HENRY E, ROBINS & CO,
in the Clerk's Office of the District Court of Connecticut.

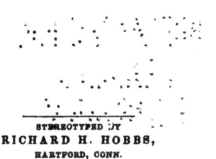

STEREOTYPED BY
RICHARD H. HOBBS,
HARTFORD, CONN.

PREFACE.

ONE object of the following work is to render the new method of learning the French language available to pupils of an earlier age. All persons who have had much experience in teaching this language to children, and who have made use of the new method, must have felt the want of a book more simple in its character than any which we have hitherto had. This little work, it is believed, will supply such a want. Its commencement is extremely simple, its progress gradual, its exercises easy, and the learner is furnished, if desired, with a key in the same volume. As soon, therefore, as he is able to commence with any phrase book, he is able to commence with this, in which, besides learning words and phrases, he is constantly exercised in forming sentences for himself, and is prepared to enter with advantage upon the study of the complete grammar. To him who has well studied the present work, the first fifty lessons of the Practical French Teacher will serve as a profitable review, and the remainder of that volume will then be easily and quickly learned by pupils of any age.

Although this little book can very well be dispensed with by persons passed their childhood, yet it is believed that learners generally will find their satisfaction in the study increased, and their ultimate proficiency advanced, by commencing with it. Those, also, who find it necessary, in a short time, to obtain such an acquaintance with the language as may be of practical use, without mastering the whole grammar, will find this book the best fitted for their purpose. Although containing but sixty-four short and simple lessons, it teaches all those principles of the language which are the most commonly used in conversation; and he who has studied it thoroughly can communicate his ideas orally in the language, and make his way in French society with little feeling of inconvenience.

The reading exercises, to be translated from French into English, commencing at Lesson Twenty-seventh, possess this important peculiarity. They present no grammatical principle which has not been previously taught the learner. The first contain nouns and pronouns of the masculine gender only, verbs only in the present of the indicative, and in all other particulars are confined to the learner's present grammatical knowledge; and the subsequent ones advance to new principles no faster than the learner advances in his grammatical at-

tainments. He is thus prepared to understand grammat-
ically all that he reads, and, if required, to parse it ; the
only way in which language ought ever to-be read,
whether regard be had to the proper understanding of
what is read, or to the intellectual habits which are pro-
moted by it.

To the youngest pupils to whom this work is adapted,
copies containing the key, may not only be allowed, but
will be found useful. In giving orally the French of
the English exercises, they will of course rely, so far as
they can, on their general comprehension of the subject,
as their easiest resource, and will take the trouble of
examining and committing to memory the key, only so
far as they find it necessary : in which case it will be an
important help. Indeed, where the learners are required
to give orally and familiarly, (as the method designs,) the
French for all the English words and exercises in the
lessons, I am well persuaded that a key can be no detri-
ment to any one, provided he do not copy from it in
writing his translation into French. Teachers, however,
can suit themselves, and obtain copies either with or
without the key.

DIRECTIONS.

When the learner has been made sufficiently acquainted with the pronunciation of all the French words in each lesson, he is to commit them to memory, and recite them orally to his teacher, as also the French of all the English sentences in the exercise. After which, it will be useful also for the teacher to ask the questions in French to be answered by the learner in French. As much of this kind of exercise is recommended as the teacher's time allows. It will often be useful, also, for the learners to exercise each other in this way by the aid of the key.

ALPHABET.

LETTERS.		NAMES.
A,	a,	ah.
B,	b,	bay.
C,	c,	say.
D,	d,	day.
E,	e,	a.
F,	f,	effe.
G,	g,	jay.
H,	h,	ash.
I,	i,	e.
J,	j,	jee.
K,	k,	kah.
L,	l,	elle.
M,	m,	emme.
N,	n,	enne.
O,	o,	o.
P,	p,	pay.
Q,	q,	ku.
R,	r,	erre,
S,	s,	esse.
T,	t,	tay.
U,	u,	u.
V,	v,	vay.
X,	x,	eekse.
Y,	y,	e grec.
Z,	z,	zaid.

THE FIRST BOOK IN FRENCH.

Je,
Ai,
J' ai.

,ways becomes *j'* before a verb beginning with a vowel.

	Le,
ι,	Le *thé,*
the tea,	J' ai le thé,
the *coffee,*	J' ai le *café,*
the *biscuit,*	J' ai le *biscuit,*
ead,	Le *pain,*
gar,	Le *sucre,*
ef, or *ox,*	Le *bœuf,*
utton, or *sheep,*	Le *mouton,*
uit,	Le *fruit,*
	Mon,
	Votre,
my bread,	J' ai mon pain,
your sugar,	J' ai votre sucre.

ve the tea. I have the coffee. I have the buiscuit.
 the bread. I have the sugar. I have the beef. I
he mutton. I have the fruit. I have my tea. I have
ffee. I have my buiscuit. I have my bread. I have
gar. I have my beef. I have my mutton. I have
iit. I have your tea. I have your coffee. I have
uiscuit. I have your bread. I have your sugar. I
rour beef. I have your mutton. I have your fruit.

THE SECOND LESSON. | SECONDE LEÇON.

The *dish*,   Le *plat*,
The *salt*,   Le *sel*,
The *butter*,   Le *beurre*,
The *milk*,   Le *lait*,
The *bag*,   Le *sac*,
The *button*,   Le *bouton*,
The *paper*,   Le *papier*,
The *cotton*,   Le *coton*,
The *ribbon*,   Le *ruban*,
Good,   *Bon*,
Bad,   *Mauvais*,
I have the good dish,   J' ai le bon plat,
I have the bad salt,   J' ai le mauvais sel,
I have my good butter,   J' ai mon bon beurre,
I have your bad milk,   J' ai votre mauvais lait.

I have the dish. I have the salt. I have the butter. I have the milk. I have the bag. I have the button. I the paper. I have the ribbon. I have the cotton. I the good dish. I have the good butter. I have the bag. I have the good paper. I have the good ribbon. have the bad salt. I have the bad milk. I have the button. I have the bad cotton. I have my bad dish. have your good salt. I have my good butter. I have bad milk. I have my bad bag. I have your good bu I have my good paper. I have your bad cotton. I my bad ribbon.

THE THIRD LESSON. | TROISIÈME LEÇON.

You,   *Vous*,
Have,   *Avez*,
You have,   Vous avez,
You have the *cider*,   Vous avez le *cidre*,
You have the *string*,   Vous avez le *cordon*,
You have the *lead pencil*,   Vous avez le *crayon*,
The *cap*,   Le *bonnet*,
The *pantaloons*,   Le *pantalon*,
The *tobacco*, or *snuff*,   Le *tabac*,
Large,   *Grand*,

Small, little,	Petit,
Long,	Long,
You have the long string,	Vous avez le long cordon,
You have my large pencil,	Vous avez mon grand crayon,
You have your little cap,	Vous avez votre petit bonnet.

You have the cider. You have the pencil. You have the string. You have the cap. You have the pantaloons. You have the tobacco. You have the large dish. You have the large bag. You have the large button. You have the long ribbon. You have the long string. You have the little pencil. You have the cap. You have the small pantaloons. You have the bad tobacco. You have the good cider. You have my cider. You have your tobacco. You have your little string. You have my little cap. You have your large pencil. You have my large pantaloons. You have your long pencil.

THE FOURTH LESSON.	QUATRIÈME LEÇON.
Have you?	*Avez-vous?*
Have you the bread?	Avez-vous le pain?
I have the bread.	J'ai le pain,
The *barrel*,	Le *baril*,
The *pepper*,	Le *poivre*,
The *veal*, or *calf*,	Le *veau*,
The *chicken*,	Le *poulet*,
The *pie*,	Le *pâté*,
The *cake*,	Le *gâteau*,
What? Which?	*Quel?*
What cake?	Quel gâteau?
Pretty,	*Joli*,
The *book*,	Le *livre*,
The *first*,	Le *premier*,
The *second*,	Le *second*, or le *deuxième*,
The *third*,	Le *troisième*,
The *last*,	Le *dernier*,
What barrel have you?	Quel baril avez-vous?
I have the pretty barrel,	J'ai le joli baril,
What book have you?	Quel livre avez-vous?
I have the first book,	J'ai le premier livre,

Have you the second book ?	Avez-vous le second livre ?
I have the third book,	J' ai le troisième livre,
Have you the last book ?	Avez-vous le dernier livre ?

Have you the barrel ? I have the barrel.   Have you
pepper? I have the pepper.   Have you the veal ? I h
the veal.   Have you the chicken? I have the chicl
Have you the pie? I have the pie.   Have you the ca.
I have the cake. What cake have you? I have the pr
cake. Have you the last book? I have the last bc
Have you the last pie? I have the last pie.   Have you
third chicken? I have the third chicken.   Have you
second chicken? I have the second chicken. What chic
have you? I have the second chicken? Have you
first veal? I have the first veal.   What pepper have y
I have my pretty pepper. Have you your pretty bar
I have my pretty barrel. Have you my good barrel?
have your good barrel. What book have you? I have
first book. Have you the last book ? I have the last bc
Which pie have you? I have my pie.

THE FIFTH LESSON.	CINQUIÈME LEÇON.
Yes,	*Oui,*
No,	*Non,*
Mister, sir, gentleman,	*Monsieur,* contracted *Mr.* or N
Yes, sir,	Oui, Monsieur,
No, sir,	Non, Mr.
The *gold,*	*L' or.*

The article *le* becomes *l'* before a vowel or a silent *h.*

The *silver,* or *money,*	*L' argent,*
The *coat,*	*L' habit,*
The *tree,*	*L' arbre,*
The *bed,*	Le *lit,*
The *work,*	*L' ouvrage,*
The *cheese,*	Le *fromage,*
The *bird,*	*L' oiseau,*
The *glove,*	Le *gant,*
And,	*Et,*

	Ai-je?
re,	Vous avez,
your gold?	Ai-je votre or?
you have my gold,	Oui, Mr., vous avez mon or,
the money?	Ai-je l' argent?
you have the coat,	Non, Mr.; vous avez l' habit.

I the tree? Yes, sir; you have the tree. Have I ? You have the bed? Have I the work? Yes, u have the work. Have I the cheese? No, sir; you e bird. Have I the glove? No, sir; you have the Have I the gold? No, sir; you have the silver. the gold and the silver? Yes, sir; you have the id the silver. Have I the tree and the bird? No, u have the coat and the glove. Have I your bed? ve my bed. Have I my work? No, sir; you have k. Have I the cheese and the bird? Yes, sir; you e cheese and the bird. Have I my glove? No, sir; ve my glove. Have I the barrel and the pepper? ; you have the veal and the chicken, and I have the the cake. What coat have you? I have the pretty Have I the first book? Yes, sir; you have the first id the second. Have I the third and the fourth? you have the last.

IE SIXTH LESSON. SIXIÈME LEÇON.

	Aussi,
	Ou,
l,	Le *bois,*
,	Le *fer,*
u the wood or the iron?	Avez-vous le bois ou le fer?
hat,	*Ce,*
hat *knife,*	Ce *couteau,*
hat *coal, charcoal,*	Ce *charbon.*

ies *cet* before a vowel or a silent *h*.

mal,	Cet *animal,*
	Cet *âne,*
n,	Cet *oignon,*

THE EIGHTH LESSON.   HUITIÈME LEÇON.

Has,	*A,*
He,	*Il,*
Has he ?	A-t-il ?

T is inserted between *a* and *il* merely for better sound.

He has,	Il a,
His, her, its,	*Son,*
Has he his coffee ?	A-t-il son café ?
He has his coffee,	Il a son café,
The *shoe,*	Le *soulier,*
The *stocking,*	Le *bas,*
The *hat,*	Le *chapeau,*
The handkerchief,	Le *mouchoir,*
His *dog,*	Son *chien,*
Handsome, fine,	*Beau,*
Old,	*Vieux,*
Has he his handsome hat ?	A-t-il son beau chapeau ?
He has his handsome hat,	Il a son beau chapeau,
Has he not the old shoe ?	N' a-t-il pas le vieux soulier ?
He has not the old shoe,	Il n' a pas le vieux soulier.

Beau becomes *bel,* and *vieux* more commonly becomes *vieil,* befor a vowel or a silent *h.*

The handsome bird,	Le bel oiseau,
The handsome tree,	Le bel arbre,
The handsome coat,	Le bel habit,
The old silver,	Le vieil (or vieux) argent,
Has he the handsome *garden?*	A-t-il le beau *jardin ?*
He has not the handsome gold,	Il n' a pas le bel or,
Has he not that old animal ?	N' a-t-il pas ce vieux (vieil) animal
He has the old coat,	Il a le vieil (vieux) habit,
He has not the old *pistol,*	Il n' a pas le vieux *pistolet,*
The garden, the pistol,	Le jardin, le pistolet.

Has he his shoe? He has his shoe. Has he not hi stocking? He has his stocking. Has he his hat? No sir; he has not his hat, he has his handkerchief. Has h his dog? Yes, sir; he has his dog. Has he his old do; or his handsome dog? He has his old dog; he has not hi handsome dog. Has he the handsome garden ? No, sir; he has the old pistol. Has he the handsome garden, or the handsome tree? He has the handsome tree. Has he the handsome coat and the handsome pantaloons? He has the handsome coat ; he has not the handsome pantaloons. Has he the old tree? He has not the old tree. Has he the shoe and the stocking? Yes, sir. Has he not the hat and the handkerchief? No, sir. What dog has he? He has the handsome dog. What pistol has he? He has the old pistol. Has he the buiscuit or the bread ? He has the bread. Has he not your sugar ? No, sir; he has my beef... Has he the handsome sheep or the handsome bird? He has the handsome sheep. What fruit have you? I have the old fruit. Have I the handsome gold or the handsome iron ? You have the handsome gold. Has he not the old silver? No, sir; he has the old iron. Have you the handsome bird ? No, sir; I have the handsome horse.

THE NINTH LESSON.	NEUVIÈME LEÇON.
The *man*,	L' *homme*,
Has the man his fruit ?	L' homme a-t-il son fruit ?

The usual form, in French, of asking a question in the third person, is to place the subject first, and to use the pronoun also after the verb, as in the above sentence.

Has the gentleman the dish ?	Le monsieur a-t-il le plat ?
My *friend*,	Mon *ami*,
My old friend,	Mon vieil ami,
The *captain*,	Le *capitaine*,
The *corporal*, ·	Le caporal,
The *general*,	Le *général*,
Has my friend the salt?	Mon ami a-t-il le sel ?
Has not the captain the butter?	Le capitaine n' a-t-il pas le beurre ?
The corporal has the milk,	Le caporal a le lait,
Has not the general his paper?	Le général n' a-t-il pas son papier?
The general has not his paper,	Le général n' a pas son papier,
My *father*,	Mon *père*,
My *brother*,	Mon *frère*,
The *uncle*,	L' *oncle*,

2*

The *son*,	Le *fils*,
The *steel*,	L' *acier*,
The *soldier*,	Le *soldat*,
What steel has your brother ?	Quel acier votre frère a-t-il ?
Has the captain or the soldier my pencil ?	Le capitaine ou le soldat a-t-il mon crayon ?
Mine,	Le *mien*,
Has he mine ?	A-t-il le mien ?
Yours,	Le *vôtre*,
He has yours,	Il a le vôtre,
His,	Le *sien*,
Has your father the big bag ?	Votre père a-t-il le gros sac ?
Has not my brother the button ?	Mon frère n' a-t-il pas le bouton ?
Has that man the good steel ?	Cet homme a-t-il le bon acier ?

Has that man the cotton? He has the cotton. Has not the man my fine ribbon ? Yes, sir ; the man has the fine ribbon. Has your old friend the long string ? He has the long string. Has not the corporal his cap ? He has his cap and his pantaloons. What tobacco has the general? He has the good tobacco. What barrel has your father? He has mine. What pepper has my brother ? He has yours. Which veal has your uncle ? He has his. Which chicken has my son ? He has mine. Has not the soldier yours? He has mine. Has he not his ? He has his. Has the man mine or yours ? He has his. Has your friend or my uncle that steel ? My friend has that steel. Has the captain or the general the gun ? The captain has the gun. Has the corporal or the soldier the pie ? The corporal has the pie. Has not my father the last cake ? No, sir ; your brother has it. Has your uncle the pretty book ? No, sir ; your son has the pretty book. What steel has the soldier? He has mine. Has he yours ? He has not mine, he has his. Has that man the handsome gun ? No, sir ; he has the handsome silver. Has the general the handsome stick or the handsome tree ? He has the handsome steel and the handsome iron.

THE TENTH LESSON.   DIXIÈME LEÇON.

| *We*, | *Nous*, |
| *Have we?* | *Avons-nous?* |

Nous avons,
Notre,
Le *nôtre,*
Avons-nous notre **fromage** ?
Nous avons notre fromage,
N' avons-nous pas le nôtre ?
Nous n' avons pas le nôtre,
Le *vin,*
Mon *pupitre,*
Le *pigeon,*
Le *chandelier,*
Le *chocolat,*
Le *poisson,*
Le *banc,*
Le *chenet,*
Le *mot,*
Le *meilleur,*
Le *garçon,*
Jeune.

our cheese ?
our cheese,
not ours ?
not ours,
e,

on,
dlestick,
olate,

h,
iron,
d,

we the wine ? We have the wine. Have we the
ne ? We have not the best wine. Have we not his
We have not his desk. What desk have we?
ve our desk. Have we ours ? We have not ours.
e not ours ? We have ours. Have we the little
! We have the little pigeon. Which pigeon have
We have the best pigeon. Have we the large can-
? No, sir; we have the old candlestick. Which
ave we ? We have our pretty pistol. Have we the
he second pistol ? We have the first. Have we
d chocolate ? We have the good chocolate. Have
the best chocolate ? We have not the best choco-
lave you the third or the fourth fish ? I have the
. Have we the long bench ? We have not the
nch. What bench have we ? We have the big
Have we not the ugly andiron ? We have not the
diron ; we have the handsome andiron. Have we
last andiron ? We have the last andiron. Have we
h or the seventh word ? We have the eighth word.
young boy the best word ? He has not the best
What word has that young boy ? He has the ninth

word. Has he the ninth or the tenth word? He has
best word. Has he the handsome bird or the han
chicken? He has the handsome chicken; he has not
handsome bird.

THE ELEVENTH LESSON.	ONZIÈME LEÇON.
Brave,	*Brave,*
The brave soldier,	Le brave soldat,
Dear,	*Cher,*
My dear friend,	Mon cher ami,
Wicked,	*Méchant,*
This wicked man,	Ce méchant homme,
Excellent,	*Excellent,*
My excellent cloth,	Mon excellent drap,
The *prince,*	Le *prince,*
The *lion,*	Le *lion,*
The *tiger,*	Le *tigre,*
They,	*Ils,*
Have,	*Ont,*
Have they?	Ont-ils?
They have,	Ils ont,
Their,	*Leur,*
Theirs,	*Le leur,*
Have they their lion?	Ont-ils leur lion?
They have their lion,	Ils ont leur lion,
Have they theirs?	Ont-ils le leur?
They have theirs,	Ils ont le leur,
Have they not the tiger?	N' ont-ils pas le tigre?
They have not the tiger,	Ils n' ont pas le tigre,
Poor,	*Pauvre,*
Honest,	*Honnête,*
The *countryman,*	Le *paysan,*
Have they the poor animal?	Ont-ils le pauvre animal?
They have not the poor animal,	Ils n' ont pas le pauvre animal.

Have they the excellent wine? They have the excell
wine. Have they not my poor dog? They have not your
poor dog. Have they the excellent tea or the excellent cof
fee? They have the excellent tea. They have not the excellent coffee. Have they the good biscuit or the

? They have the good bread. Have they not the
ugar? No, sir; they have the bad mutton and the
:ef. What fruit have they? They have the excellent
Have they the big dish? Yes, sir; they have the
sh and the coarse salt. Which butter have they?
have the bad butter. Have they not the bad milk?
have not the bad milk; they have the little bag. Has
ave soldier the lion? He has the lion. Has the brave
n the lion? He has not the lion; he has the tiger.
:ar sir, have you the large button? No, sir; I have
)od paper. Has my dear friend the coarse cotton?
r; he has the pretty ribbon. Has the prince the ex-
t wine? He has the excellent wine and the large
. Has the wicked prince the lion and the tiger?
is the lion; he has not the tiger. What animal has
icked man? He has the poor animal. Has the hon-
untryman the good cider? Yes, sir; he has the good
Has the honest man the cap or the pantaloons? He
ie cap. What tobacco has the poor countryman?
.s the excellent tobacco.

IE TWELFTH LESSON.   DOUZIÈME LEÇON.

)lural)   *Les.*

ctives, adjective pronouns and articles agree with their nouns
ber: and the plural of nouns and adjectives is generally formed
ing an *s* to the singular.

mest countrymen,	Les honnêtes paysans,
od princes,	Les bons princes,
or boys,	Les pauvres garçons
tle fishes,	Les petits poissons,
eat captains,	Les grands capitaines,
riends,	*Leurs* amis,
	Mes, (plural of) mon,
	Les *miens,* (plu. of) le mien,
	Vos, (plu. of) votre,
	Les *vôtres,* (plu. of) le vôtre,
, *its,*	*Ses,* (plu. of) son,
s, *its,*	Les *siens,* (plu. of) le sien,

Their,	Leurs, (plu. of) leur,
Theirs,	Les *leurs* (plu. of) le leur,
Have the soldiers my barrels?	Les soldats ont-ils mes barils?
They have mine,	Ils ont les miens,
Have not your uncles your chick-ens?	Vos oncles n'ont-ils pas vos po lets?
Have they not yours?	N'ont-ils pas les vôtres?
Have his brothers his pies?	Ses frères ont-ils ses pâtés?
His brothers have his,	Ses frères ont les siens,
Have not our fathers their books?	Nos pères n'ont-ils pas leurs livr
Our fathers have theirs,	Nos pères ont les leurs,
Have their friends ours?	Leurs amis ont-ils les nôtres?
The *cousin,*	Le *cousin,*
The *neighbor,*	Le *voisin,*
The *least,*	Le *moindre,*
The *courage,*	Le *courage,*
The *merchant,*	Le *marchand,*
The *tailor,*	Le *tailleur,*
The *carpenter,*	Le *charpentier,*
The *stranger, foreigner,*	L'*étranger.*

The adjectives previously given, we have seen, are placed befo their nouns. The pupil may understand it as a general rule, that other adjectives are placed after their nouns.*

Have the honest countrymen their barrels? They have not theirs, they have mine. Have not the wicked men m good chickens? They have yours. Has your cousin you pies? Yes, sir; he has mine and yours. Has he not his He has not his. Has my neighbor my pretty books? He ha yours and mine. Have not their cousins their coats? The have your coats and theirs. Have your neighbors your coat or theirs? They have mine. Has the merchant his trees He has not his. Have the merchants their beds? The have theirs and mine. Has not the tailor your candlestick No, sir, he has not mine; he has yours. Have the tailor my large candlesticks? They have not yours. Has th

* A great part of French adjectives can be placed either before or after their noun as the sound, perspicuity or emphasis require. The above rule, however, is sufficie for the learner at present.

ter his trees? He has his. What pepper have the
ters? They have the excellent pepper. Has the
·r his money? He has his money. Have not the
·rs their cheeses? They have theirs. Have the
. countrymen the lions or the tigers? They have the
id the tigers. Have not the princes their brave sol-
  They have their brave soldiers. My dear sir, have
ur excellent servants? I have my excellent servants.
ir friends, have you the handsome bird? We have
idsome bird and the handsome dog. Has the man
st courage? He has not the least courage.

THIRTEENTH LESSON.	TREIZIÈME LEÇON.
ie, *which,*	*Lequel,* (without a noun,)
ies, *which,*	*Lesquels,* (without a noun,)
:andlestick have you?	Quel chandelier avez-vous?
ine have they?	Lequel ont-ils?
words have I?	Quels mots ai-je?
ines has he?	Lesquels a-t-il?
	Le, (before the verb,)
	Les, (plu. of *le* before the verb;)
iu the calf?	Avez-vous le veau?
im,	Je l'ai.

e pronoun, also becomes *l'* before a vowel or silent *h.*

the cake?	A-t-il le gâteau?
it not,	Il ne l'a pas,
e their books?	Avons-nous leurs livres?
e them not,	Nous ne les avons pas,
in, *sirs, Messrs.,*	*Messieurs,* contracted, Mrs. or MM.
e gentlemen my gloves?	Les messieurs ont-ils mes gants?
ive them,	Ils les ont,
id,	*L'enfant,*
dar,	*L'écolier,*
ose,	Ces, (plu. of *ce,*)
er,	Le *boulanger,*
ioks has the child?	Quels livres l'enfant a-t-il?
ias the scholar?	Lesquels l'écolier a-t-il?
baker the wood?	Le boulanger a-t-il le bois?

He has it,	Il l' a,
Have they these large turkeys ?	Ont-ils ces grands dindons ?
They have them not,	Ils ne les ont pas,
Which have these gentlèmen ?	Lesquels ces messieurs ont-ils ?
Our,	*Nos*, (plu. of *nôtre*,)
Ours,	*Les nôtres*, (plu. of *le nôtre*,)
They have ours,	Ils ont les nôtres ?
Have they not our ducks ?	N' ont-ils pas nos canards ?
They have them,	Ils les ont,
The *mason*,	Le *maçon*,
The *fisherman*,	Le *pêcheur*,
The *doctor*,	Le *docteur*,
The *physician*,	Le *médecin*,
Live, living,	*Vivant*,
Dead,	*Mort*,
Who,	*Qui*,
Who has the live fish ?	Qui a le poisson vivant ?
The mason has it,	Le maçon l' a,
Who has the dead fishes ?	Qui a les poissons morts,
The fishermen have them,	Les pêcheurs les ont.

What gold has your child ? He has the fine gold. What silver have the gentlemen ? They have theirs. What coats have the scholars ? They have the best coats. Which ones has the baker ? He has ours. Has the mason our tree ? He has it not. Which one has he ? He has mine. Which one have you ? I have yours. Has not the fisherman our beds ? He has them not. Which ones has the doctor ? He has ours. What cheeses has the physician ? He has his. Which ones have the men ? They have the little cheeses. Who has my work ? The child has it. Has the gentleman the pretty bird ? He has him. Has the scholar our gloves ? He has them. Has the baker my wood ? He has it not, the mason has it. Who has your iron ? The fisherman has it. Who has the big onions ? The fishermen have them. Have they not them ? They have them not. Has the doctor these inkstands ? He has them not, the physician has them. Who has these turkeys ? The strangers have them. What ducks have these carpenters ? They have our large ducks. Have they yours ? They have them. Who has my desk ? The boy has it

Who has our pigeons? The young men have them.
Have they the live pigeons? They have the live pigeons.
Have the gentlemen our coffee? They have it. Have
these gentlemen the dead sheep? They have the dead
sheep. Which ones have our friends? They have mine
and yours. Have my cousins your candlesticks? They
have them not. Has your cousin the dead bird? No, sir;
he has him not. Have those strangers the least courage?
They have not the least courage. What coats have these
merchants? They have theirs and his. Which (which
ones) have the tailors? They have ours and his. Who
has his gloves? The tailor has them. Has he the knife?
He has it. Has he it not? He has it not. Which one
have they? They have ours. Which one has the mason?
He has mine.

THE FOURTEENTH LESSON.	QUATORZIÈME LEÇON.
Of,	De,
The horse of my father,	Le cheval de mon père.

Possession, which is expressed in English either by the preposition
of, before the possessor, or by the possessive case, is expressed in
French only by *de* before the possessor. The French have no possessive case.

The glove of my cousin, or my cousin's glove,	Le gant de mon cousin,
The knife of my brother, or my brother's knife,	Le couteau de mon frère
His uncle's coal,	Le charbon de son oncle,
That man's beef,	Le bœuf de cet homme,
The *drawer*,	Le *tiroir*,
The drawer of wood, or wooden drawer,	Le tiroir de bois.

The preposition *de* is also used in French to denote the material of
which any thing is made, or of which it consists.

The wooden dish, or dish of wood,	Le plat de bois,
The leather string, or string of leather,	Le cordon de cuir,

3

The cotton cap,	Le bonnet de coton,
The silver knife,	Le couteau d'argent,
The gold pencil,	Le crayon d'or,
The iron inkstand,	L'encrier de fer,
Where,	*Où*,
Here,	*Ici*,
There,	*Là*,
The *floor*	Le *plancher*,
The *hearth*,	Le *foyer*,
The *fire*,	Le *feu*,
On,	*Sur*,
Under,	*Sous*,
The *bench*,	Le *banc*,
Are you?	*Etes-vous?*
I am,	*Je suis*,
You are,	Vous êtes,
Where are you?	Où êtes-vous?
I am here,	Je suis ici,
Are you not there?	N'êtes-vous pas là?
Are you on the floor, or on the hearth?	Etes-vous sur le plancher ou sur le foyer?
I am under the tree,	Je suis sous l'arbre.

Have you the sugar of that gentleman? No, sir; I have the bread of this man. Have you not my friend's dish? I have your friend's dish. Have I your captain's salt? You have it. Has the corporal this soldier's butter? He has it not. Have we the paper of our general? No, sir; we have my father's milk. Have my brothers your uncle's bag? They have it. Has your son the buttons of silver? No, sir; he has the buttons of iron. Has the soldier the leather pantaloons? He has the cotton pantaloons. Who has the silver pencil? The boy has it. What inkstand has the countryman? He has the wooden inkstand. Have those poor men the wooden drawer? They have it. Have they the coal fire or the wood fire? Who has the leather cap? My cousin has it. Where are you? I am here on the floor. Are you not there on the hearth? No, sir; I am on the bench. Are you on the bench, or under the bench? I am on the bench. You are under the bed; are you not under the bed? What chickens have these gentlemen?

They have that scholar's chickens. What pies has he? He has that child's pies. Which ones has he? He has mine and yours. Who has our baker's coat? That mason's son has it. What fish have we? We have the dead fish of that fisherman, and the live fish of our physician. Which has the doctor? He has his and ours. Who has my uncle's trees? That doctor's brothers have them. Have they theirs? They have them. Are you here, or there? I am here on the bench. Are you not on the floor? No, sir; I am on the hearth. Are you under the tree? I am not under the tree. Have you the cotton gloves, or the leather gloves? I have the leather gloves. Has that man the wooden horse? He has it not. Has he the iron gun? Yes, sir; he has it.

THE FIFTEENTH LESSON.	QUINZIÈME LEÇON.
The *copper*,	Le *cuivre*,
That *instrument*,	Cet *instrument*,
That copper instrument,	Cet instrument de cuivre,
Of *the*, (singular,)	Du, (*de l'* bef. a vowel or silent *h*,)
Of *the*, (plural,)	Des.

Du is a contraction of *de le*, and *des* a contraction of *de les*. *Du* and *des*, therefore, are to be used whenever *de* comes before one of the articles *le*, *les*, which sometimes occurs when *of the* is not employed in English. Such is the case when *de* comes before one of the possessive pronouns, *le mien, le nôtre, le vôtre, le sien, le leur, lequel*, and their plurals, as also when *the* in English precedes a possessive case not beginning in French with a vowel or a silent *h*, as

The captain's gun, or the gun of the captain,	Le fusil du capitaine,
The captains' guns, or the guns of the captains,	Les fusils des capitaines,
The boy's knife, or the knife of the boy,	Le couteau du garçon,
The boys' oxen, or the oxen of the boys,	Les bœufs des garçons,
The man's glove, or the glove of the man,	Le gant de l'homme,

The men's gloves, or the gloves of the men,	Les gants des hommes,
The friend's book, or the book of the friend,	Le livre de l'ami,
The friends' books, or the books of the friends,	Les livres des amis,
Of mine,	Du mien, (sing.) Des miens, (plu.)
Of yours,	Du vôtre, Des vôtres,
Of ours,	Du nôtre, Des nôtres,
Of his,	Du sien, Des siens,
Of theirs,	Du leur, Des leurs,
Of which one, of which ones,	Du quel, Des quels,
Is he? is it?	*Est-il?*
He is, it is,	Il est,
Is he not? is it not?	N'est-il pas?
He is not, it is not,	Il n'est pas,
Is the man poor?	L'homme est-il pauvre?
He is poor,	Il est pauvre,
Is not that butter good?	Ce beurre n'est-il pas bon?
It is not good,	Il n'est pas bon,
Is the merchant's cotton bad?	Le coton du marchand est-il mauvais?
The gentlemen's cotton is good,	Le coton des messieurs est bon,
The scholar's book is small,	Le livre de l'écolier est petit,
In,	*Dans,*
Are we?	*Sommes-nous?*
We are,	Nous sommes,
Are we not?	Ne sommes-nous pas?
We are not,	Nous ne sommes pas,
We are in the garden,	Nous sommes dans le jardin,
Rich,	*Riche,*
The rich man,	L'homme riche,
White,	*Blanc,*
The white ribbons,	Les rubans blancs,
Black,	*Noir,*
The black cloth,	Le drap noir,
Blue,	*Bleu,*
The blue coats,	Les habits bleus,
Red,	*Rouge,*
The red handkerchiefs	Les mouchoirs rouges,

Green,	*Vert,*
The green trees,	Les arbres verts,
Yellow,	*Jaune,*
The yellow bird,	L'oiseau jaune,
Are we rich ?	Sommes-nous riches ?
We are not rich,	Nous ne sommes pas riches,
Is your glove white ?	Votre gant est-il blanc ?
It is white,	Il est blanc.

Have you the copper button, or the silver button? I have the copper button. Which one have you? I have the silver button. Who has that copper instrument? The general's servant has it. What instrument has the captain's son? He has my iron instrument. Has he the books of the father, or the books of the son? Have we the money of the soldiers? No, sir; we have the merchant's money. Have they the cloth of your tailor or of mine? They have the cloth of yours. Who has the doctor's books? The neighbors' children have them. Have they the chickens of our neighbor or of theirs? They have the chickens of theirs. Has he the marbles of our cousins or of his? He has the marbles of his. Who has the countryman's turkey? The doctor's brother has it. Is the countryman's coat black? Is the children's cake large? It is very (*bien*) large. Have they the horse of your brother or of mine? They have the horse of yours. Have they the money of your brothers, or of mine? They have the money of yours. Has that tailor the cloth of our father or of his? He has the cloth of ours. Have they the gold of our brothers, or of theirs? They have the gold of ours. Where is your brother? He is here. Where is your father? He is not here; he is in the garden. Where is the boy's hat? It is under the bench. Are we rich? We are not rich. Are we not poor? We are not poor. Are we in the merchant's garden? We are in his garden. Is the man's hat white or black? It is white. Is that bird black or blue? It is blue. Is the soldier's coat red or green? It is red. Is it not green? No, sir; it is not green. Is the scholar's handkerchief yellow? Yes, sir; it is yellow. Who has my cloth coat? Your friend has it. Where is the soldier's money? It is in the drawer. Is the andiron on the floor? No, sir; it is on the

3*

hearth. What fire have you? I have the wood fire.
Where are you? I am here. Are you in the garden?
Yes, sir; I am here in the garden. Is your father in the
garden? He is in the garden. In which garden is he?
He is in his. In which one (*dans lequel*) are you? I am
in mine.

THE SIXTEENTH LESSON.	SEIZIÈME LEÇON.
The *nose*,	Le *nez*,
Are they?	*Sont-ils?*
They are,	Ils sont,
Are they not?	Ne sont-ils pas?
They are not,	Ils ne sont pas,
To or *at the house of*,	*Chez*,
The *farmer*,	Le *fermier*,
That *lawyer*,	Cet *avocat*,
The *liver*,	Le *foie*,
The *lamb*,	L' *agneau*,
Tender,	*Tendre*,
Superb,	*Superbe*,
Sweet, gentle,	*Doux*,
At the farmer's, or house of the farmer,	Chez le fermier,
At the lawyer's, or house of the lawyer,	Chez l' avocat,
At my father's,	Chez mon père,
At my house,	Chez moi,
At your house,	Chez vous,
At his house,	Chez lui,
At our house,	Chez nous,
At their house,	Chez eux,
Where are they?	Où sont-ils?
They are at the farmer's,	Ils sont chez le fermier,
That lamb is tender,	Cet agneau est tendre,
A superb tree,	Un arbre superbe,
Have you the beef's liver?	Avez-vous le foie du bœuf?
That tea is very sweet,	Ce thé est bien doux,
Very,	*Bien*,
This horse is very gentle,	Ce cheval est bien doux.

Nouns and adjectives ending in *s, x*, or *z*, are unchanged in the plural.

The wood, the woods,	Le bois, les bois,
The big nose, the big noses,	Le gros nez, les gros nez,
The old stocking, the old stockings,	Le vieux bas, les vieux bas,
Are the lawyers at your house?	Les avocats sont-ils chez vous?
They are at my house,	Ils sont chez moi,
The *turf*,	Le *gazon*,
That turf is very green, .	Ce gazon est bien vert,
The *bolt*,	Le *verrou*,
Is the bolt of wood, or of iron?	Le verrou est-il de bois, ou de fer?
It is of iron,	Il est de fer,
The bad stocking, the bad stockings, .	Le mauvais bas, les mauvais bas.

Where are the farmers? They are at my father's. Where are the lawyers? They are at the neighbor's. Who has the lamb's liver? The farmer has it. Is it not tender? It is very tender. Is that superb horse very gentle? He is not very gentle. Is the wine sweet? It is not sweet. Is my brother at your house? He is at my house. Is he not at his house? No, sir; he is at our house. Where are the neighbor's children? They are at their house. Are they at your house or at my house? They are at our house. Where are the old stockings? They are at the merchant's. Are they not at the lawyer's? No, sir; they are at the physician's. Where are the soldiers' guns? They are under the tree on the turf. Is not the turf very green? It is very green. Are the stranger's coarse stockings on the bench or under the bench? They are on the turf. Are not those woods large? They are very large. Have you the iron bolt or the copper bolt? I have the iron bolt. Is that bolt of wood? It is of wood. Is it not of iron? It is not of iron. Where are those copper instruments? They are at my brother's. Are the lawyer's papers at your house? They are not at my house; they are at your father's. Are the countrymen's chickens at their house? No, sir; they are at our uncle's. Are they at his house or our house? They are at the doctor's. Has he the money of his father or of mine? He has the money of yours; he has not the that place very handsome? It is very handsome. Are not those places large and handsome? They are very large and very handsome. Where are the generals' hats? They are at their houses. Where are their horses? They are in the garden. Have you the corporals' hats? I have them not. Has the countryman the new hats? He has the new hats, and the handsome birds. Who has the tailor's scissors? The soldiers' children have them. What have you? I have the servant's broom. Has the countryman the horses' hay? He has it. What has that young man? He has the boy's looking-glass. What have you? I have the old knives and the handsome animals. What is the matter with you? Something is the matter with me. Is nothing the matter with you? Nothing is the matter with me. Has the prince nothing? He has something. Has he any thing? He has nothing. What broom has the servant? He has the one of the boy. Has he the man's? He has not the man's. What looking-glass have you? I have the general's. Have you the neighbor's? I have the neighbor's. What hinge has the mason? He has the iron one. Has he not the copper one? He has the copper one. Has he neither the iron one nor the copper one? He has neither the iron one nor the copper one. Has he neither the captain's nor the general's? He has neither the captain's nor the general's. Have you neither the doctor's nor the lawyer's? I have neither the doctor's nor the lawyer's. Are not the birds on the turf under the tree? They are on the turf. Are your labors great? They are great. Are not those places large and beautiful? They are neither large nor beautiful. What have you? I have the merchant's scissors. Have you the horse's hay and the servant's broom? I have them. Have you the gentleman's looking-glass and the iron hinge? I have neither the looking-glass nor the hinge.

THE EIGHTEENTH LESSON.   DIX-HUITIÈME LEÇON.

To be cold, to be warm, to be hungry, to be thirsty, to be afraid, to be ashamed, to be sleepy, to be right, to be wrong, the French express by the verb *to have,* and a noun, and say, *to have cold, to have heat, to have hunger, to have thirst,* etc., as follows:

ɔu *cold?*	Avez-vous *froid?*
:old,	J' ai froid,
ɪot cold?	N' a-t-il pas froid?
not cold,	Il n' a pas froid,
'e cold ?	Avons-nous froid?
re cold,	Nous avons froid,
ɪey not cold ?	N' ont-ils pas froid ?
are not cold,	Ils n' ont pas froid,
ɔu not *warm?*	N' avez-vous pas *chaud?*
ɪot warm,	Je n' ai pas chaud,
warm ?	A-t-il chaud ?
warm,	Il a chaud,
'e not warm ?	N' avons-nous pas chaud ?
ʲe not warm,	Nous n' avons pas chaud,
ɪey warm ?	Ont-ils chaud ?
are warm,	Ils ont chaud,
thirsty?	Ai-je *soif?*
re thirsty,	Vous avez soif,
ɪot thirsty ?	N' a-t-il pas soif?
not thirsty,	Il n' a pas soif,
not *hungry?*	N' ai-je pas *faim?*
re not hungry,	Vous n' avez pas faim,
e hungry ?	Avons-nous faim ?
ʲe very hungry,	Nous avons bien faim,
ɔu *afraid?*	Avez-vous *peur?*
ɪfraid,	J' ai peur,
ey not afraid ?	N' ont-ils pas peur ?
are not afraid,	Ils n' ont pas peur,
ɔu not *ashamed?*	N' avez-vous pas *honte?*
ɪot ashamed,	Je n' ai pas honte,
	Mais,
ɪshamed ?	A-t-il honte ?
ɪot ashamed, but he is afraid,	Il n' a pas honte, mais il a peur,
ɪleepy?	Ai-je *sommeil?*
ʲe sleepy,	Vous avez sommeil,
ɔu very sleepy ?	Avez-vous bien sommeil ?
ɪot sleepy, but I am very ɡry,	Je n' ai pas sommeil, mais j' ai bien faim,
ɪot *right?*	N' ai-je pas *raison?*
ey right ?	Ont-ils raison ?
ɔu *wrong?*	Avez-vous *tort?*

I am right; I am not wrong,   J' ai raison ; je n' ai pas tort,
Are you neither right nor wrong ? N' avez-vous ni raison ni tort ?
Is he neither warm nor cold ?   N' a-t-il ni chaud ni froid ?
He is neither warm nor cold; but Il n' a ni chaud ni froid ; mais il a
 he is very hungry,   bien faim.

 Are you cold? I am cold. Is not the child cold ? He
is not cold. We are cold. Are not the children very cold?
They are not very cold. Are you not warm? I am not
warm. Is he neither warm nor cold? He is neither warm
nor cold. Who is warm? We are warm and our friends
are warm. Are you hungry? I am not hungry, but the
stranger is hungry. We are hungry and these gentlemen
are hungry. Are not the scholars thirsty? Yes, sir ; they
are thirsty and the boy is thirsty. What is the matter
with you? I am very thirsty. Who is afraid? I am
afraid, and my brother is afraid. We are afraid. Are you
not afraid? I am not afraid, but my children are afraid.
Are they neither afraid nor ashamed? They are ashamed,
and we are ashamed. Are you not ashamed? I am
ashamed, and my cousin is ashamed. The old servant is
sleepy ; are not the soldiers sleepy? They are not sleepy,
but we are sleepy. Are you not sleepy? I am sleepy.
Are you right or wrong? I am right ; I am not wrong. Is
that lawyer neither right nor wrong ? He is wrong and we
are right. Who is wrong? The soldiers of the prince are
wrong. Are you wrong? I am right ; I am not wrong.
Is the farmer neither warm nor cold? He is warm. I am
neither hungry nor thirsty. Are you hungry or thirsty?
I am thirsty. We are neither afraid nor ashamed. Is the
corporal ashamed? He is not ashamed, but he is afraid.
Who is sleepy? The captain's brothers are sleepy. I am
right ; are you not wrong? I am wrong. What animals
have you? I have those of the neighbors. Has the servant
the boys' hats ? He has them. Have the fishermen something? They have nothing. Have you the general's
horse? No, sir ; I have the captain's. Have you the countryman's or the soldier's ? I have neither the countryman's
nor the soldier's. What broom has he? He has the servant's What hay has he? He has the horse's. Have
you neither the old looking-glass, nor the iron hinge ? We
have the iron hinge.

ETEENTH LESSON.   DIX-NEUVIÈME LEÇON.

ble *ci* is annexed to nouns to denote objects more near,
note objects more remote.

se books or *those books?*	Avez-vous ces *livres-ci* ou ces *li-vres-là?*
r *that knife,*	Ce *couteau-ci* ou ce *couteau-là,*
the ones,	Ceux (plural of *celui.*)

are used with nouns expressed, *celui* and *ceux* without a

tis hat or that hat?	Avez-vous ce chapeau-ci ou ce chapeau-là?
I have not that,	J'ai celui-ci, je n'ai pas celui-là,
se gloves or those	A-t-il ces gants-ci ou ces gants-là?
ter these nor those,	Il n'a ni ceux-ci ni ceux-là,
e,	Le *canif,*
e penknives or those ?	A-t-il ces canifs-ci ou ces canifs-là?
her these nor those; se of these gentlemen,	Il n'a ni ceux-ci ni ceux-la; il a ceux de ces messieurs,
	Le *roi,*
or those of the king,	Ceux du roi,
	Le *verre,*
	Le *peigne,*
	Quelqu' un,
or that of somebody,	Celui de quelqu' un,
or those of somebody,	Ceux de quelqu' un,
ne,	*Personne*—(*ne* before the verb,)
the comb?	Personne n' a-t-il le peigne?
it,	Personne ne l' a,
dy's, or that of nobody,	Il n' a celui de personne,
r good one, the good	Le bon, les bons,
pretty one; the pretty	Le joli, les jolis,
ones,	Le vieux, les vieux,
ie little ones,	Le petit, les petits,
e bad ones,	Le mauvais, les mauvais,
he large ones,	Le grand, les grands,

4

What glass have you?	Quel verre avez-vous?
I have the good one,	J' ai le bon,
I have the pretty one,	J' ai le joli,
Has he the large ones or the small ones?	A-t-il les grands ou les petits?
He has neither the large nor the small ones,	Il n' a ni les grands ni les petits,
He has the bad ones,	Il a les mauvais,
The *ivory*,	L' *ivoire*,
The *hammer*,	Le *marteau*,
The *blacksmith*,	Le *forgeron*,
My *relation*,	Mon *parent*,
The *cook*,	Le *cuisinier*.

Have you this penknife or that one? I have this one and that one. Has he these penknives or those? He has neither these nor those, he has those of the blacksmith. Has the king this glass or that? He has this, he has not that. Has the king these glasses or those? He has these, he has not those. What combs have we? We have the king's. Have they this comb or that? They have neither this nor that; they have those of my relation. Have you this hammer or that hammer? I have neither this nor that; I have the cook's. Has somebody my ivory? Nobody has it. Have you somebody's? I have nobody's. Has nobody the hammers of the blacksmiths? Nobody has them. What ivory have your relations? They have the g●●t. Have they the pretty or the ugly? They have the pretty ivory. Has the cook these penknives or those penknives? He has neither these nor those. Has not that child the nose very small? He has it very small. Is your hay at the house of this farmer or of that one? It is at the house of that one. Are your papers at the house of these lawyers or of those? They are at the house of these. Where is that tender lamb? He is at my house. Is he at your house or at his house? He is at our house. Have they a superb horse at their house? They have a very gentle horse. Are not your scissors on the turf? They are on the turf. Is that bolt of ivory? It is not of ivory, it is of iron. Are not those labors great? Those labors are great. Are your new hats in these places or in those places? They are in those pla-

Are the handsome birds in these or in those? They
these. Have we the horses of the corporals? We
ot the corporals', we have the generals'. What has
ok? He has the brooms. Has he this looking-glass
:? He has this one. Is this hinge of iron or of cop-
It is of iron. What is the matter with the king?
hing is the matter with him. Is nothing the matter
im? Nothing is the matter with him. Is he cold or
? He is cold. Are you hungry or thirsty? I am
hirsty. Are they afraid or ashamed? They are
Are we right or wrong? We are right. Are you
nd sleepy? I am cold, but I am not sleepy.

E TWENTIETH LESSON.	VINGTIÈME LEÇON.
go? are you going?	Allez-vous?
I am going. I do go.	Je vais,
not go? are you not going?	N' allez-vous pas?
t go. I am not going,	Je ne vais pas,
go? is he going?	Va-t-il?
s, is going, does go,	Il va,
e not go? is he not going?	Ne va-t-il pas?
ot going,—does not go,	Il ne va pas,
o? are we going?	Allons-nous?
, are going, do go,	Nous allons,
not go? are we not going?	N' allons-nous pas?
not go—are not going,	Nous n' allons pas,
go? are they going?	Vont-ils?
o—are going—do go,	Ils vont,
y not go? are they not go-	Ne vont-ils pas?
lo not go—are not going,	Ils ne vont pas,
are you going?	Où allez-vous?
oing home (to my house,)	Je vais chez moi,
not going home? (to his e,)	Ne va-t-il pas chez lui?
ot going home,	Il ne va pas chez lui,
going home (to our house)?	Allons-nous chez nous?
going to the neighbor's,	Nous allons chez le voisin,

Where is he going? He is going to your house. Are they not going home? They are going home. Are you not going home? I am going home. Where are we going? We are going home.

THE TWENTY-FIRST LESSON.	VINGT-ET UNIÈME LEÇON
Are you willing? do you wish for?	*Voulez-vous?*
I am willing—I wish for,	*Je veux,*
Are you not willing? do you not wish for?	Ne voulez-vous pas?
I am not willing. I do not wish for,	Je ne veux pas,
Is he willing? does he wish for?	*Veut-il?*
He is willing—he wishes for,	Il veut,
Are we willing? do we wish for?	*Voulons-nous?*
We are willing—we wish for,	Nous voulons,
Are they willing? do they wish for?	*Veulent-ils?*
They are willing—they wish for,	Ils veulent,
Do you wish for (will you have) the tea?	Voulez-vous le thé?
If,	*Si,*
Yes, sir; *if you please,*	Oui, Mr.; *s'il vous plaît,*
No, sir; *I thank you,*	Non, Mr.; *je vous remercie,*
I wish for the tea,	Je veux le thé,
Does he wish for (will he have) the coffee,	Veut-il le café?
He wishes for (he will have) it,	Il le veut,
Do we wish for the bread?	Voulons-nous le pain?
We do not wish for it,	Nous ne le voulons pas,
Do they not wish for (will they not have) the milk?	Ne veulent-ils pas le lait?
They wish for (will have) it,	Ils le veulent,
The *broth,*	Le *bouillon,*
The *same,*	Le *même,*
The *other,*	L' *autre,*
Sad,	*Triste,*
The *oak,* the oak wood,	Le *chêne,* le bois de chêne,
The *pine,*	Le *pin,*
The *cedar,*	Le *cèdre,*
Roasted,	*Rôti,*

st-beef,	Le bœuf rôti,
st-chicken,	Le poulet rôti,
row,	Le *sourcil*,
:k eyebrow,	Le sourcil épais,
	Un,
bit,	Un *morceau*,
of roast beef,	Un morceau de bœuf rôti,
:ad,	Le *fil*,
,	*Droit*,
bent,	*Courbé*,
	Fin,
:ead is fine,	Ce fil est fin,
iight; it is not curved,	Il est droit; il n'est pas courbé.

/ou wish for the broth? I wish for it. Do you not
·r the same broth? Yes, sir; if you please. Does
ι for the same roast-beef or for the other? He wishes
 other roast-beef; he does not wish for the same.
roast beef will you have? I will have mine. Will
t have the same broth? No, sir; I thank you; I will
ιe other. We wish for the pine wood; do you wish
pine? We do not wish for the pine; we wish for the
wood. Do they wish for the pine wood or for the
ιood? They wish for neither the pine wood nor for
lar wood; they wish for the oak wood. Will the
·r have a piece of roast chicken? He will have it.
ιot that gentleman wish for a piece of roast turkey?
s not wish for it. Will you have the sugar? No,
hank you. Will you not have a bit of cheese? Yes,
you please. Is not your friend sad? He is very sad.
ιu not sad? I am not sad. Has not that stranger
·brows thick? He has the eyebrows thick and the
ιg. Who has the eyebrows handsome? That good
·has the handsome eyebrows. Is that thread straight?
raight. Is it not curved? It is not curved. Is the
straight or curved? It is straight; it is not curved.
do you wish for fine? I wish for something fine.
e wish for nothing fine? I wish for the fine thread.
ιu going home? I am going home. Is he going
He is not going home. Where are we going?
e going to my relations. Where are they going?

They are going to Philadelphia. Are you going to
mill? No, sir; I am going to the' store. To what
are you going? I am going to mine. To which one
going? He is going to his. To what gardens are
going? I am going to yours. To which ones are the
ing? They are going to theirs. Do you wish for
flowery bush? No, sir; I thank you. What do you
for? I wish for my hat. Will you have a glass of w
No, sir; I thank you.

THE TWENTY-SECOND LESSON.	VINGT-DEUXIÈME LEÇON
Do you see? are you seeing	*Voyez-vous?*
I see, am seeing, do see,	*Je vois,*
Does he see? is he seeing?	*Voit-il?*
He sees, is seeing, does see,	Il voit,
Do we see? are we seeing?	*Voyons-nons?*
We see, are seeing, do see,	Nous voyons,
Do they see? are they seeing?	*Voient-ils?*
They see, are seeing, do see,	Ils voient,
Whom?	*Qui?* (Interrogative.)
Whom do you see?	Qui voyez-vous?
I see the prince,	Je vois le prince,
Whom does he see?	Qui voit-il?
He sees the merchant,	Il voit le marchand,
Whom does the man see?	Qui voit l' homme?
Whose horse?	*Le cheval de qui?*
Whose book?	Le livre de qui?
The one of whom? whose?	*Celui de qui?*
Whose horse do we see?	Le cheval de qui voyons-nou
Whose books do they see?	Les livres de qui voient-ils?
Whose (the one of whom) do you see?	Celui de qui voyez-vous?
Whose (the ones of whom) do you see?	Ceux de qui voyez-vous?
The *carpet*,	Le *tapis*,
Whose carpet have you?	Le tapis de qui avez-vous?
Whose have you?	Celui de qui avez-vous?
The *shutter*,	Le *volet*,
Whose shutters has he?	Les volets de qui a-t-il?

has he ?	Ceux de qui a-t-il ?
er,	L' *officier*,
	L'*œil*, plural *yeux*,
s blue,	Les yeux bleus,
:hair	Un *fauteuil*,
ou,	*Vous*, before the verb,
:,	*Me*, (before the verb,)
ee me ?	Me voyez-vous ?
,	Je vous vois,
	Aujourd' hui,
	Le *soleil*,
;	Un *paon*,
en, the *sky*,	Le *ciel*, plural *cieux*,
	Clair,
lark,	*Obscur*.

n do you see? I see the prince. Do you not see
: do not see the prince; I see the king. Whom
see? He sees nobody. Whom do we see? We
e gentlemen; do we not see them? We see them.
do they see? They see somebody. Do they not
sun? No, sir. They see the heaven; but they do
:he sun. Do you not see that carpet? I see it.
carpet do you see? I see the man's carpet. Whose
see? He sees the lawyer's carpet. Whose shut-
ve see? We see the carpenter's shutters. Whose
see? They see those of the general. Has not that
n eye of glass? He has a glass eye. Has·he the
:? He has the eye blue. Whose arm-chair do you
see that of the officer. Whose does he see? He
doctor's. Whose arm-chairs do we see? We see
chant's. Whose do they see? They see my fa-
Whose have we? We have ours. I see you; do
me? I do not see you. Does he not see me? He
ι. Whom do the officers see? They see you; do
: see me? They do not see you. What do you
see the peacock. Whose peacock do you see? I
soldier's. Whose does he not see? He does not
uncle's. Do you see the sun? I see it. Do
: the sky? I see it. Is not this room dark?
irk. Do you see the sun? Yes, sir; it is very

clear. Where are you going to-day? I am going h[
to-day. Are you going to your brother's to-day? .
sir; I am going to the store. Do you wish for my (
pet? Yes, sir; if you please. Do you not wish for
old arm-chair? No, sir; I thank you. Does he v
for the same peacock or for the other? He wishes for
other. We wish for the roast beef; do they wish for
broth? They wish for it. Is not your brother sad to-d[
He is sad to-day. Does he wish for the pine wood or
oak wood? He wishes for the cedar. Will they have
roast chicken? They will have it. Will you have a p[
of this cake? Yes, sir; if you please. Do you see
straight string or the curved one? I see the curved (
Will you have a piece of the roast turkey? No, sir; I th[
you.

THE TWENTY-THIRD LESSON.	VINGT-TROISIÈME LEÇON.
Do you do or make? are you doing or making?	*Faites-vous?*
I do or make; am doing or making,	Je *fais,*
Does he do or *make? is he doing* or *making?*	*Fait-it?*
He does or makes; he is doing or making,	Il fait,
Do we do or *make? are we doing* or *making?*	*Faisons-nous?*
We do or make; we are doing or making,	Nous faisons,
Do they do or *make? are they doing* or *making?*	*Font-ils?*
They do or make; are doing or making,	Ils font,
An *exercise,*	Un *thème,*
A *nest,*	Un *nid,*
What are you doing?	Que faites-vous?
I am doing my exercise,	Je fais mon thème,
The bird is making his nest,	L'oiseau fait son nid,
Our *duty,*	Notre *devoir,*
Always,	*Toujours,*
Sometimes,	*Quelquefois,*

ιot always do our duty ?	Ne faisons-nous pas toujours notre devoir ?
ι theirs sometimes,	Ils font quelquefois le leur.

.verbs are usually placed immediately after their verbs.

ιs,	*Nous*, (bef. verb.)
ι see us ?	Nous voit-il ?
'*hat which*,	*Ce que*,
ιee what I am doing ?	Voyez-vous ce que je fais ?

ιe learner bear in mind that when *what* in English is equiva-*hat which*, it is rendered in French by *ce que*.

re you doing ?	Que faites-vous ?
at (that which) you do,	Je fais ce que vous faites,
oes he see ?	Que voit-il ?
what (that which) you see,	Il voit ce que vous voyez,
what (that which) you are	Il voit ce que vous faites,
ι	
e, *weather*,	Le *temps*, or *tems*,
	Plusieurs,
ι,	*Précieux*,
ild is precious to his father,	Cet enfant est précieux à son père,
ιme time,	*En même temps*,
	Tout plural *tous*,
money,	Tout mon argent,
men, all men,	Tous les hommes,
nbow,	L' *arc-en-ciel*, plural, *arcs-en-ciel*.

ιt are you doing ? I am doing my work. Are you ιwhat I am doing ? No, sir ; I am doing my exercise. ι scholar doing his exercise ? He is doing it. Do ιe what we are doing ? Yes, sir ; you are doing what ιdoing. What are those men doing ? They are do-ιir exercises ? What is that officer doing ? He does ιrou are doing. What is that bird making ? He is ιg his nest ? Are not those birds making their nests ? ιare making them. Does your friend always do his ιHe always does it. Does he do all his duty ? He ιall. Do all men always do their duty ? All men ιalways do their duty ; they do it sometimes. Do we ιnetimes do our duty ? We do it always. Do they

not see us?   They see us.   We see you; do you see us?
We do not see you.   Is not your time precious?   It is precious.   Is not your time very precious?   It is very precious.
Do you see that rainbow?   I see it.   Do you see several
rainbows?   I see several rainbows at the same time.   What
is the tailor making?   He is making a coat.   Do you not
see what he is making?   I see it.   Whom do those officers
see?   They see us.   Whom do you see?   I see you.   Whom
does that child see?   He sees me.   Whose exercise are you
doing?   I am doing mine; whose are you doing?   I am
doing the boy's.   Whose is he doing?   He is doing my
cousin's.   Whose carpet is that man making?   He is
making my friend's.   Whose is the tailor making?   Whose
shutters are the carpenters making?   They are making the
physician's.   Whose are they making?   They are making
his.   Has not that child the eyes blue?   He has them blue.
Will you have this arm-chair?   No, sir; I thank you.   Do
you see the sun?   I see it.   Is the sky clear to-day?   It is
not clear, it is obscure.   What has the countryman?   He
has a peacock.   Do you see what he has?   I see what he
has.   What has he?   He has what you see.   Has he all
the peacocks?   He has them all.   Is not that rainbow
beautiful?   It is very beautiful.

THE TWENTY-FOURTH LESSON.   VINGT-QUATRIÈME LEÇON.

Do you seek, or *look for?*	*Cherchez-vous?*
I seek, or *look for*,	*Je cherche*,
Do we seek, or *look for?*	*Cherchons-nous?*
We seek, or look for,	Nous cherchons,
Does he seek, or *look for?*	*Cherche-t-il?*
He seeks, or looks for,	Il cherche,
Do they seek, or *look for?*	*Cherchent-ils?*
They seek, or look for,	Ils cherchent.

The learner has seen from the verbs previously given, that the three
forms of the present tense, in English, as, *I seek, do seek, am seeking,
I go, do go, am going*, etc., have but one form to represent them in
French, and must be translated by the same; *Je cherche, je vois*, etc.

My *father-in-law*,	Mon *beau-père*,
My *brother-in-law*,	Mon *beau-frère*,

ᵼ-law,	Mon *gendre*,
ᴑn,	Mon *beau-fils*,
ᴂther,	Un *grand-père*,
ᴑn,	Un *petit-fils*,
ᴂild,	Un *petit-enfant*,
: *which*,	*Que*, (object of the verb,)
ᴑhich,	*Qui*, (subject of the verb,)
. whom I seek,	L'homme que je cherche,
ᴄ which I seek,	Le livre que je cherche.

e relative is the object of the verb, and therefore *que* is used.

ᴌ who seeks me,	L'homme qui me cherche,
ᴄ which is here,	Le livre qui est ici.

he relative is the subject of the verb, and therefore *qui* is

ᴑhom or *which*,	*Celui que*,
ᴑho or *which*,	*Celui qui*,
ᴇe the boy whom I see ?	Voyez-vous le garçon que je vois ?
. (the one) whom you see,	Je vois celui que vous voyez,
looking for the knife	Cherchez-vous le couteau qu'il
he is looking for ?	cherche ?
ᴒ that (the one) which he ᴏr,	Je cherche celui qu'il cherche,
.at one which is here,	J'ai celui qui est ici,
ᴇ one which they seek,	J'ai celui qu'ils cherchent,
he one which that man	J'ai celui que cet homme cherche,
	Le *taureau*,
	Le *loup*,
	Le *renard*,
ᴇnt,	Le *serpent*.

ᴆou looking for your father-in law or your brother-in-
I am looking for neither my father-in-law nor my
in-law. Whom is your father-in-law looking for?
ᴌoking for my brother-in-law. Whom are you look-
ᴈ We are looking for the captain's son-in-law. Are
ᴛ looking for my step-son? They are looking for
ᴌre you not looking for his son-in-law and his step-

5

son? We are looking for them. Where is your grandfather? He is at home. Are you looking for him? I am
looking for him. What is your grandfather looking for?
He is looking for his grandson. Where is his grandson?
He is at the neighbor's. Do you see my grandchild? I
see your grandchild and the one of your brother. Do you
see the boy whom I see? I see the one whom you see. Is
your grandson looking for the bull which I am looking for?
He is looking for the one which you are looking for. Has
he the knife which he is looking for? He has that which
he is looking for? Does he see the knife which is here?
He sees the one which is there. Are they not looking for
the wolf which we see? They are looking for the one
which sees them. Does he see the fox which I have? He
sees that which you have. Does the fox see the chicken
which is here? He sees the one which is here. Where is the
countryman's bull? He is on the turf under those trees. Do
you see the serpent which I see? I see the one which you see
Do you see the serpent which sees you? I see the one which
sees me. Are you looking for the scholar who is doing his
exercise? I am looking for him (the one) who is doing his
exercise. Do you see the nest which that bird is making
(que fait cet oiseau)? I see that which he is making. Are
you seeking the man who always does his duty? I am
seeking him who always does his duty. Do you sometimes
go to my brother's? I sometimes go to your brother's. Does
he see what (that which) his grandchild is doing? Have
you what my brother-in-law is looking for? I have it. Has
your father-in-law a grandchild and several children? He
has several children and several grandchildren. Is not the
grandchild precious to his grandfather? He is precious.
Is not his time precious? It is not very precious. Do you
see that beautiful rainbow? I see it.

THE TWENTY-FIFTH LESSON.	VINGT-CINQUIÈME LEÇON.
To have,	Avoir, (infinitive,)
To be,	Etre, (infinitive,)
To go,	Aller, "
To wish, to be willing,	Vouloir, "
To see,	Voir, "

ιake,   Faire, (infinitive.)

ιok for, to seek,   Chercher,   "

ιe present tense of the above seven are all the verbs that have
far been given. Their persons, the learner has seen, are these:

Avoir,					to have.
ι,	tu as,	il a,	nous avons,	vous avez,	ils ont,
	thou hast,	he has,	we have,	you have,	they have.

Etre,					to be.
ι,	tu es,	il est,	nous sommes,	vous êtes,	ils sont,
	thou art,	he is,	we are,	you are,	they are.

Aller,					to go.
ι,	tu vas,	il va,	nous allons,	vous allez,	ils vont,
	thou goest,	he goes,	we go,	you go,	they go.

Vouloir,					to wish.
ιx,	tu veux,	il veut,	nous voulons,	vous voulez,	ils veulent,
ι,	thou wishest,	he wishes,	we wish,	you wish,	they wish.

Voir,					to see.
ι,	tu vois,	il voit,	nous voyons,	vous voyez,	ils voient,
	thou seest,	he sees,	we see,	you see,	they see.

Faire,					to make.
ιs,	tu fais,	il fait,	nous faisons,	vous faites,	ils font,
ι,	thou makest,	he makes,	we make,	you make,	they make.

Chercher,					to seek.
rche,	tu cherches,	il cherche,	nous cherchons,	vous cherchez,	ils cherchent,
,	thou seekest,	he seeks,	we seek,	you seek,	they seek.

	Ton, plural tes,
thou thy hat?	As-tu ton chapeau?
ι art sick,	Tu es malade,
ιre art thou going?	Où vas-tu?
thou wish for this penknife?	Veux-tu ce canif-ci?
thou see what thou art doing?	Vois-tu ce que tu fais?
ιt art thou looking for?	Que cherches-tu?
ιe,	Le tien, (plu. les tiens,)
ι, many,	Beaucoup,
much, how many,	Combien.

ιese adverbs require de before the following noun:

h money, many men,	Beaucoup d' argent, beaucoup d' hommes,
h wine, many soldiers,	Beaucoup de vin, beaucoup de soldats,

How much wine? how many soldiers?	Combien de vin? combien de dats?
Are you going to have much money?	Allez-vous avoir beaucoup d' gent?
Does your father-in-law wish to be rich?	Votre beau-père veut-il être ric.
I wish to go home,	Je veux aller chez moi,
Art thou going to see thy brother-in-law?	Vas-tu voir ton beau-frère?
Are they going to do their work?	Vont-ils faire leur ouvrage?
I am going to look for my book; art thou going to look for thine?	Je vais chercher mon livre; v tu chercher le tien?
Ever,	*Jamais,*
Never,	*Ne jamais,*
Do you ever go to my step-son's?	Allez-vous jamais chez mon be fils?
He never goes to my grand-father's,	Il ne va jamais chez mon gra père.

What are you going to have? I am going to ha much money. Does your son-in-law wish to be rich? 1 wishes to be rich. Is your grandson willing to go to r house? No, sir; he wishes to go home. Do you wish see my grandchildren? I wish to see them. Art th going to do thy exercises? I am going to do them. D thou wish to look for thy books? I wish to look for the What hast thou? I have much gold. How much ht thou? I have very much. Art thou not sick? I am r sick. Dost thou wish to see the doctor? I wish to s him. Dost thou see these books? I see thine and h Dost thou always do thy duty? I do not always do it do it sometimes. Dost thou seek thy friend or mine? seek thine. How much money has your grandson? 1 has not much money. Do you ever do much work? never do much work. Are you going to have what I hav I am not going to have it. Do you wish for the same bo which I wish for? I wish for the one which you wish f Do you wish for the book which is here? I wish for t one which is on the floor. Is your son-in-law looking the man whom I am looking for? He is looking for h (the one) whom you are looking for. Is he not looking

one who is looking for him? He is looking for the one
) is looking for him. Do you see him whom (*que voit*)
r uncle sees? I see him whom the captain sees. Have
the farmer's bull? No, sir; I have his ox. Do you
that wolf? I see the wolf and the fox. Do you see
serpent which is under that tree? No, sir; I see the
which is here. Do you see many bulls? I do not see
ıy bulls; I see many wolves and foxes. How many
ents do you see? I do not see many serpents; I see
ıy sheep. Do you see all these peacocks? I see them

IE TWENTY-SIXTH LESSON. VINGT-SIXIÈME LEÇON.

,	Un, une,	Fifty,	Cinquante,
,	Deux,	Fifty-one,	Cinquante-et-un,
ːe,	Trois,	Sixty,	Soixante,
r,	Quatre,	Sixty-one,	Soixante-et-un,
	Cinq,	Seventy,	Soixante-dix,
	Six,	Seventy-one,	Soixante-onze,
n,	Sept,	Seventy-two,	Soixante-douze,
ıt,	Huit,	Eighty,	Quatre-vingts,
;	Neuf,	Eighty-one,	Quatre-vingt-un,
	Dix,	Eighty-two,	Quatre-vingt-deux,
en,	Onze,	Ninety,	Quatre-vingt-dix,
lve,	Douze,	Ninety-one,	Quatre-vingt-onze,
teen,	Treize,	Ninety-two,	Quatre-vingt-douze,
teen,	Quatorze,	Ninety-five,	Quatre-vingt-quinze
ːen,	Quinze,	Hundred,	Cent,
ːen,	Seize,	Hundred and one,	Cent-un,
nteen,	Dix-sept,	Hundred and two,	Cent-deux,
teen,	Dix-huit,	Two hundred,	Deux-cents,
ːteen,	Dix-neuf,	Two hundred and one,	Deux-cent-un,
nty,	Vingt,		
nty-one,	Vingt-et-un,	A thousand,	Mille,
nty-two,	Vingt-deux,	Two thousand,	Deux mille,
nty-three,	Vingt-trois,	Ten thousand,	Dix mille,
rty,	Trente,	A hundred thousand,	Cent mille,
rty-one,	Trente-et-un,		
ty,	Quarante,	A million,	Un million.
ty-one,	Quarante-et-un,		

5*

Once, twice, three times,	*Une fois, deux fois, trois fois,*
How many do twice four make ?	Combien font deux fois quatre ?
Twice four make eight,	Deux fois quatre font huit,
How many do five times five make ?	Combien font cinq fois cinq ?
Five times five make twenty-five,	Cinq fois cinq font vingt-cinq,
How many do six and three make ?	Combien font six et trois ?
Six and three make nine,	Six et trois font neuf,
How many do eight and seven make ?	Combien font huit et sept ?
Eight and seven make fifteen,	Huit et sept font quinze,
How many do twenty *less* eight make ?	Combien font vingt *moins* huit ?
Twenty less eight make twelve,	Vingt moins huit font douze,
How many do fourteen less ten make ?	Combien font quatorze moins dix ?
Fourteen less ten make four ?	Quatorze moins dix font quatre,
Five times six make thirty,	Cinq fois six font trente.

How many do twice two make? Twice two make four. How many do twice three make? Twice three make six. How many do twice five make? Twice five make ten. How many do twice six make? Twice six make twelve. How many do three times three make? Three times three make nine. How many do three times four make ?* How many do three times five make? How many do three times six make? How many do four times four make? How many do four times six make? How many do five times seven make? How many do six times eight make? How many do eight times eight make? How many do eight times nine make? How many do eight times eleven make? How many do eight times twelve make? How many do nine times eleven make? How many do five and four make? How many do six and eight make? How many do twelve and nine make? How many do ten and twelve make? How many do eighteen less four make? How many do twenty less nine make? How many do thirty less four make? How many do fifteen less three make.

---

* Let the pupil form answers to these questions.

: learner be exercised on the multiplication, addition, and
on tables, until he is sufficiently familiar with French nu-

ENTY-SEVENTH LESSON.   VINGT-SEPTIÈME LEÇON.

rbs whose infinitive ends in *er*, except *Aller*, form the persons
·esent, with a few trifling variations, after the form of *Cher-*
sson 25.) As,

To give,			*Donner.*	
tu donnes,	*il donne,*	*nous donnons,*	*vous donnez,*	*ils donnent,*
thou givest,	he gives,	we give,	you give,	they give.

To touch,			*Toucher.*	
tu touches,	*il touche,*	*nous touchons,*	*vous touchez,*	*ils touchent,*
thou touchest,	he touches,	we touch,	you touch,	they touch.

To speak,			*Parler.*	
tu parles,	*il parle,*	*nous parlons,*	*vous parlez,*	*ils parlent,*
thou speakest,	he speaks,	we speak,	you speak,	they speak.

· be seen from these examples that verbs in *er* form the per-
he present of the indicative by dropping *er*, and adding E, ES,
z, ENT.

ɪ *to me,*	them to me,	*Me* le,	me les,
ɪ *to thee,*	them to thee,	*Te* le,	te les,
ɪ *to us,*	them to us,	*Nous* le,	nous les,
ɪ *to you,*	them to you,	*Vous* le,	vous les,
ɪ *to him,*	them to him,	Le *lui,*	les lui,
ɪ *to them,*	them to them,	Le *leur,*	les leur.

speak to me ?	Me parlez-vous ?
to you,	Je vous parle,
speak to you ?	Vous parle-t-il ?
ks to me,	Il me parle,
speak to us ?	Nous parlent-ils ?
ɔ not speak to us,	Ils ne nous parlent pas,
speak to them ?	Leur parlons-nous ?
not speak to them ; we	Nous ne leur parlons pas ; nous
to him,	lui parlons,
ks to thee,	Il te parle,
give (to) me the book ?	Me donnez-vous le·livre ?
to you,	Je vous le donne,

Thou dost not give it to them,	Tu ne le leur donnes pas,
Does he not give it to me?	Ne me le donne-t-il pas?
He gives it to us,	Il nous le donne,
I give it to him,	Je le lui donne,
He does not give it to thee,	Il ne te le donne pas,
Do you give me the buttons?	Me donnez-vous les boutons?
I give them to you,	Je vous les donne,
He gives them to me,	Il me les donne,
We do not give them to them,	Nous ne les leur donnons pas,
Do they not give them to him?	Ne les lui donnent-ils pas?
Dost thou not give them to us?	Ne nous les donnes-tu pas?
What do you touch?	Que touchez-vous?
I touch what (that which) he touches,	Je touche ce qu'il touche,
The *honey*,	Le *miel*,
The *traveller*,	Le *voyageur*,
The *name*,	Le *nom*,
Different,	*Différent*.

What do you give me? I give you what (that which) I have. Do you give me the chocolate? I do not give it to you. Does he not give it to me? He gives it to us. Do we not give it to him? We do not give it to him. Does your father give you the horse? He gives him to me. Do you give him to your brother? I do not give him to him; I give him to you. Does the merchant give us the chocolate and the honey? He gives them to us. Does he give them to you? He gives them to me. Does he give the chocolate and the honey to the neighbors? He gives them to them. Does he give them to the stranger? He does not give them to him. Are you afraid of that wolf? I am not afraid of the wolf. Do you touch him? I do not touch him. Do you ever touch the wolf? I never touch him. Does that traveller ever touch him? He never touches him. Has not that traveller a handsome name? He has a handsome name. Has not his son the same name? He has a different name. Are not those names very different? They are very different. To whom do you speak? I speak to your father-in-law. Does he speak to you? He speaks to me. Does he not speak to us? He speaks to you. Do they ever speak to him? They never speak to him. Do we never speak to them? We sometimes speak to them.

Let the learner commit to memory the English for each new French word given in the following lessons for translation, as the English is given but once.

Charles, combien de mains[1] avez-vous? Vous avez deux mains. Combien de doigts[2] avez-vous à chaque[3] main? Un, deux, trois, quatre, cinq. Vous avez cinq doigts à chaque main. Ce doigt qui est plus[4] gros que les autres est le pouce.[5] Combien de pieds[6] avez-vous? Vous avez deux pieds. Combien de doigts avez-vous à chaque pied? Vous avez cinq doigts à chaque pied. Au bout[7] de chaque doigt du pied vous avez un ongle.[8] L'un de vos deux pieds est le pied droit,[9] et l'autre est le pied gauche.[10] Combien de pieds un cheval a-t-il? Un cheval a quatre pieds.

1, *Main*, hand. 2, *Doigt*, finger, toe. 3, *Chaque*, each. 4, *Plus*, more. 5, *Pouce*, thumb. 6, *Pied*, foot. 7, *Bout*, end. 8, *Ongle*, nail. 9, *Droit*, right. 10, *Gauche*, left.

THE TWENTY-EIGHTH LESSON. VINGT-HUITIÈME LEÇON.

To lend,	*Prêter*.

Let the learner give the indicative present of this verb in all the persons.

Do you lend me your horse?	Me prêtez-vous votre cheval?
I lend him to you,	Je vous le prête,
The *musician*,	Le *musicien*,
The *violin*,	Le *violon*,
Do you lend your violin to that musician?	Prêtez-vous votre violon à ce musicien?
I lend it to him,	Je le lui prête,
Does he lend you his?	Vous prête-t-il le sien?
He does not lend it to me,	Il ne me le prête pas,
The one and the other, both,	*L'un et l'autre*,
The ones and the others, both,	Les uns et les autres,
Neither the one nor the other, neither,	*Ni l'un ni l'autre*, (*ne* bef. verb,)

Neither the ones nor the others, neither,	Ni les uns ni les autres, (plu
The *grain*,	Le *grain*,
The *Indian corn, maize*,	Le *maïs*,
The corn-bread,	Le pain de maïs,
Do you lend us the hay or the grain,	Nous prêtez-vous le foin grain ?
We lend you both,	Nous vous prêtons l'un et l'
We lend you neither,	Nous ne vous prêtons ni l' l' autre,
We lend it to them,	Nous le leur prêtons,
Do they lend him the gloves or the stockings ?	Lui prêtent-ils les gants c bas,
They lend him both,	Ils lui prêtent les uns et les a
I lend him neither,	Je ne lui prête ni les uns autres,
I lend them to thee,	Je te les prête,
But, only,	*Ne*, (bef. the verb,) *que*, (aft verb,)
Have you the hay and the corn ?	Avez-vous le foin et le maïs
I have only the corn,	Je n' ai que le maïs,
He has only the grain,	Il n' a que le grain,
Sick,	*Malade*,
He is sick,	Il est malade,
The *sick man*,	Le *malade*,
To love,	*Aimer*.

Let the learner give the indicative present of this verb in ɛ persons.

The *air*,	L' *air*,
The *morning, in the morning*,	Le *matin*,
The *evening, in the evening*,	Le *soir*,
The morning air,	L' air du matin,
The evening air,	L' air du soir.

Nouns used in a general sense always take the article in Fr in English, they always omit it, as,

Sugar is sweet,	Le sucre est doux,
Paper is white,	Le papier est blanc,
He loves coffee,	Il aime le café,
The sick man loves tea,	Le malade aime le thé,

Do you love air in the morning?	Aimez-vous l' air le matin,
I love air in the morning,	J' aime l' air le matin,
We love air in the evening,	Nous aimons l' air le soir,
Gold is yellow,	L' or est jaune,
Do they love the morning air and the evening air?	Aiment-ils l' air du matin et l' air du soir,
They love only the evening air,	Ils n' aiment que l' air du soir.

What do you lend to that musician? I lend him nothing? Does he lend you his violin? He lends it to me. Do we lend you any thing? You lend us much money. Do you not lend it to us? We lend it to you. Does not your brother-in-law lend the musician his instruments? He lends them to him. Does he lend them to these scholars? He lends them to them. Do they lend you any thing? They lend me a violin. Have you the grain or the hay? I have both. Has your servant neither the grain nor the hay? He has neither. Does the countryman love corn-bread or biscuit? He loves both. Do you love chocolate or coffee? I love neither. Do the physicians give (to) the sick man tea or coffee? They give him both. Do these sick men love butter or cheese? They love neither. We love tea; do you not love it? I love it. Do they love tea and coffee? They love only tea. Does that sick man love only biscuit and tea? He loves only tea. Have those countrymen the corn and the hay? No, sir; they have only the corn. Have they only the grain? They have only the grain. Do you love air in the morning? I do not love air in the morning. Do you not love air in the evening? I love air in the evening. Does he love the morning air or the evening air? He loves both. Do they love neither? They love neither. We love only the morning air and they love only the evening air. Honey is sweet and sugar is sweet; do you love both? I love both. Has that traveller the same name which you have? He has not the same name. Are not these names very different? They are very different.

Combien de jambes[1] un cheval a-t-il? Un cheval a quatre jambes. Un bœuf a quatre jambes, et le chat aussi.[2] Combien de jambes ont les oiseaux? Les oiseaux n' ont que

The above rule and its two exceptions are illustrated in the following phrases:

Do you wish for wine?	Voulez-vous du vin?
I do not wish for wine,	Je ne veux pas de vin,
I wish for good wine,	Je veux de bon vin,
I wish for sweet wine,	Je veux du vin doux,
Do you dry your wet linen in the wind or in the sun?	Séchez-vous votre linge mouillé au vent ou au soleil?
I dry it before the fire,	Je le sèche devant le feu.

What do you buy? I buy what (that which) you buy. Does that traveller buy some grain or some hay? He buys (some) corn. Do those musicians buy (some) violins? No, sir; they buy books, and we buy violins. Where do you dry your wet linen? I dry it in the wind, and this boy dries his in the sun. What are you doing? I am drying (I dry) my wet gloves before the fire. Are they drying theirs in the sun? They are drying theirs in the wind. Do you love (like) mutton rare or well done? I like it well done, but my cousin likes it rare. Do you like warm bread or cold bread? I like both. Does that child wish for (some) warm bread or for (some) cold bread? He wishes for warm bread. Does that stranger like this country? He likes it. Does he like the climate of this country? He likes the cold of this climate. Does he not like the heat of this climate? He does not like the heat. Where is my arm-chair? It is here before the fire. What do you wish for? I wish for (some) roast-beef. What does your brother wish for? He wishes for (some) broth and we wish for (some) warm tea. Are those gentlemen looking for (some) books? They are looking for books; and we are looking for pencils. Has that man (some) gold and silver? He has gold and silver. Are you buying (some) trees? I am buying trees. Has your friend trees in his garden? Yes, sir; and I have trees in mine. Do you wish for (some) tea? I do not wish for tea—(attend to the exceptions.) Do you wish for coffee? I do not wish for coffee. I have some good wine and some good cider; what have you good? I have good bread and good butter. Have you some horses and some oxen? I have no oxen but I have fine (beaux) horses. Has your father (some)

ucks ? He has no ducks ; but, he has chickens and good
urkeys. Do you wish for salt ? I do not wish for salt.
)o you see some birds ? Yes, sir ; I see some handsome
irds, and some blue birds.

Les arbres ont des racines.[1] Les racines sont comme les
ambes et les pieds de l' arbre. L' arbre a aussi un tronc[2]
les branches et des rameaux.[3] Sur les rameaux, il a aussi
les feuilles[4] et des fleurs.[5] Charles, combien de bras[(a)] avez-
vous ? J' ai deux bras et deux épaules.[6] Les oiseaux
l' ont pas de mains ; mais ils ont des ailes[7] et ils volent[8] bien
laut[9] dans l' air. Les oiseaux ont aussi un bec ;[10] mais ils
l'ont pas de dents.[11] Voyez-vous ces deux poissons rouges
lans ce vase[12] plein[13] d' eau ? Ils montent[14] et ils descend-
ent[15] comme il leur plaît.

1, *Racine*, root. 2, *Tronc*, trunk. 3, *Rameau*, limb or twig. 4,
Feuille, leaf. 5, *Fleur*, flower. (a,) *Bras*, arm. 6, *Epaule*, shoulder.
7, *Aile*, wing. 8, *Voler*, to fly. 9, *Haut*, high. 10, *Bec*, beak. 11,
Dent, tooth. 12, *Vase*, vase. 13, *Plein*, full. 14, *Monter*, to ascend.
15, *Descendre*, to descend.

THE THIRTIETH LESSON.	TRENTIÈME LEÇON.
Are you afraid of this horse or of that one ?	Avez-vous peur de ce cheval-ci ou de celui-là ?
Of which one are you afraid ?	*Duquel* aves-vous peur ?
Have you the money of these men or of those ?	Avez-vous l' argent de ces hommes-ci ou de ceux-là ?
Of which ones have you the money ?	*Desquels* avez-vous l' argent ?
Is he ashamed of this friend or of that ?	A-t-il honte de cet ami-ci ou de celui-là ?
Of which one is he ashamed ?	Duquel a-t-il honte ?
Are you ashamed of these gloves or of those ?	Avez-vous honte de ces gants-ci ou de ceux-là ?
Of which are you ashamed ?	Desquels avez-vous honte ?
Do you go to my store or to yours ?	Allez-vous à mon magasin ou au vôtre ?
To which one do you go ?	Anquel allez-vous ?
To which ones do you go ?	Auxquels allez-vous ?

I speak to these men. To which do you speak ?	Je parle à ces hommes-ci. Auxquels parlez-vous ?
What ?	*Quoi ?*
Of what does he speak?	De quoi parle-t-il ?
On (of) what are you thinking ?	A quoi pensez-vous ?
To think.	*Penser,* (*à* before the noun.)

Let the learner give the indicative present of this verb in all the persons.

I think of my work,	Je pense à mon ouvrage,
Of what are we afraid ?	De quoi avons-nous peur ?

Quoi is not the object of the verb, except in peculiar cases. It generally follows a preposition.

A granary, garret.	Un *grenier,*
Full,	*Plein,*
Empty,	*Vide,*
Are these granaries full or empty ?	Ces greniers sont-ils pleins ou vides ?
The *cork,*	Le *bouchon,*
The *nail,*	Le *clou.*
That *bear,*	Cet *ours,*
The *whip,*	Le *fouet,*
The whip of whom, whose whip,	Le fouet de qui ?
The matress of whom—whose *mattress ?*	Le *matelas* de qui ?
Whose ?—the one of whom ?	Celui de qui ?
Whose ? those of whom ?	Ceux de qui ?
Whose whip have you ?	Le fouet de qui avez-vous ?
Whose have you ?	Celui de qui avez-vous ?
Whose has that man ?	Celui de qui cet homme a-t-il ?
He has mine. Whose have we ?	Il a le mien. Celui de qui avons-nous ?
Whose nails has the carpenter ?	Les clous de qui le charpentier a-t-il ?
Whose has he ?	Ceux de qui a-t-il ?
Whose have those boys ?	Ceux de qui ces garçons ont-ils ?
Whose *note ?*	Le *billet* de qui ?
Of it; of him, of them, from it, from him, from them,	*En* (before the verb,)

.id of that gun ?	A-t-il peur de ce fusil ?
aid of it,	Il en a peur,
afraid of it ?	N' en a-t-il pas peur ?
peak of the books ?	Parlez-vous des livres ?
peak of them ?	En parlez-vous ?
f them,	J' en parle,
ιot speak of them ?	N' en parlent-ils pas ?
shamed of our gloves ?	Avons-nous honte de nos gants ?
shamed of them,	Nous en avons honte,
ot ashamed of them ?	N' en avons nous pas honte ?
amed of it,	J' en ai honte,
	Le *trou*,
	Le *mur*,
	Dur,
	Casser.

: learner give the persons of the indicative present of all
:ᵣ as they occur in the lessons, until he is sufficiently famil-
.he forms of this tense.

ᵣhip do you break ?	Le fouet de qui cassez-vous ?
ɔ we break ?	Celui de qui cassons-nous ?

ɔu speak of this granary or of that ?   I speak of this
ᵣf which one does your uncle speak ?   He speaks of
ɜ.   Of which do our cousins speak ?   They speak
.arge one.   Of which corks do you speak ?   We
f these.   Of which ones does the merchant speak ?
ιks of his.   Of which do our friends speak ?   They
f those.   Of what does your father-in-law speak ?
ks of his money.   Of what does his grandson speak ?
.ks of his books.   Of what does his son-in-law speak ?
ιks of these animals.   Of what is he thinking ?   He
ing of (*à*) his gold ?   Of what are they thinking ?
re thinking of what (*à ce que,*) they are doing ?   Of
·e those boys afraid ?   They are afraid of those dogs.
se granaries full or empty ?   These granaries are
those are empty.   Have those men the full barrels
mpty ones ?   They have the empty ones.   Are you
for the cork ?   No, sir ; I am looking for the whip.
at man look for some corks and for some nails ?   He
r nails, but he does not look for corks.   Whose whip

6*

do you break? I break mine. Whose does your brother break? He breaks the captain's. Whose glass do we break? We break the neighbor's. Whose do they break? They break yours. Whose matresses do they buy? They buy the merchant's. Whose does the traveller buy? He buys the soldier's. Whose do we buy? We buy theirs. Whose bear do you see? I see the countryman's. Whose does he see? He sees the neighbor's. Whose notes have you? I have the merchant's. Whose has your brother? He has the lawyer's. Do you see the hole in that wall? I see it. Is that marble hard? It is very hard. Do you like hard bread? I-do not like it. Are you afraid of that bear? I am afraid of him (en). Is the bear afraid of the whip? He is afraid of it. Are you speaking of the matress? I am speaking of it. Is he speaking of the note? He is speaking of it. Is the horse afraid of that hole? He is afraid of it. Do they speak of the long wall? They do not speak of it. Is he speaking of the hard bread? He is not speaking of it. Of what are you thinking? I am thinking of what he says. Do you like beef well cooked or rare? I like it rare. Do you like the heat or the cold? I like neither. Does that man dry his wet linen in the sun or in the wind? He dries it before the fire. Do you buy (some) corks? I do not buy corks. Do you buy hay? I buy some good hay.

Le rat habite[1] ordinairement[2] les greniers où il mange[3] le grain. Il semble[4] préférer[5] les choses[6] dures aux plus tendres. Il ronge[7] les meubles,[8] perce[9] le bois et fait des trous dans les murs. Un gros rat est plus méchant et presque[10] aussi[11] fort[12] qu'un jeune chat. L'écureuil[13] est un joli petit animal. Il n'est ni carnassier[14] ni nuisible.[15] Il mange ordinairement des fruits et des noix.[16] Il est propre,[17] vif,[18] très-alerte[19] et très-industrieux.[20] Comme les oiseaux il est presque toujours en l'air et il demeure[22] sur les arbres.

1, *Habiter*, to inhabit. 2, *Ordinairement*, usually. 3, *Manger*, to eat. 4, *Sembler*, to seem. 5, *Préférer*, to prefer. 6, *Chose*, thing. 7, *Ronger*, to gnaw. 8, *Meubles*, furniture. 9, *Percer*, to pierce. 10, *Presque*, almost. 11, *Aussi*, as. 12, *Fort que*, strong as. 13, *Écureuil*, squirrel. 14, *Carnassier*, carniverous. 15, *Nuisible*, hurtful. 16, *Noix*,

l7, *Propre*, neat. 18, *Vif*, lively. 19, *Très-alerte*, very alert.
lustrieux, industrious. 22, *Demeurer*, to dwell.

THIRTY-FIRST LESSON.	TRENTE-ET-UNIÈME LEÇON.
	La, (feminine) *les*, (plu,)
oman, or wife,	La *femme*, les *femmes*,
other,	La *mère*, les *mères*,
ter,	La *sœur*, les *sœurs*,
dy,	La *dame*, les dames,
y (fem,)	*Elle*, *elles*, (plu.)
	Ma (fem.) mes. (plu.)
	Ta, tes,
her,	*Sa*, *ses*,
ter, my sisters,	Ma sœur, mes sœurs
other, thy sisters,	Ta mère, tes sœurs,
fe, his sisters,	Sa femme, ses sœurs,
: *that*,	*Cette*, (fem.) ces, (plu.)
aid-servant,	Cette *servante*,
ter, *these* letters,	La *lettre*, *ces* lettres
ones,	*Une* (fem.) les unes (plu.)
them,	*La* (bef. verb) *les*. (plu,)
;	Une *chaise*,
,	Une *table*.

ta, *sa* become *mon*, *ton*, *son*, before a vowel or silent *h*.

ate, my slate,	Cette *ardoise*, mon ardoise,
l, his school,	Une *école*, son école,
hool, the slate,	L' école, l' ardoise.

ecomes *l'* before a vowel or a silent *h*.

To hold,		*Tenir*.		
tu tiens,	il tient,	nous tenons,	vous tenez,	ils tiennent.
thou holdest,	he holds,	we hold,	you hold,	they hold,

verbs in *enir* are compounded of these two, and are varied like

To come,		*Venir*,		
tu viens,	il vient,	nous venons,	vous venez,	ils viennent,
thou comest,	he comes,	we come,	you come,	they come.

Whence—from where,	*D' où,*
Frequently,	*Souvent,*
Has the woman my letter?	La femme a-t-elle ma lettre?
She has it,	Elle l' a,
She is holding it,	Elle la tient,
Are you holding my slate,	Tenez-vous mon ardoise?
I am holding it,	Je la tiens,
Are those ladies coming here?	Ces dames viennent-elles ici?
They are coming to my house,	Elles viennent chez moi,
Whence do you come?	D' où venez-vous?
We come from home,	Nous venons de chez nous,
He comes from their house,	Il vient de chez eux,
I come from the store,	Je viens du magasin,
I come from it (or from there,)	J' en viens,
She does not come from it,	Elle n' en vient pas,
Do not your sisters come from it?	Vos sœurs n' en viennent-elles pas?
What is that lady holding?	{ Que tient cette dame? or, { Cette dame que tient-elle?
Where is that maid-servant going?	{ Où va cette servante? or, { Cette servante où va-t-elle?

What is that woman holding? She is holding her letter. Art thou holding thy mother's letter? I am holding her letter. Are you holding my sister's chair? We are holding it. Are those maid-servants holding the gloves of those ladies? They are holding them. Do you see a letter on that table? I see a letter and a slate on that table. Have you my slate or his slate? I have thy slate. Are you going to school (*à l'ècole*) or are you coming from (*de l'*) school? I am coming from school. Is he not coming from my school? He is coming from home (*de chez lui*). Art thou coming from thy school or from his school? I am coming from the mill. Whence do you come? We come from the general's. Do those women come from our house? They do not come from your house. Does your mother come here often? No, sir; but she goes to the store often. Do your sisters come to my mother's often? Yes, sir; and they go often to that lady's. Whence does his maid servant come? She comes from his house. How many letters are you holding? I am holding two letters. What is he holding? He is holding a letter and a slate. Has that poor man some chairs and some tables?

has three chairs and a table. Do you come from school?
me from there (from it). We come from the store;
the boy come from there (from it)? He comes from
. Do they not come from there? They do not come
there. Do you speak of that school? We speak of
)f what does that lady speak? She speaks of her
:. Does she not speak of them? She speaks of them.
she speak of this letter? She speaks of it. From
ce do those women come? They come from the gran-
Do they not come from it? They come from it. Do
ome from the full granaries? I come from them (from
). Does he come from the empty ones? He does not
from them. From which (*Desquels*) does he come?
hich does he speak? He speaks of the full ones.
he speak of the corks and of the nails? He speaks
m. Does he speak of that bear? He speaks of him.
1at is the servant thinking? He thinks of the whip.
)u buy some matresses? I buy some matresses. Do
vish for some hard bread? I do not wish for hard
. I wish for bread, and I wish for good bread. What
)u holding? I am holding some notes and some small
:.

; des poissons qui ne sont pas plus gros que[1] votre petit
Je les tiens sur ma cheminée[2] dans un vase plein
Les nuages[3] sont bien épais. Ils vont nous cacher[4]
:il. Il reste[5] encore un peu[6] de ciel bleu. Il n' en reste
lu tout. Il est tout couvert[7] de nuages. La pluie[8]
ience[9]. Les gouttes[10] tombent.[(a)] Les canards sont très-
x;[12] mais les oiseaux sont tristes. Ils vont se[(b)] cacher
es arbres. Cette pluie fait du bien[13] à tout le monde.[14]
phant est, après[15] l' homme, l'être[16] le plus considérable
monde. Il surpasse[17] tous les animaux terrestres[18] en
eur,[19] et il approche[20] de l' homme par[21] l' intelligence,
t que[22] la matière[23] peut approcher de l' esprit.[24]

ue than. 2, *Cheminée*, chimney, 3, *Nuage*, cloud. 4, *Cacher*,
:. 5, *Il reste*, there remains. 6, *Un peu*, a little. 7, *Couvert*,
d. 8, *Pluie*, rain. 9, *Commence*, begins. 10, *Goutte*, drop.
mber, to fall. 12, *Joyeux*, joyful. (b,) *Se* themselves. 13, *Bien*,
14. *Monde*, world. 15, *Après*, after. 16, *Etre*, being. 17, *Sur*-
to surpass. 18, *Terrestre*, of the land. 13, *En grandeur*, in

size. 20, *Approcher*, to approach. 21, *Par*, by. 22, *A*
much as. 23. *Matière*, matter. 24, *Esprit*, mind.

THE THIRTY-SECOND LESSON.   TRENTE-DEUXIÈM

Mine,	*La mienne* (fem.) *les* ?
Thine,	*La tienne,* " *les t:*
His, hers,	*La sienne,* " *les s*
Ours,	*La nôtre,* " *les n*
Yours,	*La vôtre,* " *les v*
Theirs,	*La leur,* ʻ *les l*
The one, the ones,	*Celle,* ʻʻ *celle*
This one, these,	*Celle-ci,* ʻʻ *celle*
That one, those,	*Celle-là,* ʻ *celle*
What, or *which,* (adjective)	*Quelle,* ₁ ʻʻ *quel*
Which one, which ones,	*Laquelle,* ʻʻ *lequ*
To light,	*Allumer,*
The *candle,*	La *chandelle,*
That *water,*	Cette *eau,*
His *bottle,*	Sa *bouteille,*

To fill,   *Remplir.*

Je remplis, tu remplis, il remplit, nous remplissons, vous remplissez
I fill,   thou fillest,   he fills,   we fill,   you fill,

The *girl, daughter,*	*La fille,*
The miss, young lady,	La *demoiselle,*
Do you fill his bottle with water?	Remplissez-vous sa d'eau?
I fill it with it,	Je l'en remplis.

En, in French, supplies the place of *de* with a pr(
therefore, which are followed by *de,* as in these last ph
when the noun is replaced by the pronoun, though *of* c
used in English.

Does she fill the glass with wine?	Remplit-elle le verre
Se fills it with it,	Elle l'en remplit,
Do you thank that man for his books?	Remerciez-vous cet l livres?
I thank him for them,	Je l'en remercie,

Remercier de,

you for the money? Vous remercie-t-elle de l'argent?
for it,   Elle m'en remercie,
 it,   Je vous en remercie,
ι for it,   Nous les en remercions,
for it,   Elles nous en remercient.

examples it is seen that *en* comes after the other pro-

ɔ you light?   Quelle chandelle allumez-vous?
ɛ girl (or the girl's), J'allume celle de la fille,
-servant light the   La servante allume-t-elle celles
ɛe of the ladies,)   des dames?
dies', (those of the
                      Elle allume celles des dames,

ɛ she light?   Laquelle allume-t-elle?
                      Elle allume la sienne,
 we light?   Lesquelles allumons-nous?
                      Nous allumons les miennes.

ht my candle or yours? I light neither mine
Does he light his or ours? He lights theirs.
; this one or that one? They light this one.
, these or those? They light neither these nor
ight mine and thine. Do you light the young
ʒht hers and ours. With what (*De quoi*) do
ɔottle? I fill it with water. Does he not fill
ɛ? No, sir; he fills it with milk. We fill our
paper; with what do they fill theirs? They
:h books. For what (*De quoi*) do you thank
ſ thank him for the fruit which he gives me.
m for it; do they not thank him for it? They
r it. Is that woman afraid of the dog? She
im. Is she afraid of those horses? She is
n. Is your mother speaking of those cakes?
ng of them. Are your sisters coming from the
ɾ are coming from it. Do you thank those la-
, (that which) they give you? I thank them
t have you on your table? I have a slate, a
ɔ books on my table. What is that girl buy-
; buying (some) chairs. Is she coming from

school? She is coming from it. Does she go to s
ten? No, sir; she does not go to school often, but
to the neighbor's often. What are you doing? I
ing the young lady's horse. From whence do yo
I come from the doctor's. With what does that gi
bottle? She fills it with milk and water. Does sh
it with wine? She fills it with it. What bottle c
fill? She fills hers. Do they fill this one or th
They fill the lady's.

Les plus grands éléphants des Indes[1] et des côte
tales[3] de l' Afrique[4] ont quatorze pieds de hauteur ;[5]
petits, qu' on[(a)] trouve[6] au Sénégal et dans les autre
de l' Afrique occidentale,[7] n' ont que dix ou onze pie
taille[8] la plus ordinaire[9] des éléphants est de dix à on:
ceux de treize et de quatorze pieds de hauteur, sont t
La force de ces animaux est proportionelle[10] à leur g
Les éléphants des Indes portent[11] aisément[12] trois o
milliers[13] de livres.[14] Leurs aliments[15] ordinaires
racines, des herbes,[16] des feuilles et du bois tendre ;
gent aussi des fruits et des grains.

1, *Indes*, Indies. 2, *Côte*, coast. 3, *Oriental*, eastern. 4
Africa. 5, *Hauteur*, height. (a) *On*, one. 6, *Trouver*, to
Occidental, western. 8, *Taille*, size. 9, *Ordinaire*, ordinary.
portionel, proportional. 11, *Porter*, to carry. 12, *Aisémer*
13, *Millier*, thousand. 14, *Livre*, pound. 15, *Aliment*, food.
herb.

THE THIRTY-THIRD LESSON.   TRENTE-TROISIÈME I

Adjectives ending in *e* mute in the masculine are the sal
feminine.

The young son,	Le jeune fils,
The young daughter,	La jeune fille,
That amiable lady,	Cette aimable dame,
That amiable gentleman,	Ce aimable monsieur.

Adjectives not ending in a silent *e* take one to form the f

My little sister,	Ma petite sœur,
Our pretty *pen*,	Notre jolie *plume*,

: *door*,	La grande *porte*,
: door open,	*Ouvert*—la porte ouverte,
ow,	La *fenêtre*,
window shut,	*Fermé*—la fenêtre fermée,
	Une *chambre*,
	La *clef*,
	Sa *fourchette*,
,	La *lumière*,
wear,	*Porter*,
	La *ville*,
	Fermer.

To *open*,   *Ouvrir.*

tu ouvres,	*il ouvre*,	*nous ouvrons*,	*vous ouvrez*,	*ils ouvrent*,
thou openest,	he opens,	we open,	you open,	they open.

pen the door?	Ouvrez-vous la porte?
: window,	J' ouvre la fenêtre,
his door in the evening,	Il ferme sa porte le soir.

.djectives ending in *el, eil, ien, on* and *et*, double their final t before *e* mute of the feminine.

ions to these rules will be specified as they occur in the fol- ssons.

l water,	La bonne eau,
lsome lady,	La belle dame,
	Cette *encre*,
,	Ta *tante*,
hich, or *who*—those, etc.,	*Celle qui, celles qui*, (plu.)
hich, or, *whom*—those, etc.	*Celle que, Celles que*.

: is only the feminine of *celui, celle qui* and *celle que* are used *qui* and *celui que*. (See Lesson 24.)

or do you shut?	Quelle porte fermez-vous?
: one which you shut,	Je ferme celle que vous fermez,
: one which is open,	Je ferme celle qui est ouverte.
;	La *rivière*,
.d,	Le *monde*.

you my pen? I have not your pen. What pen : girl? She has that of the young lady. What door do you open? I open the one which you shut. Which one does the woman open? She opens that one. Does she shut the door which we open? No, sir; she shuts the one which they open. Do you shut the door or the window? I shut the window. We shut our windows; do they shut theirs? They shut those which the maid-servant opens. Does she shut that which is open? She shuts that which is open, and opens that which is shut. Is not the door of your room open? No, sir; the door of my room is shut, but the window is open. Where is the servant carrying that key? He is carrying it into that room. Is it the key of your room or of mine? It is that of mine. Is that fork of silver? No, sir; it is of iron. Where do you carry those silver forks? I carry them home. Do those soldiers wear red coats? Yes, sir; they wear red coats, but we wear blue coats. Do you carry a light? I do not carry a light. Does not the sun give light to this world? It gives light to the world. Do the countrymen carry their fruit to the city? They carry it to the city. Have you much ink? I have a bottle full of ink. Where is your aunt going? She is going to the city. Does your aunt fill her bottle with ink? She fills it with it. Do you thank her for the fruit which she gives? I thank her for it. Is she coming from the city? She is coming from it. Do you open the door which she opens? I open the one which is shut. Does she shut the one which you open? She shuts that which is open. Do you light the candle which you carry? I light that which she carries. I light the one which is here on the table.

Les chevaux arabes[1] sont plus beaux et plus grands que les chevaux barbes,[2] et tout aussi bien faits.[3] Les plus beaux chevaux anglais[4] sont semblables[5] aux arabes et aux barbes. Les chevaux de Hollande sont fort[6] bons pour le carrosse.[7] Les chevaux arabes viennent des chevaux sauvages[8] des déserts d'Arabie. Toute l'Asie et l'Afrique en sont pleines. Ils sont si légers[10] que quelques-uns d'entre[11] eux devancent[12] les autruches[13] à la course. Les Arabes du désert et les peuples[14] de Libye élèvent[15] une grande quantité[16] de ces chevaux. Ces animaux sont naturellement[17]

rès-disposés[18] à se familiariser[19] avec l'homme et à
r[20] à lui.

Arabian. 2, *Barbe* of Barbary. 3, *Fait*, made. 4, *An-*
lish. 5, *Semblable*, like. 6, *Fort*, very. 7, *Carrosse*, car-
Sauvage, wild. 10, *Léger*, light. 11, *D'entre*, from among.
cer, go before. 13, *Autruche*, ostrich. 14, *Peuple*, people.
raise. 16, *Quantité*, quantity. 17, *Naturellement*, naturally.
, disposed. 19, *Familiariser*, to familiarize. 20, *Attacher*,

---

RTY-FOURTH LESSON.   TRENTE-QUATRIÈME LEÇON.

en seen (Lesson 32) that *en* supplies the place of *de* and a
nd (Lesson 29) that nouns used in a partitive sense take *de*
. Hence it follows that when a pronoun replaces a par-
, *en* is used.

sh for some wine?	Voulez-vous du vin?
some,	J'en veux,
some money?	Avez-vous de l'argent?
e,	J'en ai,
y some gloves?	Achetez-vous des gants?
,	J'en achète,
t buy some?	N'en achetez-vous pas?
ty any,	Je n'en achète pas,
	De la *soie*,
soup,	De bonne *soupe*,
y made,	*Neuf*,
t,	Un habit neuf.

ne adjectives in *f* have their feminine in *ve*, and those in *x*
feminine *se*.

	Une *robe*,
wn,	Une robe neuve,
	Heureux,
y,	Il est heureux,
py,	Elle est heureuse,
,	De la *toile*,
se linen,	De *grosse* toile, (*grosse*, fem. of *gros*,)

Has he any good soup?	A-t-il de *bonne* soupe ?
He has not any,	Il n'en a pas,
Have they any coarse linen?	Ont-ils de grosse toile ?
Have they any?	En ont-ils ?
They have some,	Ils en ont,
Some good *ink*,	De bonne *encre*,
Have you some good ink?	Avez-vous de bonne encre ?
We have some good,	Nous en avons de bonne,
The *cravat*,	La *cravate*,
White cravats,	Des cravates blanches, (*blanche* fem. of blanc),
How many cravats do they buy?	Combien de cravates achètent-ils ?
They buy six (of them,)	Ils en achètent six,
How many do you buy?	Combien en achetez-vous ?
I buy two (of them,)	J' en achète deux,
He buys four,	Il en achète quatre,
Do you buy white ones?	En achetez-vous de blanches,
I buy black ones,	J' en achète de noires,
To taste,	*Goûter,*
To call,	*Appeler,*
To pick up,	*Ramasser,*
Do you pick up what you find?	Ramassez-vous ce que vous trouvez ?
The *hand*,	La *main*,
The *face*,	La *figure*,
The *mouth*,	La *bouche*,
The *head*,	La *tête*,
The *tooth*,	La *dent*,
Do you taste that wine?	Goûtez-vous ce vin ?
I do not taste it,	Je ne le goûte pas,
Does he call the servant?	Appelle-t-il le domestique,
He calls him,	Il l' appelle.

Verbs whose infinitive ends in *eler* and *eter*, with few exceptions double the *l* and *t* before a silent *e*, as,

J' appelle, tu appelles, il appelle, nous appelons, vous appelez, ils appellent.

How,	*Comment,*
How (what) do you call your child?	Comment appelez-vous votre enfant ?
I call him *John*,	Je l' appelle *Jean*,

Peter,	*Pierre,*
That man's hand is very white,	Cet homme a la main bien blanche,
His face is *broad,*	Il a la figure *large.*

The possessive adjectives, *mon, ton, son,* etc., are not joined to the parts of the body in French, unless where perspicuity requires it, but a different construction is preferred, as in these last sentences—so, also,

Is not his mouth large ?	N'a-t-il pas la bouche grande ?
Round,	*Rond,*
Your head is round,	Vous avez la tête ronde
My teeth are large,	J'ai les dents grandes.

Do you wish for some good soup? I wish for some. Does your sister wish for some? She does not wish for any. Do you taste of this soup? I taste of it. Does that lady buy some silk? She buys some. Does she buy some good silk? She buys some good. Do you buy some new coats? We buy some new. Do those women buy some new gowns? They buy some new. Has that happy servant a new gown? She has one. Does that happy man buy some cravats? He buys two. Does that happy woman buy some coarse linen? She buys some. Do you pick up those coarse cravats? I pick them up. How many (of them) do you pick up? I pick up three (of them.) Is that boy picking up some papers? He is picking up some. Do you call the boy whose hand is (who has the hand) large? I call him whose (*celui qui a*) hand is small. Does that lady whose face is handsome buy some coarse linen? She buys some. Is not that man's mouth very small? His mouth is small and his head is round. Is not his head large? His head is very large and his face is broad. Does not that man whose mouth is small buy some wide pantaloons? He buys some. How many does he buy? He buys four. What (how) do you call your son who has the handsome teeth? I call him John. How many teeth has that child? He has six. Has he not eight? He has not eight. Do you like soup? I like it. Do you wish for some? I do not wish for any. Is not that table round? It is round. Are you looking for some ink? I am looking for some. Do you fill your inkstand with ink? I fill it with it. How (what) does your neighbor call his son? He calls him Peter. How does that boy do his work? He does it very well.

Le chien indépendamment[1] de la beauté[2] de sa forme,[3] de la vivacité,[4] de la force, de la légèreté,[5] a toutes les qualités[6] intérieures[7] qui peuvent lui attirer[8] les regards de l' homme. On peut présumer[9] avec quelque vraisemblance,[10] que le chien de berger[11] est, de tous les chiens celui qui approche le plus de la race primitive de cette espèce,[12] puisque[13] dans tous les pays habités[14] par des hommes sauvages, ou même[15] à demi[16] civilisés,[17] les chiens ressemblent[18] à cette sorte[19] de chiens plus qu' à aucune autre.   La durée[20] de la vie[21] est dans le chien, comme dans les autres animaux, proportionnelle au temps de croissance ;[23] il est environ[24] deux ans[25] à croître.[26]   On peut connaître[27] son âge par les dents.

1, *Indépendamment*, independently. 2, *Beauté*, beauty. 3, *Forme*, form. 4, *Vivacité*, vivacity. 5, *Légèreté*, lightness. 6, *Qualité*, quality. 7, *Intérieur*, interior. 8, *Attirer*, attract. 9, *Présumer*, presume. 10, *Vraisemblance*, appearance of truth. 11, *Berger*, shepherd. 12, *Espèce*, species. 13, *Puisque*, since. 14, *Habité*, inhabited. 15, *Même*, even. 16, *Demi*, half. 17, *Civilisé*, civilized. 18, *Ressembler*, resemble. 19, *Sorte*, kind. 20, *Durée*, duration. 21, *Vie*, life. *Proportionel*, proportional. 23, *Croissance*, growth. 24, *Environ*, about. 25, *An*, year. 26, *Croître*, to grow. 27, *Connaître*, to know.

THE THIRTY-FIFTH LESSON.	TRENTE-CINQUIÈME LEÇON.

To lead, take,   *Mener*.

Mener is applied to objects which move of themselves, *porter* to such as are carried.

Do you take that horse home ?	Menez-vous ce cheval chez vous ?
Do you take that book home ?	Portez-vous ce livre chez vous ?
The *Frenchman*, or *French language*,	Le *Français*, (fem.) *Française*,
The *Englishman*, or *English language*,	L' *Anglais*, (fem.) *Anglaise*,
Cool, fresh,	*Frais*, (fem.) *Fraîche*,
To find,	*Trouver*,
Already, yet,	*Déjà*,
Not yet,	*Ne pas encore*,
Do you find your hat yet ?	Trouvez-vous déjà votre chapeau ?

d it yet,	Je ne le trouve pas encore,
	Etudier
h woman studies Eng-	Cette Française étudie l' Anglais,
ish woman studies	L' Anglaise étudie le Français,
(fem.)	Une *parente*,
relation,	Elle est ma parente,
fem.)	Une *écolière*,
ger, (fem.)	Cette *étrangère*,
or, (fem.)	La *voisine*,
f whom,	Dont,

nuainted with, to know.   Connaître.

nais,	tu connais,	il connaît,	nous connaissons,
,	thou knowest,	he knows,	we know,
	vous connaissez,		ils connaissent,
	you know,		they know.

quainted with the man I speak?	Connaissez-vous l' homme dont je parle?
he stranger of whom I	Elle mène l' étrangère dont je parle,
e gown of which we	A-t-elle la robe dont nous parlons?
e the dog of which he ?	Voit-il le chien dont il a peur?
e one of which he is	Il voit celui dont il a peur,
	La *maison*,
	La *brique*,
house,	La maison de brique,
	La *paupière*,
e does he buy?	Quelle maison achète-t-il?
hat (the one) of which k,	Il achète celle dont vous parlez.

1 lead that English woman home? I lead the
oman home. Does he take to the city the Eng-
an or the French woman? He takes his relation
y. Do you wish for some cool water? I wish
Do you take some fresh water to that English

woman? I take some to that French woman. What does that Englishman study? The Englishman studies French, and the Frenchman studies English. What do you lend the Englishman? I lend a book to the English man, and I lend my gun to the Frenchman. Do you neighbors take their children to the school? They take their children to the school, and the children take their books to the school. We study much; do you study much? I do not study much. Do your relations lend you any money? They lend me some. Do you already find what you are looking for? I do not find it yet. What do they find? They find their good bricks. Do they find them already? They do not find them yet. Is your relation already hungry? She is not yet hungry. What stranger are you acquainted with? I am acquainted with the stran-ger of whom you speak. Is your neighbor acquainted with the one of whom I speak? All my neighbors are ac-quainted with her (the one) of whom you speak. Are you acquainted with the stranger who buys the brick house? We are acquainted with him. Do you buy the wooden house or the brick house? I buy the one of which you speak. Does that child shut his eyelids? He shuts them. Does he not open his eyelids? He does not open his eye-lids. Are his eyelids open or shut? They are shut. How many houses have you? I have one. Does your sister buy two new gowns? She buys two. Are you looking for coarse linen? I am looking for some. Does she wish for red ink or for black? She wishes for black. Do they look for white cravats or for black ones? They look for black ones. Are you acquainted with the lady whose hand is small and whose face is pretty? Yes, sir; and I am ac-quainted also with her whose mouth is small and whose head is round.

La brebis[1] est pour l'homme l'animal le plus précieux, celui dont l'utilité[2] est la plus immédiate et la plus étendue.[3] Ces animaux, dont le naturel[4] est si simple, sont aussi d'un tempérament très-faible.[5] Ils ne peuvent pas marcher[6] long-temps. Les voyages[7] les affaiblissent[8] et les exténu-ent;[9] dès[10] qu'ils courent,[11] ils palpitent[12] et sont bientôt essoufflés.[13] La grand chaleur,[14] l'ardeur[15] du soleil, les

dent[16] autant[17] que l'humidité,[18] le froid et la neige.[19]
sujets[20] à un grand nombre[21] de maladies, dont la
sont contagieuses ;[22] la surabondance[24] de graisse[25]
uelquefois mourir.[26] En un mot, ils demandent[27]
soin[28] qu'aucun des autres animaux domestiques.
re toujours les agneaux blancs et sans taches[29] aux
noirs ou tachés,[30] et la laine[31] blanche est meilleure
ine noire.

, sheep. 2, *Utilité*, utility. 3, *Etendue*, extended. 4, *Na-*
re. 5, *Faible*, feeble. 6, *Marcher*, walk. 7, *Voyage*, jour-
faiblir, enfeeble. 9, *Exténuer*, extenuate. 10, *Dès que*,
. 11, *Courir*, to run. 12, *Palpiter*, to palpitate. 13, *Es-*
out of breath. 14, *Chaleur*, heat. 15, *Ardeur*, ardor. 16,
r, to incommode. 17, *Autant*, as much. 18, *Humidité*,
19, *Neige*, snow. 20, *Sujet*, subject. 21, *Nombre*, num-
plupart, most. 23, *Contagieux*, contagious. 24, *Surabond-*
rabundance. 25, *Graisse*, fat. 26, *Mourir*, to die. 27,
demand. 28, *Soin*, care. 29, *Tache*, spot. 30, *Taché*,
1, *Laine*, wool.

IRTY-SIXTH LESSON. TRENTE SIXIÈME LEÇON.

f, Douter de,
Laid,
, De la laine,
hout a noun,) Ceci,
hout a noun,) Cela,
ly,—that is handsome, Ceci est laid, cela est beau,
k—that is wool, Ceci est soie, cela est laine,
lieve that? Croyez-vous cela?
ubt of that? Doutez-vous de cela?
it, J'en doute,
ave? (future,) Aurez-vous? (fut. of avoir,)
', J'aurai,
ve? Aura-t-il?
ive, Il aura,
Le jour,
Demain,

Will you have your money to-morrow ?	Aurez-vous votre argent demai
I shall have mine to-morrow,	J'aurai le mien demain,
He will have his to-morrow,	Il aura le sien demain,
What day is it to-day ?	Quel jour *est-ce* aujourd' hui ?
It is Monday,	C'est *Lundi*,
A *week*,	Une *semaine*,
Will you be ? (fut.)	*Serez-vous* (fut. of *être*,)
I shall be,	*Je serai*,
Will he be ?	*Sera-t-il ?*
He will be,	Il sera,
Where will you be to-morrow ?	Où serez-vous demain ?
I shall be at home,	Je serai chez moi,
To-morrow will be *Tuesday*,	Demain sera *Mardi*,
Will you be at home this week ?	Serez-vous chez vous cette maine ?

That pretty young lady is rich; do you doubt of tha
I do not doubt of it.   Of what does your neighbor doul
She doubts of your courage.   We do not doubt of th
courage ; do they doubt of mine ?   They do not doubt of
This is handsome, and that is ugly ; do you see them ?
see them.   This is wool, and that is silk ; which do y
wish for ?   I wish for both.   Do you buy (some) wool
(some) silk ?   I buy neither.   Do you doubt of that?
do not doubt of it.   Are not that lady's hands ugly ?   (S
Rule, Less. 34.)   Her hands are ugly but her face is pret
Will you have much money to-morrow ?   I shall have mu
(of it) to-morrow.   Will that man have much?   He v
not have much.   Will you have some money to-morro\
I shall have some, and my father will have much.   Wl
day is it to-day?   It is Monday.   Is it not Tuesday?
is not Tuesday to-day, it will be (*ce sera*) Tuesday
morrow.   How many days make a week?   Seven da
make a week, and Monday is the second day of the we
Where will you be to-morrow?   I shall be at my fath
in-law's.   Will your father-in-law be at home this wee!
He will be at home Monday and Tuesday.   Does the Er
lishman take the Frenchman home?   Yes, sir ; and t
Frenchman takes his books home.   Does that Fren
woman already speak English?   She does not speak

)oes the English woman study French? She stu-
ind she speaks it already. Are you acquainted with
'ench scholar of whom I speak? I am acquainted
m. Do you see the brick houses of which we are
ıg? I do not see them. Do you fill your inkstand
k? I fill it with it. Do you fill it with red ink or
ack? I fill it with blue.

: jour est-ce, Charles? C' est aujourd' hui dimanche.[1]
ıain? Demain sera lundi. Après demain sera mar-
; après mardi? Mercredi.[2] Et après mercredi?
Et après Jeudi? Vendredi.[4] Et après vendredi?
..[5] Et après samedi? C' est dimanche qui revient.[6]
ın de jours cela fait-il? Nous n' avons qu' à comp-
)imanche, un. Lundi, deux. Mardi, trois. Mer-
ʃuatre. Jeudi, cinq. Vendredi, six. Samedi, sept.
it sept jours. Sept jours font une semaine. Quatre
es entières[8] et deux ou trois jours d' une autre se-
font un mois.[9] Douze mois font une année,[10] ou un

hat sauvage est plus fort et plus gros que le chat
ique; il a toujours les lèvres[11] noires, la queue[12] plus
et les couleurs[13] constantes. Dans ce climat, on ne
: qu' une espèce de chat sauvage.

ıanche, Sunday. 2, *Mercredi*, Wednesday. 3, *Jeudi*, Thurs-
Vendredi, Friday. 5, *Samedi*, Saturday. 6, *Revenir*, to re-
, *Compter*, to count. 8, *Entier*, whole. 9, *Mois*, month. 10,
'ear. 11, *Lèvre*, lip. 12, *Queue*, tail. 13, *Couleur*, color.

IIRTY-SEVENTH LESSON.   TRENTE-SEPTIÈME LEÇON.

have?	*Aurons-nous?*
ll have,	Nous aurons,
ʃ *have?*	*Auront-ils?*
ill have,	Ils auront,
be?	*Serons-nous?*
ll be,	Nous serons,
ʃ *be?*	*Seront-ils?*
ill be,	Ils seront,

Sunday,	Dimanche,—le dimanche,
Wednesday,	Mercredi—le mercredi,
Thursday,	Jeudi—le jeudi,
Friday,	Vendredi—le vendredi,
Saturday,	Samedi—le samedi,
Next,	Prochain,
A month,	Un mois,
A year,	Une année. Un an,
Next month,	Le mois prochain,
Next year,	L'année prochaine,
Soon,	Bientôt,
Shall we have our money soon?	Aurons-nous bientôt notre arge
They will have theirs next Saturday,	Ils auront le leur samedi proch;
We will be here (on) Sunday, and they will be here (on) Wednesday,	Nous serons ici dimanche, et seront ici mercredi,
To think, of	Penser, (à bef. noun and pronoι
Do you think of that lady?	Pensez-vous à cette dame?
I think of her,	Je pense à elle.

Pronouns governed by prepositions are placed after the verb.

I think of him,	Je pense à lui,
To me, from or of me,	A moi, de moi,
To you, from or of you,	A vous, de vous,
To us, from or of us,	A nous, de nous,
To thee, of or from thee,	A toi, de toi,
To him, of or from him,	A lui, de lui,
To her, of or from her,	A elle, d'elle,
To them, of or from them, (masc.)	A eux, d'eux,
To them, of or from them, (fem.)	A elles, d'elles,
Does he think of me?	Pense-t-il à moi,
He speaks of you,	Il parle de vous,
They speak of us,	Ils parlent de nous,
We think of them,	Nous pensons à elles,
Do you go to them?	Allez-vous à eux,
I think of thee,	Je pense à toi.

The dative of the pronouns, that is, the pronouns preceded b
when used with penser and verbs of motion, are rendered into Fr
by a and the pronouns placed after the verbs as seen above.

To return,	*Revenir,* (varied like *venir,*)
Do you return to me ?	Revenez-vous à moi ?
I return to thee,	Je reviens à toi,
Do you go to him ?	Allez-vous à lui ?
I go to you,	Je vais à vous,
Do you think of us ?	Pensez-vous à nous ?
I think of you,	Je pense à vous.

The same form is used with other verbs, when the pronoun is emphatic, and when different pronouns are connected.

Do you speak to me ?	Me parlez-vous ?
I speak to you,	Je vous parle,
I do not speak to you, I speak to him,	Je ne parle pas à vous, je parle à lui.

In this sentence the pronoun is after the verb because it is emphatic; in the following sentences also because several pronouns are connected.

Do you speak to me or to him ?	Parlez-vous à moi ou à lui ?
I speak to you, to him and to them,	Je parle à vous, à lui et à eux,
New, newly obtained, novel,	*Nouveau, nouvel* bef. vl. or silent *h*,
A new book,	Un nouveau livre,
A new year,	Un nouvel an,
To stay,	*Rester,*
To dwell, to live,	*Demeurer,*
He dwells in the city,	Il demeure à la (en) ville,
The *country*—in the country,	La *campagne,* à la campagne.

Shall we have our money Monday or Tuesday ? We shall have it Wednesday or Thursday. Shall we have our books (on) Friday ? We shall not have them on Friday; we shall have them on Saturday. Where will you be on Sunday ? We shall be here on Sunday. Will they be at home this week ? They will be at home this week and all this month. Where will you be next week ? We shall be at my father's. Where will your brothers be ? They will be at home. Will they have their books and papers ? They will have them. What will they have ? They will have their exercises. How many months make a year ? Twelve months make a year, and fifty-two weeks make a

8

year also. Will your brother-in-law have his money so
He will have it soon. Will he be here soon? He wil
here soon. Do you think of me? I think of thee.
you think of him? I do not think of him. Does he th
of her often? He thinks of her very often. We thinl
you; do you think of us? We think of you. Dost t!
think of them? I think of them sometimes. Do t!
think of those ladies? They think of them. My brotl
art thou going to thy mother or to thy father? I am go
to my mother. I am going to her, I am not going to b
Do you return to me? I do not return to you, I am go
to them. Are you coming to us, or do you return to y
sisters? I return to them. Do they return to you? T.
return to us. Does he return to you, or do you return
him? We return to him. What have you new? I h
a new horse and some new books. Have you a new frie
I have a new one. Do you stay here? I stay here. L
your new friend stay here? He stays here. We stay
home to-day. Do your brothers stay at home? No,
they are going to school. Do you live in the city?
sir; I live in the country. Where does your friend dw
He dwells in the country. We dwell in the city. Wl
do those ladies dwell? They dwell in the city. ＼＿.

Londres[1] est la principale ville, ou la capitale de l'An
terre.[2] Edinbourg est la capitale de l'Ecosse,[3] et Du
est la capitale de l'Irlande.[4] Ces trois royaumes[5] sont
même prince, qu'on appelle roi d'Angleterre. A l'est
l'Angleterre, on trouve le Danemarc,[7] dont la capitale
Copenhague,[(s)] dans l'île[8] de Zélande. La Norwège,[9]
est au nord[10] du Danemarc, appartient[11] aussi au roi
Danemarc; sa ville capitale est Christiana. A l'est d
Norwège on trouve la Suède,[12] autour[13] du golfe[14] de B(
nie, dans la mer[15] Baltique. La capitale de la Suède
Stockholm. Enfin,[16] à l'est de la Suède, on trouve la F
sie ou la Moscovie, qui est un très-grand pays; sa ville (
itale est Moscow; mais aujourd'hui Pétersbourg en est
plus belle ville, et la résidence de l'Empereur[17] et de
cour[18] de Russie.

1, *Londres*, London. 2, *Angleterre*, England. 3, *Ecosse*, Scotl

de, Ireland. 5, *Royaume*, kingdom. 6, *Est*, east. 7, *Dane-*
)enmark. (a,) *Copenhague*, Copenhagen. 8, *Ile*, island. 9,
e, Norway. 10, *Nord*, north. 11, *Appartenir*, to belong. 12,
Sweden. 13, *Autour*, around. 14, *Golfe*, gulf. 15, *Mer*, sea.
in, finally. 17, *Empereur*, emperor. 18, *Cour*, court.

THIRTY-EIGHTH LESSON.   TRENTE-HUITIÈME LEÇON.

y,	*Janvier,*
~y,	*Février,*
	Mars,
	Avril,
	Mai,
	Juin,
	Juillet,
	Août,
er,	*Septembre,*
	Octobre,
er,	*Novembre,*
r,	*Décembre,*
.ay of the month is it ?	Quel jour du mois est-ce ? Quel jour du mois avons-nous ? Quel *quantième* (du mois) avons- nous ?
: first,	C' est le premier, Nous avons le premier, Nous sommes au premier,
: second,	C' est le deux, Nous avons le deux, Nous sommes au deux.

.eaking of the days of the month the French use the cardinal
s, except for the first.

third,	C' est le trois,
fourth,	Nous avons le quatre,
fifth,	Nous sommes au cinq,
.ay of the month will it be	Quel quantième aurons-nous de-
.rrow ?	main ?

It will be the sixth,	Nous aurons le six,
It is the eleventh of January,	C' est le onze (de) Janvier,
Boston, the twentieth of February, one thousand eight hundred and forty-eight,	Boston, le vingt Février, mil huit cent quarante-huit.

In the computation of years, *mille* is abbreviated to *mil.*

New York, May the 10th, one thousand eight hundred and forty-eight,	New York, le dix Mai, mil huit cent quarant-huit.
A *holiday*,	Un *congé*,
The *master*,	Le *maître*,
The *schoolmaster*,	Le *maître d' école*,
For—*in order to*,	*Pour*,
We have holiday for two days,	Nous avons congé pour deux jours.

Verbs in *yer* change *y* into *i* before a silent *e.*

To send, — Envoyer,

J' envoie, tu envoies, il envoie, nous envoyons, vous envoyez, ils envoient,
I send, thou sendest, he sends, we send, you send, they send.

To employ, — Employer,

J' emploie, tu emploies, il emploie, nous employons, vous employez, ils emploient,
I employ, thou employest, he employs, we employ, you employ, they employ.

Do you send that child to school?	Envoyez-vous cet enfant à l' école?
I send him to school,	Je l' envoie à l' école,
We employ this servant,	Nous employons ce domestique-ci,
They employ that one,	Ils emploient celui-là,
Indian-rubber,	De la *gomme élastique*,
Will you go?	*Irez-vous?* (fut. of *aller*,)
I shall go,	*J' irai*,
Will he go?	*Ira-t-il?*
He will go,	Il ira,
When,	*Quand*,
When will you go to New Orleans?	Quand irez-vous à la Nouvelle Orleans?
I shall go the tenth of January next,	J' irai le dix Janvier prochain.

When will you go to Boston? I shall go next week. Will you be at New Orleans the eighth of January? I shall be here the eighth of January. Where will you go the ninth of February? I shall go to Boston on the ninth. Will that man go to New York on the tenth of March? He will go to New York on the eleventh of May. Will he go to the country the twelfth of April? No, sir; he will go to the country the thirteenth or the fourteenth of June. Will you go to the city next July? I shall go to the city the fifteenth or the sixteenth of July. Will you be at my house the seventeenth of August? No, sir; but I will be at your house the eighteenth or nineteenth of September. Will your father be at home the twentieth and the twenty-first of October? We shall be at home the twenty-second and the twenty-third of October. What day of the month is it to-day? It is the twenty-fourth of November. What day of the month will it be on Monday? Monday will be the twenty-seventh, and Tuesday will be the twenty-eighth. Will you go to school the twenty-ninth of December? No, sir; the schoolmaster gives holiday for three days, the twenty-ninth, thirtieth and thirty-first of December. Do children like to have holiday? Children like to have holiday, and schoolmasters like to have it also. Do you do that for me? I do this for you and that for him. Do you buy (some) Indian rubber? I do not buy any. Do you wish for some Indian rubber? I wish for some. Where do you send the servant? I send him home. We send some money to that poor man; does your father send some to him? He sends some to him, and my brothers send some to him also.

Je vais vous dire les noms des douze mois de l'année, et les compter en même temps. Janvier, un; Février, deux; Mars, trois; Avril, quatre; Mai, cinq; Juin, six; Juillet, sept; Août, huit; Septembre, neuf; Octobre, dix; Novembre, onze; Décembre, douze.

L'amour-propre[1] est le plus grand des flatteurs.[2]

La philosophie[3] triomphe[4] aisément des maux[5] passés[6] et des maux à venir, mais les maux présents triomphent d'elle.

Ceux qui s'appliquent[7] trop aux petites choses deviennent[8] ordinairement incapables des grandes.

La bonne grâce est au corps ce que le bon sens[9] est à l' esprit.

La sagesse[10] est à l'ame[11] ce que la santé[12] est au corps.

On ne donne rien aussi libéralement[13] que des conseils.[14]

On n'est jamais si aisément trompé,[15] que quand on songe[16] à tromper les autres. La jeunesse[17] est une ivresse[?] continuelle; c'est la fièvre[19] de la raison.[20]

1, *L' amour-propre*, self-love. 2, *Flatteur*, flatterer. 3, *Philosophie*, philosophy. 4, *Triompher*, to triumph. 5, *Mal*, evil. 6, *Passé*, passed. 7, *Appliquer*, apply. 8, *Devenir*, to become. 9, *Sens*, sense. 10, *Sagesse*, wisdom. 11, *Ame*, soul. 12, *Santé*, health. 13, *Libéralement*, freely. 14, *Conseil*, counsel. 15, *Trompé*, deceived. 16, *Songer*, to think. 17, *Jeunesse*, youth. 18, *Ivresse*, intoxication. 19, *Fièvre*, fever. 20, *Raison*, reason.

THE THIRTY-NINTH LESSON.	TRENTE NEUVIÈME LEÇON.
There, to it, to them, to that,	Y, (before the verb,)
The *market,*	Le *marché,*
Do you go to the market?	Allez-vous au marché?
I go there,	J'y vais,
Does he take his children to school?	Mène-t-il ses enfants à l'école?
He takes them there,	Il les y mène,
Do they take their books there?	Y portent-ils leurs livres?
They do not take them there,	Ils ne les y portent pas.

The order in which the objective pronouns are placed in French has been shown in Les. 27; the place of *en* in Les. 32; *y*, let it be recollected, when used with other pronouns, is placed before *en* and after all the others.

Does he go to school?	Va-t-il à l'école?
He goes there,	Il y va,
Do you send him there?	L'y envoyez-vous?
Does he send me there?	M'y envoie-t-il?
He sends you there,	Il vous y envoie,
Do they send you the books there?	Vous y envoient-ils les livres?
They send them there to me,	Ils me les y envoient,

)me there to me,   Ils m'y en envoient,
here to him,   Je les lui y envoie,
there to you,   Je vous les y envoie,
there to you,   Je vous y en envoie,
end them there to us? Ne nous les y envoient-ils pas?
send them there to us, Ils ne nous les y envoient pas,
)me there to them,   Ils leur y en envoient.

o *put, place,*   *Mettre.*

mets,	*il met,*	*nous mettons,*	*vous mettez,*	*ils mettent,*
u puttest,	he puts,	we put,	you put,	they put.

; your book on the   Mettez-vous votre livre sur la table?
,   Je l'y mets,
his hat on the floor? Met-il son chapeau sur le plancher?
put it there, .   Il ne l'y met pas,
there,   Nous y mettons les nôtres,
eirs there,   Ils y mettent les leurs.

To take,   *Prendre.*

u prends,	*il prend,*	*nous prenons,*	*vous prenez,*	*ils prennent*
hou takest,	he takes,	we take,	you take,	they take.

                L'*église,*
                La *rue,*
kson street,   Je demeure dans la rue Jackson,
                La *banque,*
                La *cave,*
· *school,*   L'*école de danse,*
school,   L'école Française,
unting,   Il va à *la chasse,*
a *fishing,*   .   Nous irons à *la pêche,*
ting,   Il est à la chasse,
nt,   A *présent,*
u wish to do now? Que voulez-vous faire à présent?
a hunting,   Je veux aller à la chasse,
,   Un billet de banque,
hat; whose do you Je prends mon chapeau; celui de qui prenez-vous?
nebody's,   Nous prenons celui de quelqu'un,

He takes nobody's,	Il ne prend celui de personne,
Are you going to church now?	Allez-vous à l' église à présent,
I am going there now,	J' y vais à présent.

Do you put your wine in the cellar? I put it there. Do he put his books on the table? He puts them there. W put our papers in the drawer; do you put yours there We put ours there. Do they put theirs there? They p them there. Is he going to the cellar? He is going ther Are they going to the garret? They are not going the Who is going to the market? The servant is going the Is he going there now? He is going there now. Wh are you doing now? I am writing some notes. Do yo send them to the neighbors? I send them there. Do you send them there to your friend? I send them there to him. Do you send some there to me? I do not send any there to you. Do you send some there to the ladies? I send some there to them. Does the merchant send some books to the country? He sends some there. Does he send them there to us? He sends them there to you and to me. (à vous et à moi.) (See Lesson 27.) Does he send some there to thee? He does not send any there to me; he sends some there to you. Do you take that bank bill? I take it. Does not that man take it. He takes it, but we do not take it. I take my book; whose do you take? I take nobody's. He takes somebody's; do you take nobody's? I take somebody's, but they take nobody's. Are you going to the bank? I am not going there; I am going to church. Where is the church? It is in Jackson street. Do you dwell in Jackson street? I do not dwell there; I dwell in Charles street. Where is your brother? He is a hunting. Are you going a hunting? I am not going there; I am going a fishing. Are you going a fishing now? I am going there now, and to-morrow I shall go a hunting. Shall you go to church on Sunday? I shall go there on Sunday, and on Monday I shall go to school. Do you go to the French school or to the dancing school? I go to both. I go to the French school Monday and to the dancing school Tuesday.

Les petites filles aiment la parure[1], non contentes d' être jolies, elles veulent qu' on les trouve telles[2]; on voit dans

its airs que ce soin les occupe² déjà. Les enfants
sexes ont beaucoup d'amusements communs, et
être.   Ils ont aussi des goûts⁴ propres⁶ qui les dis-
. Les garçons cherchent le mouvement et le bruit⁸ ;
ours⁹, de petits carrosses¹⁰ ; les filles aiment mieux
rt¹¹ à l'ornement ; des miroirs¹², des bijoux¹³, surtout
ies¹⁴ ; la poupée est l'amusement spécial de ce sexe.
.e fille passe la journée¹⁵ autour de sa poupée, l'ha-
déshabille¹⁷ cent et cent fois, cherche continuelle-
nouvelles combinaisons d'ornements ; le goût n'est
é, mais déjà le penchant¹⁸ se⁽ᵃ⁾ montre¹⁹ ; dans cette
occupation le temps coule²⁰ sans qu'elle y songe.

re, dress. 2, *Tel*, such. 3, *Occuper*, occupy. 4, *Devoir*,
Goût, taste. 6, *Propre*, peculiar. 7, *Distinguer*, to distin-
Bruit, noise. 9, *Tambour*, drum. 10, *Carrosse* carriage.
to serve. 12, *Miroir*, mirror. 13, *Bijou*, jewel. 14, *Poupée*,
Journée, day. 16, *Habiller*, to dress. 17, *Déshabiller*, to
18, *Penchant*, inclination. (*a*) *Se*, itself. 19, *Montrer*, to
, *Couler*, to flow away.

FORTIETH LESSON.   QUARANTIÈME LEÇON.

Est-ce que je touche ?
Est-ce que je vois ?
Est-ce que je cherche ?
Est-ce que je donne ?
Est-ce que je fais ?
Est-ce que je vais ?
Est-ce que je veux ?

xamples give the usual form of the first person singular
ve except for the sublime style, and a few verbs as *ai-je*,
hony admits the *je* after the verb.

much noise ?   Est-ce que je fais beaucoup de
                             bruit ?
                          Le *bruit*,

What do I find ?	Qu' est-ce que je trouve ?
What do I break ?	Qu' est-ce que je casse ?
What am I making ?	Qu' est-ce que je fais ?

To go out,   *Sortir.*

Je sors,	*tu sors,*	*il sort,*	*nous sortons,*	*vous sortez,*	*ils sort*
I go out,	thou goest out,	he goes out,	we go out,	you go out,	they go

Do you go out often ?	Sortez-vous souvent ?
I go out morning and evening,	Je sors le matin et le soir,
Alone,	*Seul,*
All, entirely, quite, (adverb,)	*Tout,*
All alone,	Tout seul,
Quite empty,	Tout vide,
Easily,	*Facilement.*

To choose,   *Choisir.*

Je choisis,	*tu choisis,*	*il choisit,*	*nous choisissons,*	*vous choisissez,*	*ils choisis*
I choose,	thou choosest,	he chooses,	we choose,	you choose,	they choos

A *fig,*	Une *figue,*
Do you choose these figs ?	Choisissez-vous ces figues ?
I choose them,	Je les choisis,
The *apple,*	La *pomme,*
The *potato,*	La *pomme de terre,*
He chooses the apples,	Il choisit les pommes,
Do I choose well ?	Est-ce que je choisis bien ?
We choose the potatoes,	Nous choisissons les pommes terre,
They choose figs,	Ils choisissent des figues.

Most verbs in *ir* are varied like choisir. Those in *tir* are l *sortir* above, and those in *enir* are like *venir* and *tenir*, Les. 31.] very few other forms in *ir* will be noticed as they occur in the less

That *muslin,*	Cette *mousseline,*
The *cambric,*	La *batiste,*
Some *calico,*	De l' *indienne,*
To need, have need,	Avoir *besoin,*
Has he need of money ?	A-t-il besoin d' argent ?
He has need of it,	Il en a besoin,
Too much,	*Trop* (de bef. noun,)
Too much noise,	Trop de bruit.

o I make too much noise? You make too much (of it.)
[go out often? You go out very often. Do I choose
? You choose very well (*très-bien.*) Do I go out
he morning? You go out morning and evening.
s he go out too often (*trop souvent?*) He goes out too
ı. Do we go out when (*quand*) you go out? No, sir;
go out all alone, and they go out all alone. Do I not do
work easily? You do your work all alone and you do it
r easily. Does the carpenter do his work easily? He
ı it easily. What fruit do you choose? I choose figs,
my friend chooses apples. Do they choose these pota-
or those? They choose those. Do they choose the
ıbric handkerchief or the silk one? I choose the cam-
one. Does that woman choose the muslin dress or the
:o one? She chooses the muslin one and the country-
ıan chooses the calico one. Has she need of dresses?
has need of some. Does she wish for the muslin ones
ıe calico ones? She wishes for neither (of them.) Do
wish for silk or for cambric? I wish for both. Have
need of gloves? I have not need of any. Of what
e you need? I have need of money. Does the servant
y your potatoes to the cellar? He carries them there.
s she put that calico in the drawer? She puts it there.
at does that boy do? He goes to the French school
ıday, to the dancing school Tuesday, he goes a fishing
Wednesday, he goes a hunting on Thursday, and he
s to church on Sunday. In what street does he live?
lives in John street. Do you take this money? I do
take it. Do you carry the bank-bill to the bank? I
y it there.

ıes femmes ont la langue[1] flexible, elles parlent plus tôt,[2]
ı aisément et plus agréablement[3] que les hommes ; on les
ıse aussi de parler davantage[4] ; cela doit être ; la bouche
:s yeux ont chez elles la même activité,[5] et par la même
on. L'homme dit[6] ce qu'il sait,[7] la femme dit ce qui
t ; l'un pour parler a besoin de connaissances,[8] et l'autre
goût ; l'un doit avoir pour objet[9] principal les choses
:s[10] l'autres les agréables.[11] Le monde est le livre des
mes ; quand elles y lisent[12] mal,[13] c'est leur faute[14] ou
lque passion les aveugle.[15] La raison des femmes est

une raison pratique,[16] qui leur fait trouver très-habilement les moyens[18] d' arriver[19] à une fin[20] connue.[21]

1, *Langue*, tongue. 2, *Plus tôt*, sooner. 3, *Agréablement*, agreeabl
4, *Davantage*, more. 5, *Activité*, activity. 6, *Dire*, to say. 7, *Savo*
to know. 8, *Connaissance*, knowledge. 9, *Objet*, object. 10, *U*
useful. 11, *Agréable*, agreeable. 12, Lire, to read. 13, *Mal*, badl
14, *Faute*, fault. 15, *Aveugler*, to blind. 16, *Pratique*, practic
17, *Habilement*, ably. 18, *Moyen*, means. 19, *Arriver*, to arrive.
Fin, end. 21, *Connue*, known.

THE FORTY-FIRST LESSON.   QUARANTE-UNIÈME LEÇON.

Y is in most cases a pronoun and refers to some antecedent. Whe
there refers to some place not before spoken of it is rendered by *là*
and not by *y*.

Do you put your hat there ?	Mettez-vous votre chapeau là ?
I put it there,	Je l' y mets,
Does he put his here ?	Met-il le sien ici ?
He puts it here,	Il l' y met,
As—as,	*Aussi—que*,
Lean—thin—as lean as,	*Maigre*, aussi maigre que,
Fat—as fat as,	*Gras*—aussi gras que,
My horse is as fat as yours,	Mon cheval est aussi gras que le vôtre,
That man is thin, but his horse is fat,	Cet homme est maigre, mais son cheval est gras,
The *ham*,	Le *jambon*,
This ham is as good as that,	Ce jambon-ci est aussi bon que celui-là,
Why,	*Pourquoi*,
Because,	*Parce que*,
Why do you wish for money ?	Pourquoi voulez-vous de l' argent ?
I wish for some because I have none,	J' en veux parce que je n' en ai pas.

To pity,   Plaindre.

Je plains,	*tu plains*,	*il plaint*,	*nous plaignons*,	*vous plaignez*,	*ils plaignent*,
I pity,	thou pitiest,	he pities,	we pity,	you pity,	they pity.

All verbs in AINDRE, EINDRE and *oindre* are varied in this manner.

lind man,	Aveugle, L' aveugle,
erson,	Sourd, Un sourd,
b person,	Muet, Un muet,
ity that man ?	Pourquoi plaignez-vous cet homme ?
ause he is blind,	Je le plains parce qu' il est aveugle,
le master pity the	Pourquoi le maître plaint-il l' écolier ?
because he is deaf	Nous le plaignons parce qu' il est sourd et muet,
t blind man,	Ils plaignent cet aveugle,
deaf are not always	Ceux qui sont sourds ne sont pas toujours muets,
mb person,	Un sourd-muet,
ainted with the deaf	Connaissez-vous le sourd ou le
le dumb person ?	muet ?
ed with the deaf and	Je connais le sourd-muet,
n,	
is blind as that one,	Cet homme-ci est aussi aveugle que celui-là,
s as deaf as that one,	Cette femme est aussi sourde que celle-là,
	Comme,
aute as a fish,	Ce garçon est muet comme un poisson,
lo your task ?	Comment faites-vous votre tâche ?
at,	Je la fais comme cela,
	La tâche,
	Hardi,
a lion,	Il est hardi comme un lion,
st,	Mieux, Le mieux,
	Que,
ea better than coffee,	Aimez-vous mieux le thé que le café ?
better than tea,	J' aime mieux le café que le thé.

place of the adverb in French is immediately after the

up,	Lever,
the window ?	Levez-vous la fenêtre ?

I raise it,	Je la lève,
He raises the eyes to heaven,	Il lève les yeux au ciel,
The *leaven*,	Le *levain*,
Leaven makes bread rise,	Le levain fait lever le pain

Do you put your hat there on the table? I put i⸀
Does he put his here on the bench? He puts it her⸀
they take their books home? They take them ther⸀
they take the horse to the river? They take him
Do I choose the fat ham, or the lean? You choose
and your friend chooses the lean. Do you like fa
better than lean? I like lean ham better than fat.
(*Lequel*) does he like the best (*le mieux*,) the fat or th⸀
He likes the fat best. Why do you pity that strang
pity him because he is blind. Why does the Fren
pity that stranger? He pities her because she is d⸀
dumb. We pity her because she has no friends. I⸀
pity that blind person? No sir; they pity that de
dumb person. Are those who are deaf always ⸀
Those who are deaf are not always dumb. Is this ⸀
blind as that one? This one is more blind than th⸀
Is this girl as deaf as that? She is as deaf as that.
more deaf than that. Why does that man wish for ⸀
He wishes for some because he is thirsty. Are y
quainted with that deaf person, or with that dumb p
I am acquainted with neither; I am acquainted wit
blind man. Has not that man the eye black as a
He has the eye black as a coal. Does he do his task
He does it like that. Is not that soldier bold? He
as a lion. Is this soldier as bold as that one?
bolder than that one. Does this scholar do his task ⸀
(*aussi bien*) as that one? He does it better than th
Does the leaven make the bread. rise? It makes
Why does he raise the window? He raises it beca
is warm. Have you some good leaven? I have n⸀
Does that lady go out all alone? She goes out all
Which do I choose, the muslin or the cambric? You
neither; you choose the calico.

Le fleuve[1] Mississippi, dans un cours[3] de mille
arrose[4] une délicieuse[5] contrée,[6] que les habitants[7] des

Unis[8] appellent le nouvel Eden, et à qui les Français donnent le doux nom de Louisiane.   Mille autres fleuvres tributaires[9] du Mississippi, le Missouri, l' Illinois, l' Arkanzas, l' Ohio, le Teunessee, l' engraissent[10] de leur limon[11] et le fertilisent[12] de leurs eaux.   Par intervalles, le vieux fleuve élève sa grande voix.[13] Il répand[14] ses eaux débordées[15] autour des colonnades des forêts[16] et des pyramides des tombaux[17] indiens ; c' est le Nil des déserts.   Mais le grâce est toujours unie[18] à la magnificence dans les scènes de la nature ; et tandis[19] que le courant du milieu[20] entraîne[21] vers[22] la mer les cadavres[23] des pins et des chênes, on voit, sur les deux courants latéraux,[24] remonter, le long[25] des rivages[26] des îles flottantes,[27] sur lesquelles les roses jaunes s' élèvent comme de petits pavillions.   Des serpents verts, des hérons bleus, des flammants[28] roses, de jeunes crocodiles s' embarquent[29] passagers[30] sur ces vaisseux[31] de fleurs.

1, *Fleuve*, river. 2, *Cours*, course. 3, *Lieue*, league. 4, *Arroser*, to water. 5, *Délicieux*, delicious. 6, *Contrée*, country. 7, *Habitant*, inhabitant. 8, *Etats-Unis*, United States. 9, *Tributaire*, tributary. 10, *Engraisser*, fatten. 11, *Limon*, shine. 12, *Fertiliser*, fertilize. 13, *Voix*, voice. 14, *Répandre*, to spread. 15, *Débordé*, overflowed. 16, *Forêt*, forest. 17, *Tombeau*, tomb. 18, *Uni*, united. 19, *Tandis que*, whilst. 20, *Milieu*, middle. 21, *Entraîner*, to carry along. 22, *Vers*, towards. 23, *Cadavre*, dead body. 24, *Latéral*, side. 25, *Le long*, along. 26, *Rivage*, bank. 27, *Flottant*, floating. 28, *Flammant rose*, rosy flamingo. 29, *Embarquer*, to embark. 30, *Passager*, passenger. 31, *Vaisseau*, vessel.

THE FORTY-SECOND LESSON.	QUARANTE-DEUXIÈME LEÇON.
As much—as,	*Autant—que,*
As much wine as water,	Autant de vin que d' eau,
As much as I,	Autant que moi,
As much as he,	Autant que lui,
Well, Very well,	*Bien, Très-bien,*
He does well, he does very well,	Il fait bien—il fait très-bien,
Better than I,	Mieux que moi,
As well as I,	Aussi bien que moi,
Better than he	Mieux que lui,

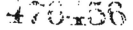

As well as she,	Aussi bien qu' elle,
Better than we,	Mieux que nous,
As much as we,	Autant que nous,
As much as you,	Autant que vous,
Better than you,	Mieux que vous,
Better than they,	Mieux qu' eux (or elles.)

Mieux is an adverb and belongs to a verb; *meilleur* is an ⌇
and belongs to a noun.

You do your exercise better than he,	Vous faites votre thème m⌇ lui,
You do a better exercise than he,	Vous faits un meilleur th⌇ lui.

Adverbs of quantity take *de* without the article before the f⌇
noun, except *bien*, which takes *de* with the article.

More,	*Plus,*
Less, fewer,	*Moins,*
Little, few, (adv.)	*Peu,*
A little, *few,*	Un peu,
Enough,	*Assez,*
Much,	*Bien,*
My *spoon,*	Ma *cuiller,*
A *plate,*	Une *assiette,*
Some *spirit—wit,*	De l' *esprit,*
The *judgment,*	Le *jugement,*
The *taste,*	Le *goût,*
His taste is good,	Il a le goût bon,
To bring,	*Apporter,*
Do you bring a few spoons ?	Apportez-vous quelques c⌇
I bring a few plates,	J' apporte quelques assiett⌇
I have more forks than knives,	J' ai plus de fourchettes ⌇ couteaux,
He has little wit,	Il a peu d' esprit,
You have much judgment,	Vous avez bien du jugeme⌇
They have much wit,	Ils ont bien de l' esprit,
We have enough liver,	Nous avons assez de foie,
Has he more judgment than taste ?	A-t-il plus de jugement ⌇ goût ?
He has neither judgment nor taste,	Il n' a ni jugement ni goût⌇

louns in a general sense following *ni—ni*, as in this phrase, take
her the article nor the pronoun.

e you neither gold nor silver ?	N' avez-vous ni or ni argent ?
as neither bread nor wine,	Il n' a ni pain ni vin,
of which,	Ce dont,
hat do you doubt ?	De quoi doutez-vous ?
bt of that of which you doubt,	Je doute de ce dont vous doutez,
speak of that of which you ak ?	Est-ce que je parle de ce dont vous parlez ?
speak of that of which I speak,	Vous parlez de ce dont je parle,
l,	Manger,
ats the liver,	Il mange le foie.

To beat,					*Battre,*
r,	*tu bats,*	*il bat,*	*nous battons,*	*vous battez,*	*ils battent*
	thou beatest,	he beats,	we beat,	you beat,	they beat.

ou beat your horse ?	Battez-vous votre cheval ?
t him,	Je le bats,
the father beat his son ?	Le père bat-il son fils ?
eat the dogs,	Nous battons les chiens,
do they beat the poor boy ?	Pourquoi battent-ils le pauvre garçon ?

as that scholar as much wit as I? He has not as much
is you. Have I as much judgment as he? You have
uch judgment as he. Have they as much taste as
They have less taste than we, but they have as much
ment. Has that scholar as much taste as wit? He
neither taste nor wit. How does he do the exercise?
loes it very well. Does he do it better than I? He
it better than you. Do they do theirs better than we?
y do theirs as well as you?, Does she do hers as well
? She does hers better than he. Do I do mine as
as she? You do yours very well; you do it as well
ie, and better than they. Have you more butter than
l? No, sir; I have less butter than bread. Have you
wine than water? I have more wine than water. Do
eat little liver? I eat little liver, but I eat much fish.
that man some liver? He has a little (of it). Have
enough plates ? I have enough plates, but I have not

9*

spoons enough. Have you more spoons than forks? I have more forks than spoons. Do they not eat more beef than mutton? They eat more beef than mutton, but we eat more mutton than beef. Does that man do his work better than you? I do my work better than he, and I do a better work than he. Has that countryman neither wit nor judgment? He has neither wit nor judgment. Has that poor man neither bread nor money? He has neither. Of what do you doubt? I doubt of that man's taste. Does he doubt of that of which you doubt? He doubts of that of which I doubt. Do they speak of that of which we speak? They speak of that of which we speak. Why do you beat your servant? I beat him because he does not do his work. Whom do you beat? We beat this boy. Does the countryman beat his ox? He beats him, and those men beat their horses.

Tout cède[1] à la fortune de César. Alexandria lui ouvre ses portes, l'Egypte devient une province Romaine[2]. Cléopatre qui désespère[3] de la pouvoir conserver[4] se tue[5] elle-même[(a)] après Antoine.[(b)] Rome tend[6] les bras à César qui demeure, sous le nom d'Auguste et sous le titre[7] d'empereur, seul maître de tout l'empire. Il dompte,[8] vers les Pyrénées, les Cantabres et les Austuriens révoltés.[9] L'Ethiopie lui demande la paix;[10] les Parthes épouvantés[(c)] lui renvoient[11] les étendards[12] pris[13] sur Crassus, avec tous les prisonniers Romains; les Indes recherchent[14] son alliance; ses armes se font sentir[15] aux Rhètes ou Grisons, que leurs montagnes[16] ne peuvent defendre[17]; la Pannonie le reconnaît[18]; la Germanie le redoute[19] et le Weser reçoit[20] ses lois.[21] Victorieux[22] par mer et par terre[23], il ferme le temple de Janus. Tout l'univers vit[24] en paix sous sa puissance,[25] et Jésus Christ vient au monde.

1, *Céder*, to yield. 2, *Romain*, Roman. 3, *Désespérer*, to despair. 4, Of being able to preserve it. 5, *Tuer*, to kill. (a), *Même*, self. (b), *Antoine*, Antony. 6, *Tendre*, to extend. 7, *Titre*, title. 8, *Dompter*, to subdue. 9, *Révolté*, revolted. 10, *Paix*, peace. (c), *Epouvanté*, affrighted. 11, *Renvoyer*, to send. 12, *Etendards*, standard. 13, *Pris*, taken. 14, *Rechercher*, seek again. 15, *Sentir*, to feel. 16, *Montagne*, mountain. 17, *Défendre*, to defend. 18, *Reconnaître*, recognize. 19,

dread. 20, *Recevoir*, to receive. 21, *Loi*, law. 22,
:torious. 23, *Terre*, land. 24, *Vivre*, to live. 25,
ver.

-THIRD LESSON.   QUARANTE TROISIÈME LEÇON.

Carré,
Profond,
Amer,
Aigre,
Du *vinaigre,*
Etroit.

› know,	*Savoir,*
, *il sait,* *nous savons,*	*vous savez,* *ils savent,*
:nowest, he knows, we know,	you know, they know.

what he says ?	Savez-vous ce qu'il dit ?
what he says,	Je ne sais pas ce qu'il dit,
it they know,	Nous savons ce qu'ils savent,
	Ma *grammaire,*
al sense,)	L'*histoire,*
also *tongue,*	La *langue,*
in and *Greek,*	Il sait le *latin* et le *grec,*
	L'*arithmétique,*
	La *porcelaine,*
	Un *puits,*
ep ?	Ce puits est-il profond ?
d square or round ?	Cet encrier est-il carré ou rond ?
itter,	Le vin est amer,
ur,	Le lait est aigre,
	Une *tasse,*
	La *salade,*
	De l'*huile,*
e salt, pepper, oil for your salad ?	Voulez-vous du sel, du poivre, de l'huile et du vinaigre pour votre salade ?
s are too narrow,	Ces bas sont trop étroits,
ory and they know lages,	Il sait l'histoire et ils savent plusieurs langues,
fine porcelain,	Il a de la porcelaine fine.

Is that bottle square or round? It is round. Do you se
that square hole? I see it. Is that square well very deep?
It is not very deep; but that round well is very deep. A
you afraid of that deep river? I am afraid of it. Is th
apple sour? It is not sour, it is bitter. Is that chocola
bitter? The chocolate is bitter and the milk sour. Do you
wish for vinegar? I wish for this salad. Do you wish for
vinegar and for oil for your salad? I wish for vinegar; b
I do not wish for oil. Have you much oil? I have n
much, but I have enough (of it.) Do you like salad?
do not like it. Do you fill that porcelain cup with vinegar
I fill it with it. Does your uncle buy the narrow pantaloon
or the wide ones? He buys the narrow ones. Do the so
diers dwell in this narrow street? They dwell here (y.
Does that young tailor know grammar? He knows gram
mar and history. How many languages do you know?
know several. Do you know what you are doing? W
know what we are doing. Do those strangers know gram
mar and history? They know neither grammar nor history,
but they know arithmetic. Does the carpenter's son study
arithmetic? He studies it. Do you buy a porcelain candlestick? I buy one of fine porcelain. What does tha
child break? He breaks my porcelain candlestick. Have
you as much vinegar as oil? I have more vinegar than oil.
Has the baker as many plates as spoons? He has as many
of the one as of the other. Has the fisherman as many live
fish as dead ones? He has less live fish than dead fish.
Do you know as many languages as I? I know more (of
them) than you. Does your son know his lesson as well
as mine? He knows it as well as he.

Le paon a la taille grande, le port[1] imposant,[2] la démarche
fière,[4] la figure noble, les proportions du corps élégantes et
sveltes;[5] une aigrette[6] mobile[7] et légère, peinte[8] des plus riches
couleurs, orne[9] sa tête, et l'élève sans la charger;[10] son in-
comparable plumage semble réunir[11] tout ce qui flatte[12] nos
yeux dans le coloris[13] tendre et frais des plus belles fleurs,
tout ce qui les éblouit[14] dans les reflets[15] pétillants[16] des pier-
reries,[17] tout ce qui les étonne[18] dans l'éclat[19] majestueux[20]
de l'arc-en-ciel. Tel[21] paraît[22] à nos yeux le plumage du
paon, lorsqu'il[23] se promène[24] paisible[25] et seul dans un beau

printemps ;²⁶ mais si les influences de la saison le
de son repos,²⁸ alors²⁹ toutes ses beautés se multipli-
⟩s yeux s' animent³¹ et prennent de l' expression, son
⟩ s' agite³² sur la tête et les longues plumes de sa
⟩e déploient.³⁸

t, bearing. 2, *Imposant*, imposing. 3, *Démarche*, step. 4, *Fier*,
5, *Svelte*, light. 6, *Aigrette*, plume. 7, *Mobile*, movable. 8,
ainted. 9, *Orner*, adorn. 10, *Charger*, to load. 11, *Réunir*,
ine. 12, *Flatter*, to flatter. 13, *Coloris*, coloring. 14, *Eblouir*,
e. 15, *Reflet*, reflection. 16, *Pétillant*, sparkling. 17, *Pierre-*
els. 18, *Etonner*, to astonish. 19, *Eclat*, splendor. 20, *Majes-*
najestic. 21, *Tel*, such. 22, *Paraître*, to appear. 23, *Lors-*
n. 24, *Se promener*, to walk. 25, *Paisible*, quiet. 26, *Prin-*
ring. 27, *Tirer*, to draw. 28, *Repos*, quietness. 29, *Alors*,
0, *Multiplier*, to multiply. 31, *S' animer*, to become anima-
, *S' agiter*, to move. 32, Se *Déployer*, to spread themselves

---

ORTY-FOURTH LESSON.   QUARANTE-QUATRIÈME LEÇON.

ky,   La *géographie*,
                                 Une *carte* de géographie,
y,   *Nécessaire*,
ihy is necessary in order La géographie est nécessaire pour
w history,   savoir l' histoire,
                                 Une *partie*,
give me a part of your Me donnez-vous une partie de votre
r ?   argent ?
tics,   Les *mathématiques*,
y,   La *géométrie*,
y is a part of mathemat- La géométrie est une partie des
                                 mathématiques,
                                 Que,
know whether (if) that
s rich ?   Savez-vous si cet homme est riche ?
that he is rich,   Je sais qu' il est riche,
know whether he is rich, Je ne sais pas s' il est riche.

To receive,   *Recevoir*.

tu reçois,   *il reçoit*,   *nous recevons*, *vous recevez*, *ils reçoivent*,
thou receivest, he receives,   we receive,   you receive,   they receive.

What do you receive ?	Que recevez-vous ?
I receive some letters,	Je reçois des lettres,
Does he receive your letters ?	Reçoit-il vos lettres ?
He receives them,	Il les reçoit,
We receive our money; do they receive theirs ?	Nous recevons notre argent; çoivent-ils le leur ?

All verbs ending in *evoir*, except the compounds of *voir* are va: like *recevoir*. Those in oir differing from this model will be noti as they are introduced in the following lessons :

Every day,	*Tous les jours,*
He works every day,	Il travaille tous les jours
Somewhere,	*Quelque part,*
Nowhere,	*Ne nulle part,*
Are you going somewhere ?	Allez-vous quelque part ?
I am going nowhere,	Je ne vais nulle part,
I am going somewhere, but I do not wish to say where,	Je vais quelque part, mais je veux pas dire où,
Does it rain?	*Pleut-il?*
It rains,	Il pleut,
Will it rain ?	*Pleuvra-t-il ?*
It will rain,	Il pleuvra,
Do you know whether it will rain ?	Savez-vous s' il pleuvra ?
I do not know whether it will rain,	Je ne sais pas s' il pleuvra,
I think that it will rain,	Je pense 'qu' il pleuvra,
Can you tell me whether it rains ?	Pouvez-vous me dire s' il pleu
It does not rain,	Il ne pleut pas,
To take care,	*Avoir soin,*
Do you take care of that child ?	Avez-vous soin de cet enfant'
I take care of him,	J' en ai soin,
The *workman,*	*L' ouvrier,*
Will you do?	*Ferez-vous?* (fut. of *faire.*)
I will do,	Je ferai,
Will he do ? He will do,	Fera-t-il ? Il fera,
Shall we do ? We shall do,	Ferons-nous ? Nous ferons,
Will they do ? They will do,	Feront-ils ? Ils feront,
What will you do to-morrow ?	Que ferez-vous demain ?
I shall do my work to-morrow,	Je ferai mon ouvrage demain,
When will the workman do his work ?	L' ouvrier quand fera-t-il son vrage ?

He will do it to-morrow,	Il le fera demain,
He and I will do our exercises well,	Lui et moi nous ferons bien nos thèmes.

When two or more nouns or pronouns in the singular are joined together as the subject of a verb, unless connected by *ou*, they generally take the verb plural; and when they are of different persons, the noun and verb following are of the first person rather than the second, and of the second rather than the third, as in the above phrase; so, likewise,

You and he will do your exercises,	Vous et lui vous ferez vos thèmes,
You and I shall have our money,	Vous et moi nous aurons notre argent,
He and his brother will do their work,	Lui et son frère feront leur ouvrage,
Are the fisherman and the baker here?	Le pêcheur et le boulanger sont-ils ici?
They are here,	Ils sont ici.

What are you studying? I am studying geography and history? Is geography necessary in order to know history? It is very necessary. Have you some maps? I have several of them. Do the scholar and his sister study maps? They study them. Does the physician know mathematics well? He knows geometry well. Are not arithmetic and geometry parts of mathematics? They are parts of mathematics. Does he know all the parts of mathematics? He knows geometry, but he does not know all the parts of mathematics? Do you receive letters every day? I receive some every day. We receive our money every day; does he receive his every day? He does not receive his every day, but they receive theirs every day. Are the mason and the fisherman going somewhere? They are not going any where. Are you going somewhere? I am going nowhere. Where do you put your maps? I put them in the drawer. Where does that boy put his? He puts them on the floor and on the hearth. Do you take care of these books? I take care of them. Will the servant take care of my horse? He will take care of him. Who will take care of these papers? You and I will take care of them. He and I will go home; where will you go? I shall go nowhere. Will

The *east*,	L' *est*,
The *west*,	L' *ouest*,
Where (which way) is the wind ?	Où est le vent ?
It is in the south,	Il est au sud. (Il vient du sud
The wind is in the north,	Le vent est au nord, (vient du no
It is not in the east,	Il n' est pas à l' est,
It is in the west,	Il est à l' ouest,
Is that lawyer's house of stone ?	La maison de cet avocat est- de pierre ?
The *Spaniard*, the *Spanish language*,	L' *Espagnol*,
The *German*, or *German language*,	L' *Allemand*,
To *admire*,	*Admirer*,
I admire that superb house,	J' admire cette maison superbe,
To *perceive*, *feel*,	*Sentir*, (varied like *sortir*. Les.
Do you feel the cold ?	Sentez-vous le froid ?
I feel the heat,	Je sens le chaud,
Instantly, forthwith,	*Tout de suite*,
A *wing*,	Une *aile*,
Strong,	*Fort*,
Pigeons have the wing strong,	Les pigeons ont l' aile forte.

Have you an atlas? I have one. How many ma does that atlas contain ? It contains twelve. How ma pages does that book contain ? It contains four hundr How many lines has that page ? It has thirty. Do y buy a house of brick or of stone ? I buy one of sto How many rooms does that stone house contain ? It c tains twelve. Is that stone hard ? It is very hard. you conduct that lady to her house ? I conduct her the Does the servant conduct the gentleman to his room ? conducts him there. Where do you conduct those str gers ? We conduct them to the theatre. Do they cond those ladies to the ball ? They conduct them there. you conduct that young lady to the theatre or to the ba I conduct her to the ball. Do you translate the latin boc I translate the French book. Does your cousin transl from Latin into English ? He translates from English i French. We translate the German book ; what do th translate ? They translate from Spanish into Engli Can you (*savez-vous*) translate from German into Spania No, sir ; I do not know German, but I can (*sais*) transl from Spanish into English. Do these scholars translate well Latin into English? No, sir; they do not know Latin. Where is the wind? It is in the north. Is not the wind in the south? It is not in the south. Is it in the east or in the west? It is neither in the east nor in the west. Is it in the north or in the south? It is in the north, but it will be in the south to-morrow. Will it be neither in the east nor in the west? It will be neither in the east nor in the west. Do you admire the German as much as the Spanish? I admire it more than the Spanish. We admire the general; do the soldiers admire him? They admire him. Do you feel the wind? I feel the wind and the cold. Does that child feel the heat? He does not feel it. We feel the cold; do they feel it? They do not feel it. When will you have your money? I shall have it instantly. Do you do your work now? I do not do it now, but I shall do it forthwith. Do you go out instantly? I go out instantly. Do you see that bird's wing? I see it. Has he not the wing strong? He has it very strong. Is my horse as strong as yours? He is stronger than mine.

Les mouvements[1] du serpent diffèrent[2] de ceux de tous les autres animaux. Il n'a ni nageoires,[3] ni pieds, ni ailes; et cependant[4] il fuit[5] comme une ombre,[6] il s'évanouit[7] magiquement;[8] il reparaît,[9] disparaît[10] encore,[11] semblable à une petite fumée[12] d'azur,[13] ou aux éclairs[14] d'un glaive[15] dans les ténèbres.[16] Tantôt[17] il se forme[18] en cercle et darde[19] sa langue de feu; tantôt debout[20] sur l'extrémité de sa queue, il marche dans une attitude perpendiculaire comme par enchantement. Il se jette en orbe,[21] monte et s'abaisse[22] en spirale,[23] roule[24] ses anneaux[25] comme une onde, circule[27] sur les branches des arbres, glisse[28] sous l'herbe des prairies ou sur la surface des eaux.

1, *Mouvement*, movement. 2, *Différer*, to differ. 3, *Nageoire*, fin. 4, *Cependant*, nevertheless. 5, *Fuir*, to flee. 6, *Ombre*, shadow. 7, *S'évanouir*, to vanish. 8, *Magiquement*, magically. 9, *Reparaître*, to re-appear. 10, *Disparaître*, to disappear. 11, *Encore*, again. 12, *Fumée*, smoke. 13, *Azur*, azure. 14, *Eclair*, flashing. 15, *Glaive*, sword. 16, *Ténèbres*, darkness. 17, *Tantôt*, sometimes. 18, *Former*, to form. 19, *Darder*, to dart. 20, *Debout*, upright. 21, *Orbe*, orb.

22, *S' abaisser*, to sink down. 23, *Spirale*, spiral. 24, *Rouler*, to r
25, *Anneau*, ring. 27. *Circuler*, to go round. 28, *Glisser*, to glide.

THE FORTY-SIXTH LESSON.	QUARANTE-SIXIÈME LEÇON.

To give back—to restore.	*Rendre.*

Je rends,	*tu rends,*	*il rend,*	*nous rendons,*	*vous rendez,*	*ils rendent,*
I restore,	thou restorest,	he restores,	we restore,	you restore,	they restore.

To sell.	*Vendre.*

Je vends,	*tu vends,*	*il vend,*	*nous vendons,*	*vous vendez,*	*ils vendent,*
I sell,	thou sellest,	he sells,	we sell,	you sell,	they sell.

Do you give back to me my money ?	Me rendez-vous mon argent ?
I give it back to you,	Je vous le rends,
Does he restore to you your penknife ?	Vous rend-il votre canif ?
We give back to them the money, and they give it back to you,	Nous leur rendons l' argent, et ils vous le rendent,
What do you sell ?	Que vendez-vous ?
I sell books, and my brother sells cloth,	Je vends des livres, et mon frère vend du drap,
We sell wine ; what do they sell ?	Nous vendons du vin ; que vendent-ils ?

All verbs in *oître* and *aître* are varied like *connaître*, Les. 36; those in *aindre*, *eindre*, *oindre*, like *plaindre*, (Les. 41,) all other verbs in *re* not varied like *vendre* and *rendre* will be noticed as they are given in the following lessons.

The *mountain*,	La *montagne*,
High,	*Haut*,
That mountain is high,	Cette montagne est haute,
A *saddle*,	Une *selle*,
I sell my horse and saddle,	Je vends mon cheval et ma selle.

The article and adjective pronoun must be repeated in French, though not in English, before nouns in the same construction.

He calls his brother and sister,	Il appelle son frère et sa sœur,
Do you wish for the pen and ink ?	Voulez-vous la plume et l' encre,

La *scie*,

carpenter restore the · Le charpentier rend-il le marteau
and saw ? et la scie ?

r books, pens and paper, Nous vendons nos livres, nos
plumes, et notre papier,

:*ller*, Le *libraire*,

Monter,

Le *toit*,

up on the roof? Montez-vous sur le toit ?

:re, J'y monte,

p on the mountain, Il monte sur la montagne,

Une *mouche*,

Commun.

ion fly has two wings, La mouche commune a deux ailes,

' *understand*, Entendre, (varied like Rendre,)

Une *voix*,

ar that voice ? Entendez-vous cette voix ?

Je l'entends,

nderstand what I say ? Entend-il ce que je dis ?

tands it and we under- Il l'entend et nous l'entendons
also, aussi,

Aussi,

rstand it and I also, Ils l'entendent et moi aussi,

Une *orange*,

Une *noix*,

me oranges and some J'ai des oranges et des pommes
lso, aussi,

La *couleur*,

ble is of a handsome Ce marbre est d'une belle couleur,

:ss, La *maîtresse*,

ss of the house is pretty, La maîtresse de la maison est jolie.

do you sell? I sell my horse and (my) saddle.
: carpenter sell his hammer and (his) saw ? He
n. We sell our oranges and (our) apples ; what
ooksellers sell ? They sell their books, pens and
What do you give back to me? I give back to
plate, knife and fork. What does the mistress of
e give back to us? She gives back to us the oran-
he nuts. We give back to you more oranges than

10*

nuts ; do they give back to you more of these (celle
than of those (*celles-là* ?) They give back to me as n
of the one as of the other. Do you go up on that m
tain ? I go up there. Is not that mountain high?
not high. Does the bookseller go up on the roof o:
house? He goes up there often. Is the roof of the h
as high as that mountain ? It is not so high. Is that
dle of leather ? It is of leather. Do you give back t
the saw and the wood ? I give them back to you.
flies like honey ? They like it. Do flies like honey b
than vinegar ? They like it better than vinegar. 1
many wings has the common fly? He has two. Are
the sun and (the) light common to all men? They
common. Do you hear a voice? I hear a voice. V
voice does he hear? He hears a voice which calls
We hear a great noise; do they hear it also? They
it also. Is not that color handsome? It is hands
What color do you like the best? I like blue the best
cause it is the color of heaven. Does the mistress of
house give back to you your atlas? She gives it bac
me. Do you conduct her to the stone theatre ? I con
her there. How many pages does that Latin book w
you translate contain? It contains three hundred.
you going to the ball ? I am going there. Where i
wind? It is in the south. Do you admire the color of
bird's wing? I admire it. Does the German translat
Spanish book? He translates it. Do you feel the c
I feel the cold, because the wind is in the north. Will
have your money immediately? I shall have it imr
ately.

Les couleurs du serpent sont aussi peu déterminées[1]
sa marche;[2] elles changent[3] à tous les aspects de la lum
Ce reptile sommeille[4] des mois entiers, fréquente[5] les
beaux, habite les lieux inconnus,[6] compose[7] des poison:
glacent,[8] brûlent[9] ou tachent[10] le corps de sa victime[1]
couleurs dont il est lui-même marqué.[12] Là, il lève
têtes menaçantes;[13] ici, il fait entendre une sonnette,[14] i
fle[15] comme un aigle de montagne, mugit[16] comme un
reau. Objet d'horreur[17] ou d'adoration, les hommes
pour lui une haine[18] implacable ou tombent[19] devant so

Aux enfers,[21] il arme[22] le fouet des furies; au ciel,
6[23] en fait son symbole.[24]

rminé, determined. 2, *Marche.* gait. 3, *Changer*, to change.
iller, to sleep. 5, *Fréquenter*, to frequent. 6, *Inconnu*, un-
7, *Composer*, to compose. 8, *Glacer*, to freeze. 9, *Brûler*, to
, *Tacher*, to spot. 11, *Victime*, victim. 12, *Marquer*, to
13, *Menaçant.* threatening. 14, *Sonnette*, a rattle. 15, *Siffler*,
16, *Mugir*, to bellow. 17, *Horreur*, horror. 18, *Haine*, ha-
, *Tomber*, to fall. 20, *Génie*, genius. 21, *Enfers*, hell. 22,
, arm. 23, *Eternité*, eternity. 24, *Symbole*, symbol.

RTY-SEVENTH LESSON.   QUARANTE-SEPTIÈME LEÇON.

ize,	*Reconnaître*, (like *connaître*, les. 35.)
ecognize me ?	Me reconnaissez-vous ?
ze you,	Je vous reconnais,
d is white,	Vous avez la main blanche.

aking of parts of ourselves or others, the article and the verb
re generally used in French, where the English use the pos-
ronoun or possessive case of the noun, and the verb *to be* as
t phrase.

is large,	J' ai le pied grand,
	Le *bras*,
	Bas, basse, (fem.)
is long,	Il a le bras long,
s are blue,	Vous avez les yeux bleus,
ead, the forehead low,	Le *front*, le front bas,
,	Le *corps*,
man whose body is big,	Je vois l' homme qui a le corps gros,
,	Le *dos*,
r,	Le *doigt*,
	La *jambe*.
,	Le *cou*,
he *hair*,	Un *cheveu*, les *cheveux*,
ealthy,	*Sain*,
	Trop,
	Enflé,

it will be. Will you feel the wind when it shall be in t
north? I shall feel it. Shall we conduct the ladies to t
ball or to the theatre? We will conduct them ho
Will those men buy brick houses or stone houses? T
will buy wooden houses. Will you translate the L
book? I will translate it.

Dans toute société,[1] soit[2] des animaux soit[3] des homme
la violence fait les tyrans,[4] la douce autorité[5] fait les roi.
Le lion et le tigre sur la terre, l'aigle et le vautour[6] dan
les airs, ne règnent[7] que par la guerre,[8] le cygne[9] règne s
les eaux à tous les titres qui fondent[10] un empire de pai
Roi paisible des oiseaux d'eau, il brave les tyrans de l'air
il attend[11] l'aigle, sans le provoquer,[12] et souvent la victoir
couronne[14] ses efforts. Tous les oiseaux de guerre le r
spectent,[15] et il est en paix avec toute la nature ; il vit en
ami plutôt qu'en roi au milieu des nombreuses[17] peuplad
des oiseaux aquatiques,[19] qui toutes semblent se ranger[20] sou
sa loi ; il n'est que le chef,[21] le premier habitant d'une r
publique tranquille, où les citoyens[22] n'ont rien à craindr
d'un maître qui ne demande qu'autant qu'il leur accorde
et ne veut que calme[26] et liberté.

1, *Société*, society. 2, *Soit*, whether. 3, *Soit*, or. 4, *Tyran*, tyrant
5, *Autorité*, authority. 6, *Vautour*, vulture. 7, *Régner*, to reign. 8,
Guerre, war. 9, *Cygne*, swan. 10, *Fonder*, to found. 11, *Attendre*, to
await. 12, *Provoquer*, to provoke. 13, *Victoire*, victory. 14, *Cou-
ronner*, to crown. 15, *Respecter*, to respect. 16, *En*, as. 17, *Nom-
breux*, numerous. 18, *Peuplade*, colony. 19, *Aquatique*, aquatic. 20,
Ranger, to arrange. 21, *Chef*, chief. 23, *Citoyen*, citizen. 24, *Craindre*, to fear. 25, *Accorder*, to grant. 26, *Calme*, tranquillity.

THE FORTY-EIGHTH LESSON.   QUARANTE-HUITIÈME LEÇON.

Everywhere,
God is everywhere,
Wherever,
I find him wherever I go,
To drink,

Partout,
Dieu est partout,
Partout où,
Je le trouve partout où je vais,
Boire.

Je bois,	*tu bois,*	*il boit,*	*nous buvons,*	*vous buvez,*	*ils boivent,*
I drink,	thou drinkest,	he drinks,	we drink,	you drink,	they drink.

drink water,	Buvez-vous de l'eau ?
ome. I drink it,	J'en bois. Je la bois,
s some wine,	Il boit du vin,
	La *bière*,
k some beer,	Nous buvons de la bière,
nk a bottle of cider,	Ils boivent une bouteille de cidre.

To say, tell, speak.   *Dire.*

tu dis,	*il dit*,	*nous disons,*	*vous dites,*	*ils disent,*
thou sayest,	he says,	we say,	you say,	they say.

	Un *bien*,
	Un *mal*,
you say of me ?	Que dites-vous de moi ?
d of you,	Je dis du bien de vous,
say evil of me ?	Dit-il du mal de moi ?
know what thou sayest?	Sais-tu ce que tu dis ?
,	La *vérité*,
ou the truth,	Nous vous disons la vérité,
	Un *secret*,
us their secrets,	Ils nous disent leurs secrets,
	Parfaitement,
s French perfectly,	Il sait le Français parfaitement,
dit,	Du *crédit*,
either money nor credit,	Il n'a ni argent ni crédit,
them, thereon,	*Dessus*,
under them, thereunder,	*Dessous*,
ut your hat on the table	Mettez-vous votre chapeau sur la table ou dessous ?
er it ?	
it; I do not put it under	Je le mets dessus ; je ne le mets pas dessous,
ery well,	*Bien. Très-bien*,
Very badly,	*Mal. Très-mal*,
do his work well ?	Fait-il bien son ouvrage ?
it badly,	Il le fait mal,
nond,	Ce *diamant*,
dor,	L'*éclat*,
nond has much splendor,	Ce diamant a beaucoup d'éclat,
	Voyager.

not that man travel much ? Yes, sir; he goes
ere. Is not God everywhere ? He is everywhere.

Do you speak well of me?   I speak well of you wh
l go.   Do you find much evil in the world?   I find
good and much evil wherever I go.   What does your
drink?   He drinks water.   We drink beer; what do
drink?   I drink water and tea.   Do your cousins
beer?   No, sir; they drink water and wine.   Do you
good of my brother?   l say good of him.   What does
man say of me?   He says evil of you wherever he
Do we not say good of those men?   We say good of th
and they say good of us.   What do you say?   I say
it will rain soon.   Does that traveller say the truth?
always says the truth.   Do all men (*tous les hommes*)
seek the truth?   All men love truth, but all men do not
seek it.   Do you tell me your secret?   l tell it to you.
Does he tell you his secrets?   He has no secrets.   Do you
know Spanish perfectly?   No, sir; I know it better than
my brother, but I do not know it perfectly.   Do you know
any one who speaks German perfectly?   Yes, sir; the
master speaks it perfectly.   Has that traveller much credit?   He has no credit.   Has he much money?   He has
neither money nor credit.   Do you put the coal on the
hearth?   I put it on it.   Does he put the stick under the
table?   He puts it under it.   Does he put it on it or under
it?   He puts it on it.   Do we do our exercises well or badly?
You do them well.   Do we do them very well?   You do
yours very well, but those scholars do theirs very badly.
Does that workman do his work badly?   He does it very
badly.   Has not that yellow diamond much splendor?   It
has much.   Do you admire the splendor of that diamond?
I admire it.   Will the traveller drink water?   He will
drink some.   Will you tell me the whole truth?   I will
tell it to you.   Where shall we travel?   We will travel
everywhere.   Will they recognize their old friends?   They
will recognize them.   Will you take care of these children?
I will take care of them.

Les grâces de la figure, la beauté de la forme répondent[1]
dans le cygne à la douceur[2] du naturel; il plaît à tous les
yeux; il décore, embellit[3] tous les lieux qu' il fréquente; on
l' aime, on l' applaudit,[4] on l' admire; nulle espèce ne le
mérite[5] mieux.   La nature, en effet,[6] ne répand sur aucune[7]

tant de ces grâces nobles et douces qui nous rappellent[8] l'idée de ses plus charmants[9] ouvrages ; coupe[10] de corps élégante, formes arrondies,[11] grâcieux[12] contours, blancheur[13] éclatante[14] et pure, mouvements flexibles et ressentis,[15] attitudes tantôt animées, tantôt laissées[16] dans un mol[17] abandon,[18] tout dans le cygne respire[19] la volupté,[(a)] l'enchantement que nous font éprouver[20] les grâces et la beauté ; tout ous l'annonce,[21] tout le peint[22] comme l'oiseau de l'amour.

1, *Répondre*, to answer. 2, *Douceur*, sweetness. 3, *Embellir*, to embellish. 4, *Applaudir*, to applaud. 5, *Mériter*, to merit. 6, *Effet*, effect. 7, *Aucun*, none. 8, *Rappeller*, to recall. 9, *Charmant*, charming. 10, *Coupe*, the cut. 11, *Arrondi*, rounded. 12, *Grâcieux*, graceful. 13, *Blancheur*, whiteness. 14, *Eclatant*, brilliant. 15, *Ressenti*, marked. 16, *Laissé*, given up. 17, *Mol*, soft. 18, *Abandon*, abandonment. 19, *Respirer*, to breathe, (a,) *Volupté*, pleasure. 20, *Eprouver*, to experience. 21, *Annoncer*, to announce. 22, *Peindre*, to paint.

THE FORTY-NINTH LESSON.	QUARANTE-NEUVIÈME LEÇON.
To write,	*Ecrire.*

'écris, tu écris, il écrit, nous écrivons, nous écrivez, ils écrivent.

With,	*Avec,*
Do you write with a pencil ?	Ecrivez-vous avec un crayon ?
I write with a pen,	J' écris avec une plume,
Does he write well ?	Ecrit-il bien ?
The *chalk*,	La *craie*,
We write with chalk,	Nous écrivons avec de la craie,
They write their letters badly,	Ils écrivent mal leurs lettres.

Adverbs are generally placed in French, immediately after the verb, s *mal*, in this last phrase. |

He writes his exercise well,	Il écrit bien son thème,
To learn,	*Apprendre*, (varied like *prendre*, Lesson 39,)
Do you learn that language ?	Apprenez-vous cette langue ?
I learn geography,	J' apprends la géographie,
He learns to write,	Il apprend à écrire.

When *apprendre*, in any of its forms is followed by an infinitive, it

11

requires the preposition à before such infinitive, as in this last phrase. A large class of French verbs do the same, several of which have been already given. *Aimer**, *Avoir*, *Chercher*, *Donner*, *Penser*, *Rester* and *Tenir*, take à before the following infinitive.

I love to study,	J' aime à étudier,
You have to do your work,	Vous *avez à faire* votre ouvrage,
Does he seek to find something ?	*Cherche*-t-il à trouver quelque chose ?
We give you something to do,	Nous vous *donnons* quelque chose à faire,
They think of buying my house,	Ils *pensent à acheter* ma maison,
It remains to do that,	Il *reste à faire* cela.

When several infinitives are connected, the à is repeated before each.

I learn to write and speak French,	J' apprends à écrire et à parler le Français,
He loves to eat, drink and *sleep*,	Il aime à manger, à boire et à dormir.

We have seen that other verbs take no à before the following infinitives.

Are you going to see your brother ?	*Allez*-vous *voir* votre frère,
I know how to (can) speak Spanish,	Je *sais parler* l' Espagnole,
He wishes to find his book,	Il *veut trouver* son livre,
It tastes good, (has a good taste,)	*Il a bon goût,*
It tastes better,	Il a meilleur goût,
It tastes the best,	Il a le meilleur goût,
Does it taste good ?	A-t-il bon goût,
Fast—quick,	*Vite,*
The *clock*,	L' *horloge,*
A *clock-maker*,	Un *horloger,*
That clock-maker's clock goes too fast,	L' horloge de cet horloger va trop vite,
The *codfish*,	La *morue,*
The *meat*,	La *viande,*
The *venison*,	La *venaison,*

---

* Let the learner fix these verbs in his memory.

r,	*Préférer,*
:at has a taste of venison,	Cette viande a un goût de venaison,
some codfish,	Je préfère de la morue,
plexion,	Le *teint,*
nplexion is fresh,	Elle a le teint frais,
e,	Le *visage,*
	Pâle,
e is pale,	Il a le visage pâle.

ou write with a pen or with chalk?   I write neither
pen nor with chalk.   Does that scholar write with
He writes with charcoal.   Dost thou not write too
No, sir ; the scholars write faster than I.   Do you
o write with a pencil ?   I learn to write with a pen.
does your brother learn?   He learns grammar and
etic, and my cousins learn Latin and French.   Does
ster love to study ?   She loves to write, but she does
e to study.   Will you have much to do to-morrow ?
have much to do on Friday.   Will the scholar seek
the master ?   He will seek to find him.   Shall we
iat workman something to do?   We will give him
iing to do.   Will those clock-makers learn to make
locks ?   They will learn to make good ones.   Will
t clock go well?   It will go badly.   Does not that
naker write too fast ?   He writes fast, but he does
ite too fast.   Does that meat taste good?   It has a
f venison.   Does the stranger wish for codfish ?   He
for some.   Does he wish for some codfish ?   No,
e prefers venison.   Do they like meat better than cod-
They prefer codfish.   Is not that young lady's face
It is pale.   Is not my sister's complexion fresh ?   It
i.   Do you admire that lady ?   I admire her ; her
ixion is fresh ; but the mistress of the house has the
io pale.   That traveller goes everywhere ; does he
iod men wherever he goes ?   Do you drink as much
water ?   Does the mistress of the house speak good
neighbors ?   Do we not always say the truth ?   Do
now your secret ?   Do you put your umbrella on the
or under it ?   Do you put it thereon ?   Does your
law admire the splendor of that diamond ?   Will he
iuch credit ?   Will those scholars learn geography

and history? Are not arithmetic and geometry parts of mathematics?

Fier de sa noblesse,[1] jaloux[2] de sa beauté, le cygne semble faire parade de tous ses avantages;[3] il a l'air de chercher à recueillir[5] des suffrages, à captiver[6] les regards, et il les captive en effet. A sa noble aisance[7], à la facieité,[?] la liberté de ses mouvements sur l'eau, on doit[8] le reconnaître non seulement comme le premier des navigateurs ailés,[9] mais comme le plus beau modèle[10] que le nature nous donne pour l'art de la navigation. Son cou élevé,[11] et sa poitrine relevée[12] et arrondie, semblent en effet figurer[13] la proue[14] d'un navire; son large estomac[15] en présente la carène[16]; sa queue est un vrai[17] gouvernail:[18] ses pieds sont de larges rames,[19] et ses grandes ailes demi-ouvertes au vent, doucement[20] enflées, sont les voiles[21] qui poussent[22] le vaisseau vivant, navire et pilote[23] à la fois.

1, *Noblesse*, nobility. 2, *Jaloux*, jealous. 3, *Avantages*, advantage 4, *Air*, look. 5, *Recueillir*, to gather. 6, *Captiver*, to captivate. ? *Aisance*, ease. 8, *Doit*, ought. 9, *Ailé*, winged. 10, *Modèle*, mode 11, *Elevé*, elevated. 12, *Relevé*, projecting. 13, *Figurer*, to represen 14, *Proue*, prow. 15, *Estomac*, stomach. 16, *Carène*, keel. 17, *Vrai* true. 18, *Gouvernail*, helm. 19, *Rame*, oar. 20, *Doucement*, gentl? 21, *Voiles*, sails. 22, *Pousser*, to impel. 23, *Pilote*, pilot.

THE FIFTIETH LESSON.	CINQUANTIÈME LEÇON.
One, they,	*On.*

They is rendered by *on* when no particular antecedent is referred t

What are they (is one) doing at your house?	Que fait-on chez vous?
What will they (one) say if you do that?	Que dira-t-on si vous faites cela
What will they (one) say of it?	Qu'en dira-t-on?

After *et, si, ou, que,* and *qui, on* very commonly becomes *l'on*.

| If they hear (one hears) us, | Si *l'on* nous entend, |

know what they make   Savez-vous ce que l'on fait ici ?

To read,			*Lire,*	
tu lis,	*il lit,*	*nous lisons,*	*vous lisez,*	*ils lisent,*
thou readest,	he reads.	we read,	you read,	they read.

read much ?   Lisez-vous beaucoup ?

ıuch,   Je lis beaucoup,

l the French books, what Nous lisons les livres Français,
   do your brothers read ?   quels livres vos frères lisent-ils ?

read much at your house ? Lit-on beaucoup chez vous ?

love to read here ?   Aime-t-on à lire ici ?

ıu read that book to-mor-
       Lirez-vous ce livre demain ?

ead it on Sunday,   Je le lirai dimanche,

iting, hand-writing,   Cette *écriture*,
   know how to read that
g ?   Savez-vous lire cette écriture ?

like to read that writing ? Aimez-vous à lire cette écriture ?

the appearance, to look,   *Avoir l' air,*

ı̇e,   *Agréable,*

s agreeable,   Il a l' air agréable,

the look of (looks like) a
ır,   Il a l' air d' un écolier,

k young,   Vous avez l' air jeune,

ıg looks wicked,   Ce chien a l' air méchant,

ı̇b,   Un *petit-maître*,

s like (has the appearance
coxcomb,   Il a l' air d' un petit-maître,

ı come,   *Viendrez-vous* (irreg, fut. of *venir*,)

me,   *Je viendrai,*

come to see me ?   Viendra-t-il me voir,

ill come to receive their
y,   Ils viendront recevoir leur argent,

ı̇e to receive their money, Ils aiment à recevoir leur argent,

ı̇ory,   La *mémoire*,

a good memory,   Il a une bonne mémoire,

led (meat,)   Le *bouilli*,

ı̇u have some roast meat
ne boiled ?   Voulez-vous du rôti ou du bouilli ?

Will he have some fat or some lean ?	Veut-il du gras ou du maigre ?
A *half,*	Une *moitié,*
The *life,*	La *vie,*
I will buy half of his wine,	J' achèterai la moitié de son vin,
The life of the elephant is very long,	La vie de l'éléphant est très longue,
To comprehend,	*Comprendre,* (varied as *prendre* Lesson 39,)
Europe,	L' *Europe,*
Asia,	L' *Asie,*
Africa,	L' *Afrique,*
America,	L' *Amérique,*
A *continent,*	Un *continent,*
Ancient, old,	*Ancien,*
The continent of the old world comprehends Europe, Asia and Africa,	Le continent de l'ancien monde comprend l' Europe, l' Asie et l' Afrique,
North America,	L' *Amérique septentrionale,*
South America,	L' *Amérique méridionale,*
The ancient continent,	L' ancien continent,
The new continent,	Le nouveau continent,
Do you comprehend what I say ?	Comprenez-vous ce que je dis ?
I comprehend it,	Je le comprends.

What do they sell in that store? They sell there silk and linen. What do they make here ? They make here (*y*) hats and shoes. Do they make butter and cheese here ? They make some here. Do you know what they are looking for here ? They are looking for gold here. What will they sell in that store ? They will sell there wine and beer. What will they say of you if you do that ? They will say evil of me. Will they read good books at your house ? They will read some there. Do you read much ? I do not read much, but I study much. Do they read French books at your house ? They read the French books and the German books. We seek to read their hand-writing, do they know how to read ours. They know how to read our hand-writing, but they do not like to read it. Do we read more than they ? They read more than we. Is not that writing handsome ? It is handsome. Does not that gentleman look agreeable? He looks agreeable. Does that stranger look agreeable? No, sir; he looks like a coxcomb. Does not that lion look wicked? He looks wicked. Does that traveller look like a scholar? He does not look like a scholar, he looks like a coxcomb. Will you come to see me? I will come to see you, and my cousins will come also. Has that scholar a good memory? He has a good memory. Has he more judgment than memory? He has more memory than judgment. Will you have half of this boiled (meat)? No, sir; I prefer the roast. Does your friend prefer the boiled? He prefers it. Do not Europe, Asia and Africa comprehend (the) half of the world? They comprehend half of it. Is not the life of man short? It is short. What life does that man lead? He leads a sad life. Do you comprehend what you read? I comprehend what I read, and those children comprehend what they read. What does the ancient continent comprehend? The continent of the old world comprehends Europe, Asia and Africa, and that of the new world comprehends North America and South America. Is the ancient continent larger than the new continent? It is larger. Is North America larger than South America? It is larger.

Will you go somewhere to-morrow? Does it rain? Will it rain? Is the wind in the east or in the west? Will those clock-makers make good clocks? Will you go to see your brother every day? Do you take care of these children? Is that deep well round or square?

Les montagnes qui forment la vallée[1] de Tempé sont couvertes de peupliers,[2] de platanes,[3] de frênes[4] d'une beauté surprenante.[5] De leurs pieds jaillissent[6] des sources d'une eau pure comme le cristal, et des intervalles qui séparent[7] leurs sommets,[8] s'échappe[9] un air frais que l'on respire avec une volupté[10] secrète. Le fleuve Pénée[11] présente[12] presque partout un canal tranquille, et dans certains endroits[13] il embrasse[14] de petites îles, dont il éternise[15] la verdure. Ce qui étonne le plus, est une certaine intelligence dans la distribution des ornements qui parent[16] ces retraites.[17] Ailleurs[18] c'est l'art qui s'efforce[19] d'imiter[20] la nature; ici, la nature paraît vouloir imiter l'art. Les lauriers[21] et différentes sortes d'arbrisseaux[22] forment d'eux-mêmes des berceaux[23]

et des bosquets,²⁴ et font un beau contraste avec des
bouquets²⁵ de bois placés au pied de l' Olympe. Enfin, tout
présente, en ces beaux lieux, la décoration la plus riante.
De tous côtés l' œil semble respirer la fraîcheur,²⁷ et l' âme
recevoir un nouvel esprit de vie.

1, *Vallée*, vale. 2, *Peuplier*, poplar. 3, *Platane*, plane-tree.
Frêne, ash. 5, *Surprenant*, surprising. 6, *Jaillir*, spring forth.
Séparer, to separate. 8, *Sommet*, summit. 9, *S' échapper*, to escape.
10, *Volupté*, pleasure. 11, *Pénée*, Peneus. 12, *Présenter*, to present.
13, *Endroit*, place. 14, *Embrasser*, to embrace. 15, *Eterniser*,
make perpetual. 16, *Parer*, to adorn. 17, *Retraite*, retreat. 18,
Ailleurs, elsewhere. 19, *S' efforcer*, to strive. 20, *Imiter*, to imitate.
21, *Laurier*, laurel. 22, *Arbrisseau*, shrub. 23, *Berceau*, arbor. 24,
Bosquet, grove. 25, *Bouquet*, cluster. 26, *Riant*, smiling. 27,
Fraîcheur, freshness.

THE FIFTY-FIRST LESSON.	CINQUANTE-UNIÈME LEÇON.
To believe,	*Croire.*

Je crois,	*tu crois,*	*il croit,*	*nous croyons,*	*vous croyez,*	*ils croient,*
I believe,	thou believest,	he believes,	we believe,	you believe,	they believe.

Do you believe that it will rain to-morrow ?	Croyez-vous qu'il pleuvra demain ?
I believe that it will rain soon,	Je crois qu' il pleuvra bientôt,
He believes all that one says,	Il croit tout ce que l' on dit,
We believe that ; do they not believe it ?	Nous croyons cela ; ne le croient-ils pas ?
An *American,*	Un *Américain,*
Will you see ?	*Verrez-vous ?* (fut. of *voir,*)
I will see,	*Je verrai,*
When will you see my father-in-law ?	Quand verrez-vous mon beau-père ?
I shall see him on Tuesday,	Je le verrai Mardi.

A noun in the predicate characterizing the subject like an adjective
takes no article in French.

My brother is a captain,	Mon frère est capitaine,
I am a Frenchman,	Je suis Français,

an American,	Vous êtes Américain,
n will be a soldier,	Votre fils sera soldat,
not wish to be a scholar ?	Ne veut-il pas être écolier ?
l, unfortunate,	*Malheureux,*
ss,	*Bonheur,*
iness,	*Malheur,*
e,	*Médecine,*
Are there ?	Y a-t-il ?
i, There are,	Il y a,
some medicine in that	Y a-t-il de la médecine dans ce
r ?	tiroir ?
i some,	Il y en a,
e not some books on the	N'y a-t-il pas de livres sur la
	table ?
re some on it,	Il y en a dessus,
much unhappiness in the	Il y a beaucoup de malheur dans
	le monde,
ny men are there in that	Combien d'hommes ya-t-il dans
l	cette chambre ?
	Sec (fem.) *sèche,*
re,	Un *plaisir,*
e, gravy,	Le *jus,*
om,	Un *royaume,*
	La *France,*
	L' *Espagne,*
y,	L' *Allemagne,*
l,	L' *Angleterre.*

you believe that man? I believe him. Does the
believe what we say? He believes all that you say.
ieve that you speak the truth; do not they believe
hey believe it. Will you believe what I shall say?
believe it. Will you come to see me on Wednesday?
come to see you on Thursday or on Friday. Will
ot come here to-morrow? They will come here to-
When will the American come here? He will come
on, and we will come also. Is the American a cor-
He is a captain. Are you a lawyer? No, sir;
a physician. Are those travellers Frenchmen?
re Spaniards. Is that man a carpenter? He is not
nter; he is a clock-maker. Is that German a sailor?

No, sir; he is a merchant. Do you lead a happy life?
lead a happy life, and this wicked man leads an unha
life. Is that poor man happy? He is happy, and that
man is unhappy. Is there much happiness in the world
There is much happiness and much unhappiness also
the world. Is there more of unhappiness than of hap ˙
in the world? No, sir; there is more of happiness than
unhappiness in the world. Is there not some medicine˜
your table? There is some. Are there many books in
that drawer? There are not many. How many scholars
are there in that school? There are two hundred. Is
there not too much medicine at your house? There is too
much. Is not that tree all dry? It is all dry. Will you
have some dry fish? I wish for some dry codfish. Does.
that man love pleasure? He loves pleasure, and he seeks
it. Have not those apples much juice? They have much
juice; but these oranges have more juice than they. Are
not France, Spain, Germany and England kingdoms of
Europe? They are kingdoms of Europe. Are not France
and Spain beautiful kingdoms? They are beautiful kingdoms, and Germany and England are beautiful also.

Does not the new continent comprehend North America
and South America? Is not Asia larger than Africa?
Does not that Spaniard look like a coxcomb? Does your
brother read much? Has he a good memory? Do you
know how to read the German?

Il y a en Afrique, sur les bords¹ de la mer; une contrée
qu' un grand fleuve traverse² et baigne³ de ses eaux; chaque
année aux premiers jours de l'été,⁴ ce fleuve s'élève au-
dessus de ses rives⁵ et se répand dans les campagnes, que
ses flots⁶ couvrent⁷ bientôt entièrement;⁸ puis, après
quelques jours de cette vaste inondation, on le voit se retirer⁹
lentement,¹⁰ en laissant¹¹ la terre couverte d'un limon
bienfaisant¹² qui la fertilise et lui fait produire¹³ d'abondantes
moissons.¹⁴

Ce fleuve remarquable se nomme¹⁵ le Nil, et le pays qu'il
arrose ainsi¹⁶ est l'Égypte, dont il est souvent question dans
l'histoire sainte.¹⁷

La vie humaine est semblable à un chemin,¹⁸ dont l'issue
est un précipice affreux;¹⁹ on nous en avertit²⁰ dès le pre-

as ;[21] mais la loi est prononcée,[22] il faut[23] avancer
s. Un poids[24] invisible, une force invincible nous
e ; il faut sans cesse avancer vers le précipice.

rd, shore. 2, *Traverser,* to pass through. 3, *Baigner,* to
4, *Eté,* summer. 5, *Rive,* bank. 6, *Flot,* wave. 7, *Couvrir,*
r. 8, *Entièrement,* entirely. 9, *Retirer,* to retire. 10, *Len-*
slowly. 11, *Laissant,* leaving. 12, *Bienfaisant,* beneficial.
luire, to produce. 14, *Moisson,* harvest. 15, *Se nommer,* to
d. 16, *Ainsi,* thus. 17, *Saint,* sacred. 18, *Chemin,* road.
eux, frightful. 20, *Avertir,* to warn. 21, *Pas,* step. 22,
ée, pronounced. 23, *Faut,* is necessary. 24, *Poids,* weight.

FIFTY-SECOND LESSON.　　CINQUANTE-DEUXIÈME LEÇON.

ic,　　　　　　　Une *république,*
'　　　　　　　　*Former,*
ited States,　　　Les *Etats-Unis,*
ited States form a repub-　Les Etats-Unis forment une répub-
　　　　　　　　lique.

st all French verbs have THE FIRST AND SECOND PERSONS PLU-
he IMPERATIVE, the same as those of the *Indicative present,*
; the subject.

our room,　　　　Allez à votre chambre,
r your book,　　　Cherchez votre livre,
go to our rooms,　Allons à nos chambres,
ook for our books,　Cherchons nos livres,
o that man,　　　Parlez à cet homme,
peak to the stranger,　Parlons à l' étranger,
e door,　　　　　Fermez la porte,
buy some gloves,　Achetons des gants,
 linen,　　　　　Séchez le linge,
ere,　　　　　　Venez ici,
shut the window,　Ne fermez pas la fenêtre,
?,　　　　　　　Le *plaisir,*
s pleasure,　　　Il aime le plaisir,
t,　　　　　　　*Innocent,*
il,　　　　　　　*Criminel,*
val,　　　　　　La *gorge,.*

My throat is dry,	J' ai la gorge sèche,
To enter,	Entrer,
People,	Du monde,
All people, every body,	Tout le monde,
Do not enter his room, there are people with him,	N' entrez pas dans sa chambre, y a du monde avec lui,
Every body knows your secret,	Tout le monde sait votre secret,
Will there be?	Y aura-t-il?
There will be,	Il y aura,
Is there a ball at your house?	Y a-t-il un bal chez vous?
There is one,	Il y en a un,
Will there be one at the neighbor's?	Y en aura-t-il un chez le voisin?
There will be one,	Il y en aura un,
Will there be many people at the ball?	Y aura-t-il beaucoup de monde au bal?
There will be many,	Il y en aura beaucoup,
Gay,	Gai,
Drunk, tipsy,	Ivre,
Your friend looks gay,	Votre ami a l' air gai,
That man looks tipsy,	Cet homme a l' air ivre,
Look for thy book,	Cherche ton livre.

The SECOND PERSON SINGULAR of the IMPERATIVE, is, in almost all cases, the same word as the first person singular of the Indicative present.*

Come (thou) to thy father,	Viens à ton père,
Speak (thou) to thy sister,	Parle à ta sœur,
Take thy hat,	Prends ton chapeau, .
Will you know,	Saurez-vous?
I shall know,	Je saurai,
Will you know how to speak French soon?	Saurez-vous bientôt parler le Français?
I shall know how to speak it soon,	Je saurai le parler bientôt,
Wisdom,	La sagesse,
A triangle,	Un triangle,
A line,	Une ligne,
The yard,	La cour,

* Avoir makes aie, Etre sois—and Aller va.

he *front yard,*	La *cour de devant,*
he *back yard,*	La *cour de derrière,*
flower,	Une *fleur,*
ere are some flowers in the front yard,	Il y a des fleurs dans la cour de devant.

Are there many republics in the world? The United ates form a great republic, but there are not many. Is re anything new in the republic of letters? There is thing new. Does he dwell in the United States of North nerica? He dwells there. Go to school my son; art u not going there? I am going there. Shut the door d open (Less. 33.) the window. Put your book on the le, and look for your hat. Speak to that man. Come re. Hold this horse. Let us go home. Let us drink ne water. Let us read this book. Let us buy some ap- s. Let us shut the window. Let us open the door. Go thy mother. Come to thy father. Speak to thy brother. dy your lesson. Do your work. Let us write our ex- ises. Do not write so fast. Does that man love pleasure? loves it. Are there many innocent pleasures? There many innocent and many criminal ones. Is not your oat swollen? (Les. 47.) My throat is swollen. Drink ne water; is not your throat dry? It is dry (I have it .) Why do you not enter into that room? I do not ter into it (y) because there are too many people (there.) t us enter into this store; and let us buy something new. ill there be many people at your house on Sunday? ere will be many there to-morrow, and on Tuesday. ill there be a ball at the neighbor's? There will be one ere.) Why does that man look gay? (Les. 50) He ks gay because he has much money. Does he not look unk? He looks drunk. Does he not look gay? He es not look gay; he looks drunk. Will you soon know w to write and speak the French? I shall soon know w to speak it, and my brother will soon know how to eak it also. We shall know how to do our work, will ey know how to do theirs? They will know it. Has t that man much wisdom? He has much. Do you lmire his wisdom? I admire it. How many lines form triangle? Three lines form a triangle. Do you like

12

flowers? I like them. Are there not flowers in the front yard? There are flowers in the front yard, and trees in the back yard. Are there not flowers in the back yard? There are not.

Gardez[1]-vous de confondre[2] le nom sacré[3] d' honneur[4] avec ce préjugé[5] féroce[6] qui met toutes les vertus à la pointe d'une épée[7], et n'est propre[8] qu' à faire de braves scélérats.[9]

En quoi consiste ce préjugé? Dans l'opinion la plus extravagante et la plus barbare[10] qui peut jamais entrer dans l'esprit humain, savoir,[11] que tous les devoirs de la société sont suppléés[12] par la bravoure;[13] qu' un homme n' est plus fourbe,[14] fripon,[15] calomniateur;[16] qu' il est civil, humain, poli[(a)] quand il sait se battre,[17] que le mensonge[18] se change en vérité, que le vol[19] devient[20] légitime,[21] la perfidie honnête, l' infidélité[22] louable,[23] sitôt[24] qu' on soutient[25] tout cela le fer à la main ; qu' un affront est toujours bien réparé[26] par un coup[27] d' épée, et qu' on n' a jamais tort avec un homme, pourvu[28] qu' on le tue.

1, *Garder*, to beware. 2, *Confondre*, to confound. 3, *Sacré*, sacred. 4, *Honneur*, honor. 5, *Préjugé*, prejudice. 6, *Féroce*, savage. 7, *Epée*, sword. 8, *Propre*, fit. 9, *Scélérat*, villain. 10, *Barbare*, barberous. 11, *Savoir*, namely. 12, *Suppléé*, fulfilled (supplied.) 13, *Bravoure*, courage. 14, *Fourbe*, a cheat. 15. *Fripon*, a knave. 16, *Calomniateur*, calumniator. (a), *Poli*, polite. 17, *Se battre*, to fight. 18, *Mensonge*, falsehood. 19, *Vol*, robbery. 20, *Devenir*, to become. 21, *Légitime*, lawful. 22, *Infidélité*, treachery. 23, *Louable*, commendable. 24, *Sitôt*, as soon. 25, *Soutenir*, to maintain. 26, *Réparé*, repaired. 27, *Coup*, blow. 28, *Pourvu*, provided.

THE FIFTY-THIRD LESSON.	CINQUANTE-TROISIÈME LEÇON.
The *lamp*,	La *lampe*,
Light the lamp,	Allumez la lampe,
Light it,	Allumez-la,
Light them,	Allumez-les.

The persons of the Imperative given in the last lesson, (the second singular, and the first and second plural,) when affirmative, take af verb, and joined to it by a hyphen, all those pronouns which come before the verb, as follows:

ie the letters,	Envoyez-moi les lettres,
iem (or it) to me,	Envoyez-les (ou la) -moi,
iem (or it) to us,	Envoyez-les (ou la) -nous,
send them (or it) to him er,)	Envoyons-les (ou la) -lui,
send them (or it) to them,	Envoyons-les (ou la) -leur,
iou them (or it) to me,	Envoie-les (ou la) -moi.

:en with the indicative (Les. 39,) y with the imperative, also, :d after the other pronouns,* except en, which is always placed

iem there,	Envoyez-les-y,
ime there,	Envoyez-y-en,
ie some,	Envoyez-m'en.

To run,   *Courir.*

-s,	tu cours,	il court,	nous courons,	vous courez,	ils courent,
	thou runnest,	he runs,	we run,	you run,	they run.

Après,

i run after that man ?	Courez-vous après cet homme ?
fter him,	Je cours après lui,
his horse run faster than t	Ce cheval-ci court-il plus vite que celui-là ?
un the one as fast as the ';	Ils courent aussi vite l'un que l'autre,
i better than they,	Nous courons mieux qu'eux,
u run ?	*Courrez-vous* (fut. of *courir*,)
un,	Je courrai,
i	Une *poire*,
i,	Une *pêche*,
awberry,	La *fraise*,
tree,	Un *rosier*,
ile-tree,	Un *pommier*,
-tree,	Un *poirier*,
i-tree,	Un *pêcher*.

* Y is not to be placed after *moi, toi, le, la.*

How, used in exclamations in English, and followed by an adj
tive or adverb, is rendered in French by *que,* and the adjective plac
after the verb.

How beautiful that rose-tree is !	Que ce rosier est beau !
How large that apple-tree is !	Que ce pommier est grand !
How strong you are !	Que vous êtes fort !
How pretty they are !	Qu'elles sont jolies !
The *square,*	Le *carré,*
The *circle,*	Le *cercle,*
The *left* hand,	La main *gauche,*
The right hand,	La main droite.

Light the lamp. Light it. Let us light it. Let us lig
the lamps. Let us light them. Light them. Light (tho
thy lamp. Give me the bread. Give me some. Give it
him. Give him some. Give us back our books. G
them back to us. Take (*menez*) the horse to the riv
Take him there. Let us take him there. Send y
brothers some letters. Send them some. Let us send th
some. Send them to your brother. · Send them to h
Carry thy books to the school. Carry them there. Ca
them to thy sister. Carry them to her. Carry some to h
Do you not run too fast ? I do not run too fast. Does
American run as fast as the Frenchman ? They run
one as fast as the other. Do we not run better than l
We run better than he. Will you run as fast as I ?
shall run faster than you. Shall we run after that ma
We shall not run after him, but the soldiers will run af
him, and the boy will run after him. Have you fruit
your house ? We have pears, peaches and strawberri
Do you like pears ? I like pears ; but I like peaches bet
than pears, and strawberries better than peaches. /
there trees in your yard ? There are rose trees in my fr
yard, and apple trees, pear trees and peach trees in the ba
yard. What trees are there in your garden ? There :
rose trees, apple trees, peach trees and pear trees. H
many lines form a square ? Four lines form a square, a
one line forms a circle. How many hands have you ?
have two, the right hand and the left ; I have also two fe
the right foot and the left.

Do you believe all that one says ? Will you see

American on Wednesday? Is there more happiness than unhappiness in the world? Are not France, Spain, England and Germany, kingdoms of Europe? Do not the United States of North America form a great republic?

La majesté des Ecritures[1] m'étonne ; la sainteté[2] de l'Evangile[3] parle à mon cœur. Voyez les livres des philosophes[4] avec toute leur pompe ; qu'ils sont petits près de celui-là ! Un livre à la fois si sublime et si sage[5] n'est pas l'ouvrage des hommes, et celui dont il fait l'histoire est plus qu'un homme. Est-ce là le ton[6] d'un enthousiaste ou d'un ambitieux[7] sectaire ?[8] Quelle douceur ! quelle pureté dans ses mœurs ![9] quelle grâce touchante dans ses instructions ! quelle élévation dans ses maximes ! quelle profonde sagesse dans ses discours ! quelle présence d'esprit, quelle finesse[10] et quelle justesse[11] dans ses réponses ![12] quel empire sur ses passions ! Où est l'homme, où est le sage qui sait agir,[13] souffrir[14] et mourir[15] sans faiblesse[16] et sans ostentation ? Quand Platon peint son juste[17] imaginaire[18] couvert de tout l'opprobre[19] du crime, et digne[20] de tout le prix[21] de la vertu, il peint trait pour trait Jésus Christ ; la ressemblance est si frappante,[22] que tous les pères l'ont sentie.(a)

Quel préjugé, quel aveuglement[23] ne faut-il pas avoir pour oser[24] comparer[25] le fils de Sophronisque[26] au fils de Marie !

1, *Ecriture*, scripture. 2. *Sainteté*, holiness. 3, *Evangile*, gospel. 4, *Philosophe*, philosopher. 5, *Sage*, wise. 6, *Ton*, tone. 7, *Ambitieux*, ambitious. 8, *Sectaire*, sectarian. 9, *Mœurs*, morals. 10, *Finesse*, acuteness. 11, *Justesse*, justness. 12, *Réponse*, reply. 13, *Agir*, to act. 14, *Souffrir*, to suffer. 15, *Mourir*, to die. 16, *Faiblesse*, weakness. 17, *Juste*, just man. 18, *Imaginaire*, imaginary. 19, *Opprobre*, infamy. 20, *Digne*, worthy. 21, *Prix*, reward. 22, *Frappant*, striking. (a,) *Sentie*, felt. 23, *Aveuglement*, blindness. 24, *Oser*, to dare. 25, *Comparer*, to compare. 26, *Sophronisque*, Sophroniscus.

THE FIFTY-FOURTH LESSON.   CINQUANTE-QUATRIÈME LEÇON.

The *heart*,   Le *cœur*,
The *ear*,   L'*oreille*,

| Contented—pleased, | Content, |
| Discontented—displeased, | Mécontent. |

It has been seen (Les. 47,) that in speaking of parts of the body, the French commonly use the verb *to have* and *the article*, where the English employ the verb *to be* and the possessive adjective. The same idiom is to be observed in phrases like the following:

My hand is sore,	J' ai mal à la main,
Is your foot sore ?	Avez-vous mal au pied ?
It is sore,	J' y ai mal,
Is his ear sore ?	A-t-il mal à l' oreille ?
Is it sore ?	Y a-t-il mal ?
It is sore,	Il y a mal,
The *music*,	La *musique*,
That musician's arm is sore,	Ce musicien a mal au bras,
It is sore,	Il y a mal,
Just, correct,	*Juste*,
That musician's ear is correct,	Ce musicien a l' oreille juste,
To charm,	Charmer,
To die,	Mourir.

| Je meurs, | tu meurs, | il meurt, | nous mourons, | vous mourez, | ils meurent, |
| I die, | thou diest, | he dies, | we die, | you die, | they die. |

| He is (now) going to die, | Il va mourir. |

An infinitive after *aller*, denotes something to take place immediately.

I am going (now) to bring my book,	Je vais apporter mon livre,
That horse is dying of hunger,	Ce cheval meurt de faim,
Misery—want,	La *misère*,
Tediousness, lassitude,	L' *ennui*,
I die of lassitude,	Je meurs d' ennui,
They die of cold,	Ils meurent de froid,
I shall die,	Je *mourrai*,
Will you not die if you drink that ?	Ne mourrez-vous pas si vous buvez cela ?
We shall die,	Nous mourrons,
Those poor children die of want,	Ces pauvres enfants meurent de misère,
His heart is contented,	Il a le cœur content,
He is displeased with you,	Il est mécontent de vous,

ie my hat,	Apportez-moi mon chapeau,
to me,	Apportez-le-moi,
to him,	Portez-le-lui,
carry it to him,	Ne le lui portez pas.

tive imperatives, like the other moods, take the pronouns be-
verb.

bring it to me,	Ne me l'apportez pas,
end them the books,	Envoyons-leur les livres,
end them to them,	Envoyons-les-leur,
ot send them to them,	Ne les leur envoyons pas,
end them some,	Envoyons-leur-en,
ot send them any,	Ne leur en envoyons pas,
	Eu, (past participle of *Avoir*,)
	Été, (past participle of *Être*.)

COMPOUND PERFECT TENSE is formed in French as in English
ng the past participle to the present tense of the verb *to have*,

J' ai eu, *tu as eu,* *il a eu,* *nous avons eu,*
I have had, thou hast had, he has had, we have had,
vous avez eu, *ils ont eu,*
you have had, they have had.

J' ai été, *tu as été,* *il a été,* *nous avons été,*
I have been, thou hast been, he has been, we have been,
vous avez été, *ils ont été,*
you have been, they have been.

| ou had my book ? | Avez-vous eu mon livre ? |
| had it, | Je l'ai eu. |

uns and negatives which are placed before or after the verb
simple tenses, are placed before or after the auxiliary, in the
nd tenses.

ot had it,	Je ne l'ai pas eu,
ou been to the church ?	Avez-vous été à l'église ?
een there,	J'y ai été,
ot been there,	Je n'y ai pas été.

hat man's heart contented ? It is contented. Are
pleased with me ? No, sir ; I am pleased with you.
musician displeased because his ear is sore ? He is

displeased because his eyes are sore (*mal aux yeux*)
What is the matter with you? (Les. 17.)   My foot is sore.
Is your tongue sore?   It is not sore; my finger is sore.
What is the matter with that man?   His left arm is sore.
Is his right hand sore?   It is not sore.   What is the matter
with those boys?   Their feet are sore.   Are their fingers
sore?   They are not sore.   Is that musician's ear correct?
It is correct.   That music charms all ears; do you hear
it?   I hear it.   Do you like music?   I like it much.   Bring
me the peaches.   Bring them to me.   Do not bring them
to me.   Bring me some.   Do not bring me any.   Carry
thy brother the pears.   Carry them to him.   Do not carry
them to him.   Carry him some.   Do not carry him any.
Let us send the strawberries home.,   Let us send them
there.   Let us not send them there.   Let us send some
there.   Let us not send any there.   Is not that poor man
going to die?   He is going to die of want.   Will not that
horse die of hunger?   He will die of it (*en.*)   Are not those
poor children dying of cold?   They are dying of it.   Give
me something to read, because I am dying of lassitude.   I
will give you something to read.   Shall I not die if I drink
all that?   You will die if you drink it.   Is that sick man
dying of misery?   He is dying of it.   Have you had my
umbrella?   I have had it.   We have had our money.
Have the soldiers had theirs?   They have had theirs; and
the corporal has had his.   Have you been to the market?
I have been there.   We have been to the river; have our
friends been there?   They have been there, and the captain
has been there also.

Nous avons tous un goût naturel pour la vie champêtre.[1]
Loin[2] du fracas[3] des villes et des jouissances[4] factices[5] que
leur vaine et tumultueuse société peut offrir,[6] avec quel plaisir nous allons y respirer l'air de la santé, de la liberté, de
la paix!   Une scène se prépare plus intéressante[7] mille fois
que toutes celles que l'art invente à grand frais[8] pour vous
amuser ou vous distraire.[9]   Du sommet de la montagne qui
borne[10] l'horizon, l'astre[11] du jour s'élance[12] brillant[13] de tous
ses feux.   Le silence de la nuit n'est encore interrompu[14]
que par le chant[15] plaintif[16] et tendre du rossignol,[17] ou le
zéphyr léger qui murmure dans le feuillage, ou le bruit con-

ruisseau qui roule dans la prairie[19] ses eaux étince-

Il me semble qu' à la campagne notre sensibilité ɔt[21] moins orgueilleuse[22] et plus vive ;[23] que nous y nos amis avec plus de franchise,[24] nos femmes avec tendresse ;[25] que les yeux de nos enfants nous y in- ;[26] davantage ; que nous y parlons de nos ennemis ɔins d' aigreur ;[27] de la fortune avec plus d' indiffér-

ɪpêtre, of the country. 2, *Loin*, far. 3, *Fracas*, tumult. 4, ?, enjoyment. 5, *Factice*, facticious. 6, *Offrir*, offer. 7, *In-* interesting. 8, *Frais*, expense. 9, *Distraire*, distract. 10, Ɪ bound. 11, *Astre*, star. 12, *S' Elancer*, to rush. 13, *Bril-* ing. 14, *Interrompu*, interrupted. 15, *Chant*, singing. 16, plaintive. 17, *Rossignol*, nightingale. 18, *Confus*, confused. ie, meadow. 20, *Etincelant*, sparkling. 21, *Et*, both. 22, ɪx, proud. 23, *Vif*, lively. 24, *Franchise*, freedom. 25, *Ten-* derness. 26, *Intéresser*. 27, *Aigreur*, acrimony.

ꞮFTY-FIFTH LESSON.   CINQUANTE-CINQUIÈME LEÇON.

	Vu, (past part. of *voir*,)
	Fait, (p. p. of *faire*,)
r, been willing,	*Voulu*, (p. p. " *vouloir*,)
ok for,	*Cherché*, (p. p. " *chercher*,)
ɪ seen my brother?	Avez-vous vu mon frère ?
ɘn him,	Je l' ai vu,
ɔne his work ?	At-t-il fait son ouvrage ?
not been willing to do	N' avons-nous pas voulu faire cela ?
e sought for their money,	Ils ont cherché leur argent.

Ɪf the first conjugation (in ER) form their past participle by *er* into *é*.

	Donné, (p. p. of *donner*,)
	Touché, (p. p. of *toucher*,)
	Parlé, (p. p. of *parler*,)
	Prêté, (p. p. of *prêter*,)
ed,	*Aimé*, (p. p. of *aimer*,)
	Acheté, (p. p. of *acheter*,)

Dried,	*Séché,* (p. p. of *sécher*,)
Broken,	*Cassé,* (p. p. of *casser*.)

In these last eight, it is seen that the participle differs from the infinitive only by taking *é* final instead of *er*. So of all verbs in *er*.

Have you given money to that man?	Avez-vous donné de l'argent à cet homme?
I have given him some,	Je lui en ai donné,
Has he lent you the book?	Vous a-t-il prêté le livre?
He has lent it to me,	Jl me l'a prêté,
He has not lent it to you,	Il ne vous l'a pas prêté,
We have bought those horses,	Nous avons acheté ces chevaux,
Have they not broken the glasses?	N' ont-ils pas cassé les verres?
They have not broken the glasses,	Ils n' ont pas cassé les verres,
To work,	Travailler,
Himself, itself, one's self,	Soi.

To live, to live on,			*Vivre, vivre de.*		
Je vis,	tu vis,	il vit,	nous vivons,	vous vivez,	ils vive
I live,	thou livest,	he lives,	we live,	you live,	they liv

Each one,	*Chacun,* (fem.) *chacune,*
He lives on roast beef,	Il vit de bœuf rôti,
Each ones works for himself,	Chacun travaille pour soi,
On what do you live?	De quoi vivez-vous?
I live on biscuit and tea,	Je vis de biscuit et de thé,
They live only for the happiness of others,	Ils ne vivent que pour le bonheur des autres,
Amiable, lovely,	Aimable,
Odious,	*Odieux,* (fem.) *odieuse,*
Vice,	Le *vice,*
Vice is odious of itself,	Le vice est odieux de soi,
Lazy,	*Paresseux,* (fem.) *paresseuse,*
A *tooth,*	Une *dent,*
Have you the toothache?	Avez-vous (le) mal de dents?
Have you a pain in the teeth?	Avez-vous mal aux dents?
I have the headache,	J'ai (le) mal de tête,
I have a pain in the head,	J'ai mal à la tête.

Mal de, denotes rather the name of the disease, and *mal à* the part affected.

He has sickness of the stomach,   Il a mal de cœur.

ιve you seen the general ? I have seen him. Has that
ιr done his exercise ? No, sir ; he is lazy ; he has not
it. Did they not wish to buy your house ? They
ιd to buy it, but we did not wish to sell it. Have you
that man his money ? I have given it to him. Has
ιked for his glove ? He has not looked for it. Has
ne touched my fruit ? No one has touched it. We
(have spoken) to your brothers ; did they speak to
They spoke to you. Did the scholars love the mas-
They loved him much. What did you buy at the
I bought pears, peaches, apples and strawberries.
ε did they dry their linen ? They dried theirs before
ε, and we dried ours in the sun. What has he broken ?
ιs broken his window. Are there poor men who live
ιn potatoes ? There are many. Does each one live
ιr himself? No, sir ; each one lives for the happiness
ers. On what do you live ? I live on meat and bread
ιany other things. Is not vice odious of itself ? Vice
ιus of itself, and virtue is lovely of itself. Does not
ιt servant look lazy ? He looks lazy. Why has not
ιcholar studied his lesson ? He has not studied be-
he is lazy. Are you acquainted with that lady who
ι amiable? I am not acquainted with her ; but I have
ιeen her. What is the matter with you ? I have the
ιche. Have you the toothache often? I have not
othache often, but I have a pain in the head often.
ιs the matter with your brother ? He is sick at the
ch because he has eaten too much fruit. Has he sick-
ιf the stomach often? He has not sickness of the
ιh often, but he has the headache often, and some-
a pain in his teeth.

crocodile est un grand animal qui vit tantôt dans le
ιt tantôt sur la terre; il a la forme du lézard[1] de nos
ι, mais il est bien différent de ce petit animal, qui est
ιt sans malice ; le crocodile, au contraire, est aussi
ιue féroce. On dit que lorsqu' il veut attirer près de lui
ιe voyageur pour le dévorer,[3] il se cache dans les joncs[4]
ιve, et contrefait[6] le cri[6] d' un enfant qui pleure.[7] Si
nme est assez imprudent pour s' en approcher, le mon-
ιlance tout-à-coup sur lui avec violence, et dévore sa

proie en un instant. Heureusement que cet animal, tou
méchant qu' il est, ne peut se défendre contre l' ichneumon
espèce de rat d' Egypte qui est son plus mortel ennemi, e
qui mange les œufs du crocodile ou ses petits aussitôt qu' il
sortent des œufs.

Dieu a fait le monde de rien, par sa parole[8] et sa volonté
et pour sa gloire.[10] Il l' a fait en six jours. Le premier jou
il a créé le ciel et la terre, ensuite[11] la lumière ; le second jou
il a créé le firmament qu' il a appelé le ciel ; le troisième jou
il a séparé l' eau et la terre, et a fait produire à la terre tout
les plantes ; le quatrième il a créé le soleil, la lune[12] et l
étoiles[13] ; le cinquième il a formé les oiseaux dans l' air
les poissons dans la mer ; le sixième il a produit[14] les a
maux terrestres, et a formé l' homme à son image.

1, *Lézard*, lizard. 2, *Rusé*, cunning. 3, *Dévorer*, to devour.
Jonc, rush. 5, *Contrefaire*, to counterfeit. 6, *Cri*, cry. 7, *Pleurer*,
cry. 8, *Parole*, word. 9, *Volonté*, will. 10, *Gloire*, glory. 11, *E
suite*, after that. 12, *Lune*, moon. 13, *Etoile*, star. 14, *Produit*, pi
duced.

THE FIFTY-SIXTH LESSON.   CINQUANTE-SIXIÈME LEÇON.

To be able, can.   Pouvoir.

Je peux, or *puis*,	*tu peux*,	*il peut*,	*nous pouvons*,	*vous pouvez*,	*ils peuve*
I can,	thou canst,	he can,	we can,	you can,	they can

Useful,	*Utile*,
Can I be useful to you ?	Puis-je vous être utile ?
You can be useful to me,	Vous me pouvez être utile,
Is he able to do his work ?	Peut-il faire son ouvrage ?
We can do ours and they can do theirs,	Nous pouvons faire le nôtre et peuvent faire le leur,
Will you be able?	*Pourrez-vous?* (fut. of *pouvoir*.)
I shall he able,	*Je pourrai,*
Will he be able to do his exercise ?	Pourra-t-il faire son thème ?
Bent,	*Courbé,*
Weak,	*Faible,*
The *knee*,	Le *genou*,
That man's back is bent,	Cet homme a le dos courbé,
His knees are weak,	Il a les genoux faibles,

	Sans,
r man is without money,	Ce pauvre homme est sans argent,
;o out without umbrella?	Sortez-vous sans parapluie?
hold,	Tiendrez-vous? (fut. of tenir,)
ld,	Je tiendrai,
hold the horse,	Il tiendra le cheval,
	Rempli, (p. p. of remplir,)
	Remercié (p. p. of remercier,)
	Ouvert, (p. p. of ouvrir,)
icquainted with,	Connu, (p. p. of connaître,)
	Etudié, (p. p. of étudier,)
	La rose,
reen tree,	Un arbre-vert,
	Chanter,
	Une chanson,
u filled that bottle?	Avez-vous rempli cette bouteille?
lled it,	Je l'ai remplie.

ast participle forming part of an active verb, agrees with its
hen that object precedes, but when the object comes after it,
is unchanged.

minine and plural of past participles are formed like those
ives.

u filled the bottles?	Avez-vous rempli ces bouteilles?
lled them,	Je les ai remplies,
hanked my sisters?	A-t-il remercié mes sœurs?
hanked them,	Il les a remerciées,
hanked her,	Il l'a remerciée,
hanked him,	Il l'a remercié,
pened the drawer?	A-t-il ouvert le tiroir?
pened it,	Il l'a ouvert,
pened them,	Il les a ouverts,
ey opened the windows?	Ont-ils ouvert les fenêtres?
ve opened them,	Ils les ont ouvertes,
ve opened it,	Ils l'ont ouverte,
u known those men?	Avez-vous connu ces hommes?
nown them,	Je les ai connus,
en the ladies whom you	J'ai vu les dames que vous avez
een,	vues,

I have seen her whom you have seen,	J' ai vu celle que vous avez '
I have seen him whom you have seen,	J' ai vu celui que vous avez

Can you tell me where my brother is? I can not tel
where he is. Can that scholar do his exercises? He
do them very soon. We can do our exercises; can th
theirs? They can do theirs. Can you learn all you
sons? I can learn them very well. Will your frie
able to learn his? He will be able to learn them.
you be able to do your exercises to-morrow? I shall b
to do them to-day. Do you know that man whose ba
bent? I know him well. Have you known him
knees are weak? I have known him. Have you k
his brothers? I have known them. That man's ba
bent; are not his legs also weak? They are weak.
be useful to you? You can be useful to me. Wil
boy be useful to you? He will be very useful to me.
that man go out without a hat? He goes out with
hat. Will you go out without an umbrella? I sha
go out without an umbrella. Will you hold these he
I will hold them. Has ·he filled the barrels with w
He has filled them with it. Have you thanked the
for the (des) flowers? I have thanked them for them.
Lesson 32.) Have the servants opened the wind
They have opened them. Have they opened the
They have opened it. Have you studied French? I
studied it. Have you studied the French grammar m
I have not studied it much. Are there roses in your
yard? There are roses. What trees are there in
yard? There are rose-trees and evergreen-trees. He
lady sung that song? She has sung it. Has she su
those songs? She has sung them all. Will you ha·
ergreen trees in your back yard? I shall have some
    Have you seen the man whose hair is black? Hav
seen him? Have they done their exercises? Have
done them? Have you wished for the apples? Hav
wished for them?

    La main du temps, et plus encore celle des homm
ont ravagé[1] tous les monuments de l' antiquité[2] n' on

squ' ici[4] contre les pyramides. La solidité de leur con-
ion, et l' énormité[5] de leur masse[6] les ont garanties[7] de
atteinte,[8] et semblent leur assurer[9] une durée éternelle.
oyageurs en parlent tous avec enthousiasme,[10] et cet
isiasme n' est pas exagéré ;[11] l' on commence à voir ces
ignes factices dix-huit lieues avant d' y arriver. Elles
ent s' éloigner[12] à mesure qu' on s' en approche ; on en
core à une lieue, et déjà elles dominent[13] tellement[14] sur
e, qu' on croit être à leur pied ; enfin, l' on y touche, et
ie peut exprimer[15] la variété des sensations qu' on y
ve ; la hauteur de leur sommet, la rapidité de leur
6 l' ampleur[17] de leur surface, le poids de leur assiette,[18]
moire des temps qu' elles rapellent, le calcul[19] du trav-
l' elles ont coûté,[20] l' idée[21] que ces immenses rochers[22]
' ouvrage de l' homme, si petit et si faible, qui rampe[23]
: pied, tout saisit[24] à la fois le cœur et l' esprit d' étonne-
[25] de terreur, d' humiliation, d' admiration, de respect.

avager, to ravage. 2, *Antiquité*, antiquity. 3, *Pu*, been able.
pu' ici, (as far as here) thus far. 5, *Énormité*, vastness. 6,
mass. 7, *Garantir*, to secure. 8, *Atteinte*, assault. 9, *Assu-*
assure. 10, *Enthousiasme*, enthusiasm. 11, *Exagérer*, to exa-
. *Éloigner*, to remove. 13, *Dominer*, to rise. 14. *Tellement*,
i, *Exprimer*, to express. 16, *Pente*, slope. 17, *Ampleur*, breadth.
iette, position. 19, *Calcul*, estimate. 20, *Coûter*, to cost. 21,
lea. 22, *Rocher*, rock. 23, *Ramper*, to creep. 24, *Saisir*, seize.
onnement, astonishment.

FIFTY-SEVENTH LESSON.   CINQUANTE-SEPTIÈME LEÇON.

? (subject of the verb,)	*Qu' est-ce qui?*
ise,	*Causer,*
causes that?	Qu' est ce qui cause cela?
causes *so much* noise?	Qu' est-ce qui cause *tant* de bruit?
ch, *so many,*	*Tant,* (*de* bef. noun,)
	Du tapage,
makes so much riot?	Qui fait tant de tapage?

negative phrases *ne* is used without *pas*, when accompanied by
xpression whose signification is negative. Thus we have seen

in (Les. 17,) *ne* used without *pas*, when accompanied by *ni*, and also *rien*. The same with *jamais*, (Les. 25,) and with *que*, (Les. 28,) with *personne*, (Les. 19.) The following, also, having a negative signification, take *ne* without *pas*.

No—no one,	*Nul* fem. *nulle,*
But little, scarcely any, hardly,	*Guère,* (*de* bef. noun,)
None, not any one,	*Aucun,* fem. *aucune,*
No man knows that,	Nul homme ne sait cela,
He is not going any where,	Il ne va nulle part,
A *dollar,*	Une *piastre, un dollar,* une *gourde,*
He has scarcely any money,	Il n' a guère d' argent,
He has only a dollar,	Il n' a qu' une piastre,
He has hardly less than twenty dollars,	Il n' a guère moins de vingt piastres.

Than before a number is rendered by *de.*

He has more than thirty,	Il en a plus de trente,
I have less than ten dollars,	J' ai moins de dix piastres,
This wine is hardly good,	Ce vin n' est guère bon,
I know none of his friends,	Je ne connais aucun de ses amis,
He does nothing,	Il ne fait rien,
Do you speak to no one ?	Ne parlez-vous à personne ?
I speak neither to this one nor that one,	Je ne parle ni à celui-ci ni à celui-là,
He never goes out when it rains,	Il ne sort jamais quand il pleut,
To undertake,	*Entreprendre,* (varied like *prendre,* Les. 39.)
Do you undertake to translate this book,	Entreprenez-vous de traduire ce livre,
I undertake to translate it,	J' entreprends de le traduire.

We have seen, (Les. 49,) that many French verbs require *à* before an infinitive depending on them. There are also many verbs and phrases which require *de* before the dependent infinitive, as seen with *entreprendre,* in the two last phrases. The following, already given, are of this kind. *Avoir honte, avoir l' air, avoir peur, Choisir, Entreprendre, Etre joyeux, Etre triste, Parler, Préférer.*

Joyful,	*Joyeux,*
I am quite joyful to see you,	Je suis tout joyeux de vous voir,
He is ashamed to wear that hat,	Il a honte de porter ce chapeau,

Has he not the appearance of drinking much wine ?	N' a-t-il pas l' air de boire beaucoup de vin ?
Are you afraid to go out in the evening ?	Avez-vous peur de sortir le soir ?
To leave,	Laisser,
Do you choose to take it or to leave it here ?	Choisissez-vous de le prendre ou de le laisser ici ?
Did he speak to you of buying my horse ?	Vous a-t-il parlé d' acheter mon cheval ?
He will prefer to remain here,	Il préféra de rester ici,
Put,	Mis, (p. p. of mettre,)
Taken,	Pris, (p. p. of prendre,)
Chosen,	Choisi, (p. p. of choisir,)
Beaten,	Battu, (p. p. of battre,)
Received,	Reçu, (p. p. of recevoir,)
Will you receive,	Recevrez-vous ? (fut. of recevoir,)
I shall receive,	Je recevrai.

What causes that? The wind causes it. What makes so much noise? The children make it. What causes that great noise? The dogs cause it. Who makes so much riot? The soldiers make it. Do not make so much riot. No living man knows that. I have hardly any money; will you lend me some? No, sir; I have but five dollars. That poor man has hardly any money; will you give him some? I will give him only two dollars. Do you know my friends? I know no one of your friends. Do you undertake any thing without money? I undertake nothing without money. Does he undertake to learn French? He undertakes to learn it. Are they ashamed to go to the house of that poor man? They are ashamed to go there. Does he not look as if he were (l' air d' être) rich? He looks as if he were rich. Are you afraid to speak to that man? I am not afraid to speak to him. Will he choose to take these gloves or to leave them? He will choose to take them. Do you undertake to learn German without a master? I do not undertake to learn it. Why is your friend so joyous? He is joyous to see me. Of what does he speak to you? He spoke to me of buying a new house. Do you prefer to go home or to remain here? I prefer to remain here. Where is his son? He has left him at (à)

· 13*

Paris. Where did you leave your old friend ? I left him in
the country. Where have you put your books? I have
put them on the table. Where has he put his new pens?
He has put them in the drawer. Who took my cravat? I
took it. What gloves have you chosen? I have chosen
those. What apples have you chosen? I have chosen
those. What dogs have you beaten? I have beaten those
which you have beaten. Did you receive my letter? I
received it. Did you receive his? I received them.
When shall we receive our money? You will receive
yours when he shall receive his.

L' Eternel[1] Dieu dit à Adam ; La terre sera maudite[2] à
cause de toi, tu en mangeras en travail tous les jours de ta
vie. Et elle te produira des épines[3] et des chardons ;[4] et tu
mangeras l' herbe des champs.[5] Tu mangeras le pain à la
sueur[6] de ton visage, jusqu' à ce que[7] tu retournes[8] en la
terre d' où tu as été pris ; car tu es poudre,[9] et tu retourneras
en poudre.

Les deux rives du Mississippi présentent un tableau[10] le
plus extraordinaire. Sur le bord occidental, des savanes[(a]
se déroulent[11] à perte de vue[12] ; leur flots de verdure, semblent
monter dans l' azur du ciel, où ils s' évanouissent. On voit
dans ces prairies sans bornes,[13] errer[14] à l' aventure[15] des
troupeaux[16] de trois ou quatre mille buffles[17] sauvages.
Quelquefois un bison, chargé[18] d' années, fendant[19] les flots
à la nage,[20] se vient coucher[21] parmi[22] les hautes herbes
dans une île du Mississippi. À son front orné de deux
croissants,[23] à sa barbe antique et limoneuse,[24] vous pouvez
le prendre pour le dieu mugissant[25] du fleuve, qui jette un
regard[26] satisfait sur la grandeur de ses ondes et la sauvage
abondance de ses rives.

1, *Eternel*, eternal. 2, *Maudit*, cursed. 3, *Epine*, thorn. 4, *Chardon*
thistle. 5, *Champ*, field. 6, *Sueur*, sweat. 7, *Jusqu' à ce que*, until
8, *Retourner*, to return. 9, *Poudre*, dust. 10, *Tableau*, picture. (a,
Savane, savannah. 11, *Se dérouler*, to extend. 12, *A perte de vue*, (to
loss of sight,) out of sight. 13, *Borne*, limit. 14, *Errer*, to stray. 15
A l'aventure, at random. 16, *Troupeau*, flock. 17, *Buffle*, buffalo.
18, *Chargé*, loaded. 19, *Fendant*, dividing. 20, *A la nage*, by swim-
ming. 21, *Se coucher*, to lie down. 22, *Parmi*, among. 23, *Croissant*,

nt. 24, *Limoneux*, muddy. 25, *Mugissant*, roaring. 26, *Regard*,

---

FIFTY-EIGHTH LESSON.	CINQUANTE HUITIÈME LEÇON.
t,	Su, (p. p. of *savoir*,)
cted,	Conduit, (p. p. of *conduire*,)
lated,	Traduit, (p. p. of *traduire*,)
back, restored,	Rendu, (p. p. of *rendre*,)
	Vendu, (p. p. of *vendre*,)
, understood,	Entendu, (p. p. of *entendre*,)
uized,	Reconnu, (p. p. of *reconnaître*,)
;	Bu, (p. p. of *boire*,)
	Dit, (p. p. of *dire*,)
ew his lesson,	Il a su sa leçon,
ew it,	Il l'a sue,
u conduct her to the thea-	L'avez-vous conduite au théâtre?
translated the book,	J'ai traduit le livre,
given them back,	Je les ai rendus,
houses have you sold?	Quelles maisons avez-vous vendues?
l some noise,	J'ai entendu du bruit,
cognized her,	Nous l'avons reconnue,
you drunk the water?	Avez-vous bu l'eau?
drunk it,	Je l'ai bue,
ws,	La *nouvelle*,
e told you the news?	Vous a-t-il dit la nouvelle?
s told it to me,	Il me l'a dite,
mise,	Promettre, (varied like *mettre*, Les. 39; it takes *de* bef. inf.)
mises to come to-morrow,	Il promet de venir demain,
,	Un *bateau*,
nboat,	Un *bateau à vapeur*,
l,	Un *chemin*,
road,	Un *chemin de fer*,
	Par,
steamboat,	Par le bateau à vapeur,
railroad,	Par le chemin de fer,
u going by the steamboat,	Allez-vous par le bateau à vapeur
y the railroad?	ou par le chemin de fer?

On foot,	A pied,
On horseback,	A cheval,
I go on horseback, he goes on foot,	Je vais à cheval, il va à pied.

Y which is commonly used of things sometimes refers to persons.

Do you think of me ?	Pensez-vous à moi ?
I think of you,	J' y pense,
Every day,	Tous les jours,
Every morning,	Tous les matins,
Every evening,	Tous les soirs,
Every week,	Toutes les semaines,
An hour,	Une heure,
A minute,	Une minute,
Every hour,	Toutes les heures,
Every year,	Tous les ans,
Every two days,	Tous les deux jours,
Every five minutes,	Toutes les cinq minutes.

Did the scholar know his lesson ? He knew it very well. Did you know his secret ? I did not know it. Where did you conduct those men ? I conducted them to the church. Where did he conduct his sisters ? He conducted them nowhere. What books did they translate? They translated the books which you translated. Have you received your letters? I have received them. Have you given back his books to that man ? I have given them back to him. Have your brother and your father sold their houses ? They have sold them. Did you hear those birds? I heard them. Did you recognize those men ? I recognized them. Who drank that water? I drank it. Who told you the news? My brother-in-law told it to me. Will you tell me the news? I will tell it to you. Do you promise to come to my house often? I promise to come there every day. Will you come by the boat or on foot? I will come on horseback. Do you promise to come by the steamboat? I will come by the steamboat or by the railroad. Does not one travel very fast when one goes by the railroad? One travels very fast by the railroad. Do you like better to go on horseback or on foot? I like better to go on foot.

ɔu think of me? I think of you. Do you think of
ten? I think of you very often. Do you think of
nan every day? I do not think of him every day.
has caused all that noise? I do not know what has
1 it. Does that man undertake any thing without
r? He undertakes to travel without money. Does
oy work every day? He works every day and reads
evening. Does he go to church every Sunday? He
here every three days. Do not those children drink
five minutes? They drink every hour. Did you
ny pen? I took it. Has he put the pens on the
He has put them there.

ville de la Nouvelle Orléans promet d'être une des
grandes villes du monde. Dans un siècle[1] d'ici elle
entrepôt[2] commercial d'une étendue[3] de pays égale[4]
lus grande partie de l'Europe. Ce pays contiendra
millions d'habitants, répandus[5] par toute variété de
., depuis le tropique[6] du Cancer, jusqu'au-delà[7] des
es des grands lacs et du Missouri. Par le moyen des
ıx à vapeur et des chemin de fer, cette ville aura une
xion immédiate avec les deux océans. Elle aura un
erce direct avec les côtes orientales de l'ancien conti-
ıussi bien qu'avec les limites occidentales du nouveau
э. Elle sera fréquentée[8] par des peuples de diverses[9]
es, ses bateaux à vapeur se compteront[10] par milliers[11] et
pulation surpassera probablement celle d'aucune ville
:iste[12] à présent.

ècle, century. 2, *Entrepôt*, mart. 3, *Etendue*, extent. 4, *Egal*,
5, *Répandu*, spread. 6, *Tropique*, tropic. 7, *Au-delà*, beyond.
quenté, frequented. 9, *Divers*, various. 10, *Se compter*, to be
d. 11, *Millier*, thousands. 12, *Exister*, to exist.

E FIFTY-NINTH LESSON. | CINQUANTE-NEUVIÈME LEÇON.
-ive, | Arriver,
:d, | Arrivé,
 | Allé, (p. p. of *aller*,)
lead, | Mort, (p. p. of *mourir*,)

1

Come,	*Venu,* (p. p. of *venir,*)
Returned,	*Revenu,* (p. p. of *revenir.*)

The above five participles take *être* instead of *avoir* to form compound tenses of their verbs; and they always agree with the s ject of the verbs.

My friend arrived this morning,	Mon ami est arrivé ce matin,
He has gone to the neighbor's,	Il est allé chez le voisin,
His son died yesterday,	Son fils est mort hier,
Your sisters came here this morning,	Vos sœurs sont venues ici matin,
My brothers have returned,	Mes frères sont revenus,
My daughter has gone home,	Ma fille est allée chez elle.

In speaking of the weather, when the English make use of the v *to be,* the French employ *to make,* (*faire.*)

What (how) is the weather?	*Quel temps fait il?*
Is it fine weather?	Fait-il beau temps?
It is fine weather,	Il fait beau temps,
Is it warm?	Fait-il chaud?
It is cold,	Il fait froid,
It is cool,	Il fait frais,
It is day,	Il fait jour,
The *night,* The *past night,*	La *nuit,* La *nuit passée,*
It is night,	Il fait nuit,
It will be fine weather to-morrow,	Il fera beau temps demain,
It is going to be fine weather,	Il va faire beau temps,
It is windy,	Il fait du vent,
It rains,	Il fait de la *pluie,*
The rain,	La pluie,
It is stormy,	Il fait de l'*orage,*
The storm,	L'orage,
It is dry,	Il fait sec,
The *dust,*	La *poussière,*
It is dusty,	Il fait de la poussière,
Half,	*Demi,*
A *quarter,*	Un *quart,*
A *cent,*	Un *sou,*
Noon, midday,	*Midi,*
Midnight, twelve o'clock at night,	*Minuit,*

ock is it?   What is the
Quelle heure est-il?

)'clock,	Il est une heure,
)'clock?	A quelle heure ?
clock,	A deux heures,
irter past three,	Il est trois heures et un quart,
ty minutes after five,	Il est cinq heures et vingt minutes,
i quarter of six,	Il est six heures moins un quart,
en minutes of nine,	Il est neuf heures moins dix minutes,
re o'clock (at noon,)	Il est midi,
uarter past twelve (at	Il est minuit et un quart,
past ten,	Il est dix heures et demie.

illowing the noun agrees with it; before the noun it is un-

ialf dollar; you have a J'ai une demi-gourde; vous avez
ind a half,   une gourde et demie,
: studied a half hour; I Vous avez étudié une demi-heure;
idied an hour and a half,   j'ai étudié une heure et demie.

our father arrived?   Yes, sir ; he arrived last night.
has he gone this morning?   He has gone to the
)id those sick men die?   They died.   Have your
ime?   They have not come yet, but they will come
Ias your mother returned from the country?   She
rned.   When will the soldiers arrive?   They have
arrived.   Has your brother gone to school?   He
: there.   When did your neighbor die?   He died
ning at six o'clock.   At what o'clock did his chil-
ie here?   They came here at half past nine.   At
lock did your sister go to the theatre?   She went
eight o'clock, and she returned twenty minutes be-
lnight.   How is the weather?   It is very fine
Is it not too cold?   It is cold, but it is not too
Vhat weather will it be to-morrow?   It will be
-morrow.   Is it not cool weather?   It is cool now,
ll be warm soon.   Is it day?   It is day.   Is it not
It is not night, but it will soon be night.   Is it
It is windy, and it is very dry.   Will it be stormy

to-morrow? It will not be stormy to-morrow. Does it rain? No, sir; it is very dusty. Has that poor man much money? He has hardly any money. How much has he? He has only twenty cents. Will you not give him some? I have not a cent. Have you half a dollar? I have a dollar and a half. What o'clock is it? It is noon. Is it not one o'clock? It wants a quarter of one? Is it two o'clock? It is half past two. Is it four o'clock? It wants five minutes of five. Does it not want a quarter of six? It is a quarter past six. Is it not twelve o'clock at night? It is ten minutes past twelve. Did the scholars come to school at nine o'clock? They came at a quarter past eight. Does it want twenty-five minutes of twelve? It wants twenty-five minutes of twelve.

Un tombeau est un monument placé[1] sur les limites des deux mondes. Il nous présente d'abord[2] la fin[3] des vaines inquiétudes de la vie, et l'image d'un éternel repos; ensuite[4] il élève en nous le sentiment confus d'une immortalité heureuse, dont les probabilités augmentent[5] à mesure[6] que celui dont il nous rappelle la mémoire à été plus vertueux. C'est là que se fixe[7] notre vénération. C'est par l'instinct intellectuel pour la vertu que les tombeaux des grands hommes nous inspirent une vénération si touchante.[8] C'est par le même sentiment que ceux qui renferment[9] des objets qui ont été aimables nous donnent tant de regrets. Voilà[10] pourquoi nous sommes émus[11] à la vue[12] du petit tertre[13] qui couvre les cendres[14] d'un enfant aimable, par le souvenir[15] de son innocence; voilà encore pourquoi nous voyons avec tant d'attendrissement[16] une tombe sous laquelle repose une jeune femme, l'amour et l'espérance[17] de sa famille[18] par ses vertus. Il ne faut pas, pour rendre recommandables[19] ces monuments, des marbres, des bronzes,[20] des dorures;[21] plus ils sont simples, plus ils donnent d'énergie[22] au sentiment de la mélancolie. Ils font plus d'effet pauvres que riches, antiques que modernes, avec des détails d'infortune[23] q'avec des titres d'honneur, avec les attributs de la vertu qu'avec ceux de la puissance.

1, *Placer*, to place. 2, *D'abord*, at first. 3, *Fin*, end. 4, *Ensuite*, then, (after that.) 5, *Augmenter*, increase. 6, *A mesure*, in propor-

!, *Fixer*, to fix. 8, *Touchant*, touching. 9, *Renfermer*, to in-
10, *Voilà*, that is, (behold.) 11, *Emu*, moved. 12, *Vue*, sight.
tre, knoll. 14, *Cendres*, ashes. 15, *Souvenir*, remembrance.
endrissement, tenderness. 17, *Espérance*, hope. 18, *Famille*,
  19, *Recommandable*, commendable. 20, *Bronze*, (sculptured)
  21, *Dorure*, gilding. 22, *Energie*, energy. 23, *Infortune*,
une.

HE SIXTIETH LESSON.   SOIXANTIÈME LEÇON.

~~—itself—themselves,~~   *Se.*

.ECTIVE VERBS, those expressing what a person does to him-
e much more numerous in French than in English, and take
procal pronouns as follows. Those in italics are the object
'erb.

m one's self,	*Se chauffer*,
myself,	Je *me* chauffe,
arm myself?	Est-ce que je *me* chauffe?
rarmest thyself,	Tu *te* chauffes,
ou warm thyself?	*Te* chauffes-tu?
e warm himself?	*Se* chauffe-t-il?
rms himself,	Il *se* chauffe,
warm ourselves?	*Nous* chauffons-nous?
irm yourselves,	Vous *vous* chauffez,
warm yourselves?	*Vous* chauffez-vous?
irm ourselves,	Nous *nous* chauffons,
y warm themselves?	*Se* chauffent-ils (or elles)?
rarm themselves,	Ils *se* chauffent,
ot warm myself?	Est-ce que je ne *me* chauffe pas?
not warm yourself,	Vous ne *vous* chauffez pas,
not warm yourself?	Ne *vous* chauffez-vous pas?
t warm myself,	Je ne *me* chauffe pas,
he not warm herself?	Ne *se* chauffe-t-elle pas?
es not warm herself,	Elle ne *se* chauffe pas,
not warm ourselves?	Ne *nous* chauffons-nous pas?
not warm ourselves,	Nous ne *nous* chauffons pas,
y not warm themselves?	Ne *se* chauffent-elles pas?
lo not warm themselves,	Elles ne *se* chauffent pas,

14

To wash,	Laver,
To wash one's self,	Se laver,
To dress,	Habiller,
To dress one's self,	S' habiller,
To shave,	Raser,
To shave one's self,	Se raser,
The barber,	Le barbier,
Does that child wash himself?	Cet enfant se lave-t-il?
I wash him,	Je le lave,
Do those children dress themselves?	Ces enfants s' habillent-ils?
The servant dresses them,	Le domestique les habille,
Do you shave yourself?	Vous rasez-vous?
The barber shaves me, ·	Le barbier me rase.

When objects are pointed out, *there is, there are*, instead of be
rendered by *il y a*, are translated as follows:

Here is—here are—behold,	Voici,
There is—there are—behold,	Voilà,
Here is your knife,	Voici votre couteau,
Here it is,	Le voici,
There is his pen,	Voilà sa plume,
There it is,	La voilà,
There is some codfish; do you wish for some?	Voilà de la morue; en vou vous?
Do you wish for strawberries? there are some,	Voulez-vous des fraises? en · là,
Here is what I am looking for,	Voici ce que je cherche,
There is the man whom you seek,	Voilà l' homme que vous cherc
Written,	Ecrit, (p. p. of *écrire*,)
Learnt,	Appris, (p. p. of *apprendre*,)
Read,	Lu, (p. p. of *lire*,)
Believed,	Cru, (p. p. of *croire*,)
Known,	Su, (p. p. of *savoir*,)
Been able,	Pu, (p. p. of *pouvoir*,)
Run,	Couru, (p, p. of *courir*,)
Fatigued. To fatigue,	Fatigué. Fatiguer.

Why do you warm yourself? I warm myself becaus
am cold. Does he wash himself often? He washes h
self every morning. Do we not dress ourselves oft

u dress yourselves often. Do they shave themselves?
sir; the barber shaves them. Does not the barber
ve you? No, sir; I shave myself. Do you not wash
rself often, when it is warm (weather?) I wash myself
:y morning and every evening, when it is warm. Do I
warm myself often when it is cold (weather?) You
'm yourself: often, and your friend warms himself often
:n it is cold. Why do you wash yourselves so often?
: wash ourselves often because it is dusty. Does that
d fatigue himself often? He fatigues himself when he
:. Dost thou not fatigue thyself? I fatigue myself
:h. Here is your book. There is your copy-book. Do
look for your hat? there it is. Here are your apples.
·e they are. There are your gloves. There they are.
s is the book which I wish for. Here it is. There are
.e peaches; do you wish for some? There is what I
h for. There is the man whom you wish to see. Have
written your letter? I have written it. Has that
)lar learnt Spanish? He has learnt it. Have you read
ie books? We have read them. Did the strangers be-
: those stories (histoires?) They believed them. Did
scholars know their lessons? They knew them very
l Has the workman been able to do all his work? He
been able to do it all. Why are you so fatigued? I
fatigued because I have run much.

lui de nous n' a pas vu quelquefois ces vieux soldats qui,
·utes les heures du jour, sont prosternés[1] ça[2] et là sur les
·bres du temple élevé au milieu de leur auguste retraite?[3]
irs cheveux, que le temps a blanchis,[4] leur front, que la
rre a cicatrisé,[5] ce tremblement,[6] que l' âge seul a pu leur
rimer,[7] tout en eux inspire d' abord le respect: mais de
l sentiment n'est on pas ému lorsqu'on les voit soulever[8]
oindre[9] avec effort leurs mains défaillantes,[10] pour invo-
r[11] le Dieu de l' univers et celui de leur cœur et de leur
sée;[12] lorsqu' on leur voit oublier,[13] dans cette touchante
otion, et leurs douleurs[14] présentes et leurs peines[15] pas-
;; lorsqu' on les voit se lever avec un visage serein,[16] et
)orter[17] dans leur âme un sentiment de tranquillité et
spérance! Ah! ne les plaignez point dans cet instant,
s qui ne jugez[18] du bonheur que par les joies[19] du monde!

Leurs traits[a] sont abattus,[20] leur corps chancelle,[21] et la mort observe leur pas ; mais cette fin inévitable, dont la seule image vous effraie,[22] ils la voient venir sans alarmes; ils se sont approchés par le sentiment de celui qui est bon, de celui qui peut tout, de celui qu' on n' a jâmais aimé sans consolation.

1, *Prosterner*, to prostrate. 2, *Ca*, here. 3, *Retraite*, retreat. 4, *Blanchir*, to whiten. 5, *Cicatriser*, to scar. 6, *Tremblement*, trembling. 7, *Imprimer*, to impress. 8, *Soulever*, to raise. 9, *Joindre*, to join. 10, *Défaillant*, failing. 11, *Invoquer*, to invoke. 12, *Pensée*, thought. 13, *Oublier*, to forget. 14, *Douleur*, suffering. 15, *Peine*, pain. 16, *Serein*, serene. 17, *Emporter*, to carry away. 18, *Juger*, to judge. 19, *Joie*, joy. (a,) *Trait*, look. 20, *Abattu*, downcast. 21, *Chanceler*, to totter. 22, *Effrayer*, to frighten.

THE SIXTY-FIRST LESSON.   SOIXANTE-UNIÈME LEÇON.

THE SUBJUNCTIVE MOOD expresses the meaning of the verb under some condition of doubt or uncertainty. It depends upon some other verb or phrase, and is almost always preceded by *que*, or *qui*.

Verbs which signify will, desire, fear, and other affections of the mind, take the dependent verb in the subjunctive when the subject of the second verb is different from that of the first. *Aimer*, *Avoir peur*, *Préférer* and *Vouloir*, are of this kind.

Does he like that I should have his money ?	*Aime*-t-il que j' aie son argent ?
He likes that thou shouldst have it,	Il *aime* que tu l' aies,
Do you like that he should have yours ?	*Aimez*-vous qu' il *ait* le vôtre ?
Do you wish us to take care of your books ?	*Voulez*-vous que nous *ayons* soin de vos livres ?
We wish you to take care of them,	Nous *voulons* que vous en *ayez* soin,
I wish them to take care of them,	Je *veux* qu' ils en *aient* soin.

SUBJUNCTIVE *present of* AVOIR.

Que j' aie,	that I may have,	*Que nous ayons,*	that we may have,
Que tu aies,	that thou mayest have,	*Que vous ayez,*	that you may have,
Qu' il ait,	that he may have,	*Qu' ils aient,*	that they may have.

SUBJUNCTIVE *present of* ETRE.

sois,	that I may be,	Que nous soyons,	that we may be,
sois,	that thou mayest be,	Que vous soyez,	that you may be,
soit,	that he may be,	Qu' ils soient,	that they may be.

afraid that I may be sick ? A-t-il *peur* que je ne *sois* malade ?

is afraid that thou mayest be Il *a peur* que tu ne *sois* malade.
k,

oir peur not negative takes *ne* before the following subjunctive ;
when negative the *ne* is not used.

not afraid of his being Je n' *ai* pas *peur* qu' il *soit* malade,
k,

you afraid that we may be Avez-vous *peur* que nous ne *soyons*
k ?   malades ?

are not afraid of your being Nous n' *avons* pas *peur* que vous
k,   *soyez* malades,

afraid that they may be sick, J' ai peur qu' ils ne soient malades.

SUBJUNCTIVE *present of* ALLER.

aille,	that I may go,	Que nous allions,	that we may go,
ailles,	that thou mayest go,	Que vous alliez,	that you may go,
aille,	that he may go,	Qu' ils aillent,	that they may go.

y,   *Prêt*,
esire,   *Désirer*,
ear,   *Craindre*, (varied like plaindre,
                Les. 41.)

these two verbs govern the subjunctive ; and *craindre*, like *avoir*
when not negative takes *ne* before the subjunctive.

you desire me to be ready *Désirez*-vous que je *sois* prêt bien-
on ?   tôt ?

he desire me to go to the *Désire*-t-il que j' *aille* à la cam-
untry ?   pagne ?

lesires thee to go there, Il *désire* que tu y *ailles*,

ou fear that he may go there ? *Craignez*-vous qu' il n' y *aille?*

ears that we may go there, Il *craint* que nous n' y *allions*,

are not afraid of your going, Nous ne *craignons* pas que vous y
                               alliez,

are afraid that they may go, Nous *craignons* qu' ils n' y *aillent*,

ess,   *Passer*,

14*

To play,	Jouer,
To amuse—to amuse one's self,	Amuser—s' amuser,
How do you pass your time?	Comment passez-vous votre temps?
I pass my time in reading,	Je passe mon temps à lire.

Present participles, following other prepositions except *in* used for *while*, are rendered into French by the infinitive.

I amuse myself by studying,	Je m' amuse à étudier,
He amuses himself by playing,	Il s' amuse à jouer,
We amuse ourselves by doing our exercises,	Nous nous amusons à faire nos thèmes,
To narrate, relate, tell,	Conter,
You amuse yourself by telling stories to that child,	Vous vous amusez à conter des toires à cet enfant,
He learns without studying,	Il apprend sans étudier.

Do you like me to take care of your papers? I like you to take care of them. Do you like the servant to take care of your horse? I like him to take care of him. Do you wish us to have your books? I wish you to have them. Does he like the children to have these apples? He wishes them to have them. Are you afraid that I may be sick? I am afraid that you may be sick. Are you afraid that your son may be sick? I am not afraid of his being sick. Do you wish us to be ready soon? I wish you to be ready soon. Are you not afraid that they may not be ready? I am not afraid of their not being ready. Do you desire me to go to the store? I desire you to go there. Do you desire the servant to go to the market? I desire him to go there. Do you wish us to go to the river? I do not wish you to go there. Where does he wish the children to go? He wishes them to go to school. How does your friend pass his time? He passes it in reading. How do those lazy men pass their time? They pass it in eating, in drinking, and in playing. How do you amuse yourself with the children? I amuse myself in telling them stories. Do you amuse yourself by studying mathematics? No, sir; I amuse myself by writing and reading. We amuse ourselves by going to the theatre; do they amuse themselves by going there also? They amuse themselves by working. Can one learn French without studying? One cannot learn it without studying. Do you learn geography without travelling? I learn it without travelling. When did you arrive in the city? I arrived here this morning at a quarter before eight, and my brother arrived at half past nine. Where has he gone? He has gone to my father's. There is your father. There he is. Here are your books. Here they are. There is the man of whom you spoke.

La puissance animale est d'un ordre bien supérieur à la végétale.[1] Le papillon[2] est plus beau et mieux organisé[3] que la rose. Voyez la reine des fleurs, formée de portions sphériques,[4] teinte[5] de la plus riche des couleurs, contrastée[6] par un feuillage[7] du plus beau vert, et balancée par le zéphyr ; le papillon la surpasse en harmonie de couleurs, de forme et de mouvement. Considérez avec quel art sont composées les quatre ailes dont il vole, la régularité des écailles[8] qui le recouvrent[9] comme des plumes,[10] la variété de leurs teintes brillantes, les six pattes armées de griffes[11] avec lesquelles il résiste aux vents dans son repos, et le réseau[12] admirable des yeux dont sa tête est entourée[13] au nombre de plus de douze mille. Mais ce qui le rend bien supérieur à la rose, il a, outre[14] la beauté des formes, les facultés de voir, d'ouïr,[15] d'odorer,[16] de savourer,[17] de sentir, de se mouvoir,[18] de vouloir, enfin une âme douée[19] de passions et d'intelligence. La rose ne voit ni n'entend l'enfant qui accourt[20] pour la cueillir ;[21] mais le papillon, posé[22] sur elle, échappe[23] à la main prête à le saisir, et s'élève dans les airs, s'abaisse, s'éloigne, se rapproche ;[24] et, après s'être joué[25] du chasseur,[26] il prend sa volée[27] et va chercher sur d'autres fleurs une retraite plus tranquille.

1, *Végétal*, vegetable. 2, *Papillon*, butterfly. 3, *Organiser*, to organize. 4, *Sphérique*, spherical. 5, *Teint*, dyed. 6, *Contraster*, to contrast. 7, *Feuillage*, foliage. 8, *Ecaille*, scale. 9, *Recouvrir*, cover. 10, *Plume*, feather. 11, *Griffe*, claw. 12, *Réseau*, network. 13, *Entourer*, to surround. 14, *Outre*, besides. 15, *Ouïr*, to hear. 16, *Odorer*, to smell. 17, *Savourer*, to taste. 18, *Se mouvoir*, to move. 19, *Douer*, to endow. 20, *Accourir*, to run to. 21, *Cueillir*, to collect. 22, *Poser*, to place, (light.) 23, *Echapper*, to escape. 24, *Se rapprocher*, to approach. 25, *S'être joué*, to have sported. 26, *Chasseur*, hunter. 27, *Volée*, flight.

| THE SIXTY-SECOND LESSON. | SOIXANTE-DEUXIÈME LEÇON. |

Verbs used interrogatively or negatively, govern a dependent verb in the subjunctive, except those which in their signification denote something sure and undoubted. The following govern the subjunctive when interrogative or negative: *Croire, Penser, Savoir, Dire.*

| To affirm, | Affirmer, |
| To hope, | Espérer. |

SUBJUNCTIVE *present of* VENIR.

Que je vienne,	that I may come,	Que nous venions,	that we may come,
Que tu viennes,	that thou mayest come,	Que vous veniez,	that you may come,
Qu' il vienne,	that he may come,	Qu' ils viennent,	that they may come.

Does he believe that I am coming?	Croit-il que je *vienne?*
He does not believe that thou art coming,	Il *ne croit pas* que tu *viennes*,
He believes that thou art coming,	Il croit que tu viens,
Does he think that we are coming?	Pense-t-il que nous *venions?*
He does not think that you are coming,	Il *ne pense pas* que vous *veniez*,
He thinks that you are coming,	Il pense que vous venez,
Do you know that they are coming?	Savez-vous qu' ils *viennent?*
I know that they are coming,	Je sais qu' ils viennent.

SUBJUNCTIVE *present of* FAIRE.

Que je fasse,	that I may make,	Que nous fassions,	that we may make,
Que tu fasses,	that thou mayest make,	Que vous fassiez,	that you may make,
Qu' il fasse,	that he may make,	Qu' ils fassent,	that they may make.

Does he wish me to do his work?	Veut-il que je *fasse* son ouvrage?
He wishes thee to do thy work,	Il *veut* que tu *fasses* son ouvrage,
Do you say that he is doing his work?	Dites-vous qu' il *fasse* son ouvrage?
I say that he is doing it,	Je dis qu' il le fait,
Do you affirm that we are doing our work?	Affirmez-vous que nous *fassions* notre ouvrage?
I do not affirm that you do it,	Je n' affirme pas que vous le *fassiez*,
Does he hope that they do their duty?	Espère-t-il qu' ils *fassent* leur devoir?
He hopes that they do it,	Il espère qu' ils le font.

ctive verbs are used in French, when one is spoken of as per-
; an action upon any limb or part of himself.

my feet,	Je me chauffe les pieds,*
ms his hands,	Il se chauffe les mains,*
ou wash thy hands ?	Te laves-tu les mains ?
sh our feet,	Nous nous lavons les pieds,
wash your hands and face ?	Vous lavez-vous les mains et la figure ?
them,	Je me les lave,
il, (of the finger,)	L' ongle, (masc.)
	Couper,
s wood,	Il coupe du bois,
	Voler,
t,	Brûler,
s his nails,	Il se coupe les ongles,
hild will cut his fingers,	Cet enfant se coupera les doigts,
l burn his feet,	Il se brûlera les pieds.

eflective verbs take être for their auxiliary, and the participle
with the object when that precedes, as in other verbs.

warmed himself,	Il s' est chauffé,
s warmed herself,	Elle s' est chauffée,
oys have warmed them-s,	Les garçons se sont chauffés,
dies have warmed them-s,	Les dames se sont chauffées,
a not burn your feet ?	Ne vous êtes-vous pas brûlé les pieds ?
them,	Je me les suis brûlés.

noun or pronoun denoting the part is always the object in such
es.

washed his hands ?	S' est-il lavé les mains ?
washed them,	Il se les est lavées.

PRESENT PARTICIPLE of French verbs is formed by changing ons
irst person plural of the indicative present into ant.

Thus, *Aimons*	makes *aimant,*	*loving,*
Parlons	*parlant,*	*speaking,*
Cherchons,	*cherchant,*	*seeking,*
Disons,	*disant,*	*saying.*

The following are exceptions :

Having,	*Ayant,* (pres. part. of *avoir,*)
Being,	*Etant,* (pres. part. of *être,*)
Knowing,	*Sachant,* (pres. part. of *savoir.*)

When two actions are spoken of as performed at the same time, the more enduring of the two is generally expressed by this participle with *en.*

He reads while he is eating,	Il lit en mengeant,
He writes letters while talking,	Il écrit des lettres en parlant,
He studies while coming from school,	Il étudie en venant de l' école,
In cutting my nails I have cut my finger,	En me coupant les ongles je me suis coupé le doigt.

Does he believe that I am coming? He does not believe that thou art coming. He believes that thou art coming. Do you believe that he is coming? I believe that he is coming. Do they think that we are coming? They do not think that we are coming; they think that the master is coming. Do they think that you are coming to their house? They do not think that I am coming there. Do they think that their friends are coming there? They think that they are coming there. Do you say that he does his duty? I say that he does it. Does he hope that we are doing his work? He hopes that we are doing it. Do you affirm that they always do their duty? I do not affirm that they always do it. What are you doing? I am washing my hands and my face. What is that child doing? He is warming his feet. Are you cutting your nails? I am cutting them. What are those men doing? They are cutting their nails and washing their hands. What is the matter with you? (Les. 17.) I have broken my arm. Has not that child cut his finger? He has cut it. We have washed our hands; have you washed yours? We *have not* washed them. Have the ladies warmed their feet?

They have warmed them. Has not that wicked boy broken his neck? No, sir; he has not broken his neck, but he has broken his leg. Will he not break his neck? He will break it. Has not that child burnt his shoes? He has burnt his shoes and he has burnt his feet also. In warming his feet does he burn them? He burns them. In warming your hands do you burn them? Do you read while eating? I read while eating. Does he study while working? He studies while working. Do we not speak while writing? You speak while writing. Do not the birds sing while flying? They sing while flying. Do not the birds fly high while singing? They sometimes fly high while singing. Do you warm yourself while reading? I warm myself while reading. Does that man cut his face while shaving himself? He often cuts his face while shaving himself. What is the matter with that servant? He has burnt his fingers while making the fire.

Le vol est l' état naturel de l' hirondelle.[1] Elle mange en volant, elle boit en volant, se baigne en volant, et quelquefois donne à manger à ses petits en volant. Elle sent que l' air est son domaine,[2] elle en parcourt[3] toutes les dimensions et dans tous les sens, comme pour en jouir[4] dans tous les détails, et le plaisir de cette jouissance se marque[5] par de petits cris de gaieté.[6] Tantôt elle donne la chasse aux insectes voltigeants,[7] et suit[8] avec une agilité souple[9] leur trace oblique et tortueuse;[10] tantôt elle rase légèrement la surface de la terre, pour saisir ceux que la pluie ou la fraîcheur y rassemble;[11] tantôt elle échappe[12] elle-même à l' impétuosité de l' oiseau de proie[13] par la flexibilité preste[14] de ses mouvements; toujours maîtresse de son vol dans sa plus grand vitesse,[15] elle en change à tout instant la direction; elle semble décrire[16] au milieu des airs un dédale[17] mobile et fugitif,[18] dont les routes[19] se croisent en mille manières, et dont le plan, trop compliqué[20] pour être représenté aux yeux par l' art du dessin,[21] peut à peine[22] être indiqué[23] à l' imagination par le pinceau de la parole.[24]

1, *Hirondelle*, swallow. 2, *Domaine*, domain. 3, *Parcourir*, to pass over. 4, *En jouir*, to enjoy it. 5, *Se marquer*, to be denoted. 6, *Gaieté*, glee. 7, *Voltigeant*, flying. 8, *Suivre*, to follow. 9, *Souple*, sup-

ple. 10, *Tortueux,* winding. 11, *Rassembler,* to collect. 12, *Echapper,*
to escape. 13, *Proie,* prey. 14, *Preste,* quick. 15, *Vitesse,* swiftness.
16, *Décrire,* to describe. 17, *Dédale,* maze. 18, *Fugitif,* fleeting. 19,
Route, path. 20, *Compliqué,* complicated. 21, *Dessin,* drawing. 22,
A peine, hardly. 23, *Indiquer,* to show. 24, *Pinceau,* pencil. 25,
Parole, speech.

THE SIXTY-THIRD LESSON.   SOIXANTE-TROISIÈME LEÇON.

The subjunctive mood is used after impersonal verbs, except such
as affirm something positive.

It is necessary,	*Il faut,*
It is just,	Il est juste,
It is *possible,*	Il est *possible,*
It is a pity,	*C'est dommage,*
It is important,	*Il importe,*
It is sufficient,	*Il suffit.*

SUBJUNCTIVE *present of* MOURIR.

Que je meure,	that I may die,	*Que nous mourions,*	that we may die,
Que tu meures,	that thou mayest die,	*Que vous mouriez,*	that you may die,
Qu'il meure,	that he may die,	*Qu'ils meurent,*	that they may die.

SUBJUNCTIVE *present of* RECEVOIR.

Que je reçoive,	that I may receive,	*Que nous recevions,*	that we may receive,
Que tu reçoives,	that thou mayest receive,	*Que vous receviez,*	that you may receive,
Qu'il reçoive,	that he may receive,	*Qu'ils reçoivent,*	that they may receive.

It is necessary that I receive my money,	*Il faut* que je *reçoive* mon argent,
It is just for thee to die,	*Il est juste* que tu *meures,*
It is important that he die,	*Il importe* qu'il *meure,*
It is possible for us to receive our money,	Il est possible que nous recevions notre argent,
It is necessary for you to die,	Il faut que vous mouriez,
It is sufficient that they receive their money,	Il suffit qu'ils reçoivent leur argent,
It is a pity that you have no money,	C'est dommage que vous n'ayez pas d'argent.

THE IMPERFECT TENSE in French is formed by changing *ez* of the second person of the indicative present into the following terminations:

AIS, AIS, AIT, IONS, IEZ, AIENT. Thus,

AIMER makes	*J' aimais,*	I was loving,	*nous aimions,*	we were loving,
	tu aimais,	thou wast loving,	*vous aimiez,*	you were loving,
	il aimait,	he was loving,	*ils aimaient,*	they were loving.
VENIR "	*Je venais,*	I was coming,	*nous venions,*	we were coming,
	tu venais,	thou wast coming,	*vous veniez,*	you were coming,
	il venait,	he was coming	*ils venaient,*	they were coming.

Faire and its compounds, and *dire* are exceptions to this rule.

FAITES makes	*je faisais,*	*tu faisais,*	*il faisait,*	*nous faisions,* etc.
DITES, "	*je disais,*	*tu disais,*	*il disait,*	*nous disions,* etc.
ETRE, also makes	*j' étais,*	*tu étais,*	*il était,*	*nous étions,* etc.

This past tense is used in speaking of repeated or continued action, as :

Washington was a great man, Washington *était* un grand homme,
Cicero was a great orator, Cicéron *était* un grand orateur,
I was reading when he went out, Je *lisais* quand il est sorti.

In these phrases the imperfect is used because *continuance* is denoted. Washington continued to be a great man, Cicero continued to be a great orator, and the reading was a continuous act. But the going out denotes no continuance; hence it is not in the imperfect but the perfect tense. So,

I was looking for (continuance) my knife when I found (no continuance) my pencil, Je cherchais mon couteau quand j' ai trouvé mon crayon,

You were cutting (con.) a stick when you broke (no con.) your knife, Vous coupiez un bâton quand vous avez cassé votre canif,

We were (con.) at your house when we heard (no con.) the news, Nous étions chez vous quand nous avons entendu la nouvelle,

They were (con.) at home when he came (no con.) Ils étaient chez eux quand il est venu,

To breakfast, Déjeuner,
To dine, Dîner,
To sup, Souper,
Early, De bonne heure,
Earlier, De meilleure heure,

In summer, the summer,	*En été, l' été,*
In winter, the winter,	*En hiver*, l' hiver,
In autumn, the autumn,	*En automne*, l' automne,
In spring,	*Dans le printemps.*

Dormir, — *To sleep,*

Je dors,	*tu dors,*	*il dort,*	*nous dormons,*	*vous dormez,*	*ils dorment,*
I sleep,	thou sleepest,	he sleeps.	we sleep,	you sleep,	they sleep.

Slept, — *Dormi,*

Have you slept well?	Avez-vous bien dormi?
I always sleep well,	Je dors toujours bien.

Is it just for me to die? It is just for you to die. Does that wicked son wish his father to die? He wishes him to die. Is it necessary for us to die? It is necessary for you to die. Is it not a pity that our horses die? It is a pity that they die. Is it possible for me to receive my money? It is possible for you to receive it. Is it important for him to receive that letter? It is important for him to receive it. Is it sufficient that we receive our money? It is not sufficient that we receive ours; it is necessary that they receive theirs also. Where were you last summer? I was in the country. Where was your father last winter? He was in the city. Where were you last week? We were at home. Were your brothers at home also? They were at home. Do you breakfast early in spring? I breakfast early in spring. Do your friends breakfast earlier in spring than in autumn? No, sir; they breakfast earlier in autumn than in spring. At what hour shall we breakfast in winter? We shall breakfast at half past seven in winter and at half past six in summer. What were you doing when your friend arrived? I was dining when he arrived. Do you dine early? I dine at two o'clock. Were you not sleeping when we were supping? No, sir; I was supping also. Do you sleep much in summer and in autumn? I sleep much in summer and in autumn and in the spring also. Was I not writing while you were reading? You were warming yourself while I was reading. Was he warming his feet when he burnt his shoes? He was warming them. Were we not making the fire when we burnt our fingers? You were making it. Were they dining or supping when you arrived? They were supping. Was your son at home when he broke his leg?   He was there.   Were you at home when they called you?   I was there.

PRIERE[a] A BORD[b] D' UN VAISSEAU.

Le globe du soleil, dont nos yeux pouvaient alors soutenir l' éclat, apparaissait[1] entre les cordages du vaisseau, et versait[2] encore le jour dans des espaces[3] sans bornes.[4]   Les mâts[5] et les cordages du navire étaient couverts d' une teinte[6] de rose.   Quelques nuages erraient[7] sans odre dans l' orient,[8] où la lune[9] montait avec lenteur.[10]   Le reste du ciel était pur ; et, à l' horizon du nord, formant un glorieux triangle avec l' astre du jour, et celui de la nuit, une trombe[11] chargée des couleurs du prisme[12] s' élevait de la mer comme une colonne[13] de cristal supportant[14] la voûte[15] du ciel.

Qu'[16] elle était touchante la prière de ces hommes, qui, sur une planche[17] fragile, au milieu de l' océan, contemplaient[18] un soleil couchant[19] sur les flots !   Comme elle allait à l' âme cette invocation du pauvre matelot !   Cette humiliation devant celui qui envoie les orages[20] et le calme ; cette conscience[21] de notre petitesse[22] à la vue de l' infini ;[23] ces chants s' étendant[24] au loin sur les vagues ;[25] la nuit approchant avec ses embûches ;[26] la merveille[27] de notre vaisseau au milieu de tant de merveilles ; un équipage[28] religieux saisi d' admiration et de crainte ;[29] un prêtre[30] auguste en prière ; .Dieu penché[31] sur l' abîme, d' une main retenant[32] le soleil aux portes de l' occident, de l' autre élevant la lune à l' horizon opposé, et prêtant, à travers[33] l' immensité, une oreille attentive à la faible voix de sa créature ;[34] voilà ce que l' on ne sait peindre, et ce que tout le cœur de l' homme suffit à peine pour sentir.

(a,) *Prière*, prayer.   (b,) *A bord*, on board.   1, *Apparaître*, to appear.   2, *Verser*, to pour.   3, *Espace*, space.   4, *Borne*, limit. 5, *Mât*, mast.   6, *Teinte*, tint.   7, *Errer*, to wander.   8, *Orient*, east. 9, Lune, moon.   10, Lenteur, slowness.   11, *Trombe*, water-spout. 12, *Prisme*, prism.   13. *Colonne*, column.   14, *Supporter*, to support. 15, *Voûte*, vault.   16, *Que*, how.   17, *Planche*, plank.   18, *Contempler*, to contemplate.   19, *Coucher*, to go to rest.   20, *Orage*, storm.   21, *Conscience*, consciousness.   22, *Petitesse*, littleness.   23, *Infini*, infinite.   24, *S' étendre*, to extend.   25, *Vague*, wave.   26, *Embûche*, ambush.   27, *Merveille*, wonder.   28, *Equipage*, crew.   29,

Crainte, fear. 30, *Prêtre*, priest. 31, *Pencher*, to incline. 32, *Retenir*, to retain. 33, *A travers*, across. 34, *Créature*, creature.

THE SIXTY-FOURTH LESSON.   SOIXANTE-QUATRIÈME LEÇON.

The subjunctive mood is used also after relative pronouns and the adverb *où*, when preceded by a superlative or phrase having the force of a superlative, and also when the following verb expresses something doubtful.

He is the best man that there is,	C' est *le meilleur* homme *qu' il y ait*,
There is nothing which is more agreeable,	Il n' y a *rien qui soit* plus agréable,
I will go to a retreat where I may be tranquil,	J' irai dans une retraite *où je sois* tranquille.

Certain conjunctions are followed by the subjunctive; as,

Before that,	*Avant que,*
In order that,	*Afin que,*
Until,	*Jusqu' à ce que,*
Though,	*Bien que,*
If, in case,	*En cas que.*

The subjunctive present of almost all French verbs, except those already given, is formed by changing EZ of the second person of the indicative present into the following terminations :

E,   ES,   E,   IONS,   IEZ,   ENT.

PARLEZ makes { *Que je parle*, that I may speak,   *Que nous parlions*, that we may speak,
              Que tu parles, that thou mayest speak, *Que vous parliez*, that you may speak,
              Qu' il parle, that he may speak,   *Qu' ils parlent*,   that they may speak.

LISEZ makes   *Que je lise*,   *que tu lises*,   *qu' il lise*, *que nous lisions*,   etc.
VENDEZ "   *Que je vende*,   *que tu vendes*, *qu' il vende, que nous vendions*,   "

Will you go home before he comes ?	Irez-vous chez vous avant qu' il vienne ?
I will go before he goes,	J' irai avant qu' il aille,
I give you money in order that you may do my work,	Je vous donne de l' argent afin que vous fassiez mon ouvrage,
We will stay here until they come,	Nous resterons ici jusqu' à ce qu' ils viennent,

friends although he is poor, Il a des amis bien qu' il soit pauvre,
l come in case we finish Nous viendrons en cas que nous
/ork, finissions notre ouvrage,
 wish us to speak to your Voulez-vous que nous parlions à
:? votre père ?
;h you to speak to him, Nous voulons que vous lui parliez,
ecessary that you study Il faut que vous étudiez beaucoup,
,
:udy until he comes, J' étudierai jusqu' à ce qu'il vienne.

To live,				Vivre,	
s, tu vis,	il vit,	nous vivons,	vous vivez,	ils vivent,
thou livest,	he lives,	we live,	you live,	they live.

s without working, Il vit sans travailler.

:aking of one's age, the French use the verb to have (*avoir*)
: time for its object.

Age,
 are you? Quel âge avez-vous?
teen years old, J' ai quinze ans,
ild is four months old, Cet enfant a quatre mois,
 older than I, Vous avez plus d' ans que moi.

PASSIVE VERB is formed in French by adding the past parti-
the verb *être*, the participle agreeing with the subject of the

ed, Je suis aimé,
rt loved, Tu es aimé,
ved, Il est aimé,
 admired, Nous sommes admirés,
 called, Vous êtes appellés,
ill be admired, Ils seront admirés,
adies have been admired, Ces dames ont été admirées,
 loved, Elle était aimée,
walking—to walk, Se promener,
:, *finished,* Finir, (p. p.) fini,
 Rencontrer,
vay, S' en aller,
iy. He will go away, Je m' en vais. Il s' en ira,
walk every morning? Vous promenez-vous tous les matins ?

15*

I walk every morning,	Je me promène tous les matins,
It is necessary for us to take a walk,	Il faut que nous nous promenions.

The perfect subjunctive is formed by annexing the past participle to the present subjunctive of the auxiliary.

Do you believe that he has come?	Croyez-vous qu' il soit venu?
I believe that he has come,	Je crois qu' il est venu,
Do you know that I have finished my work?	Savez-vous que j'aie fini mon ouvrage?
Did you meet my friend when you were walking?	Avez-vous rencontré mon ami quand vous vous êtes promenés?
They go away. Do you go away?	Ils s' en vont. Vous en allez-vous?
We are going away. He goes away,	Nous nous en allons. Il s' en va,
It is necessary for me to go away,	Il faut que je m' en aille,
Do you wish them to go away?	Voulez-vous qu' ils s' en aillent?
Does he say that they have gone away?	Dit-il qu' ils se soient en allés?
They have not gone away, but they will go away,	Ils ne s' en sont pas allés, mais ils s' en iront.

Will you go away before your father comes? I shall go away before he comes. Why does your father give you money? He gives us money in order that we may buy horses. Will you sleep until he comes? I will not sleep; I will read until he comes. Will you be contented though you have no money? I shall be contented. Will not that man be contented in case he is rich? He will not be contented. Do you wish your son to go to the theatre? I do not wish him to go there. Bring me the best book that there is on your table. Call the first servant that may come. Is it not necessary for us to do our exercises? It is necessary for us to do them. Do you wish your children to receive much money? I do not wish them to receive much. Is it important that they receive their money? It is important that they receive it. At what hour did you breakfast when you were in the country? I always breakfasted at seven o'clock; I dined at half past two and supped at a quarter past seven. Where was your brother when you arrived? He was at home. What was he doing? He

was sleeping. Did you live long (*long-temps*) in Europe?
I lived there four years. How old were you when you
arrived in this country? I was eighteen years old. How
old was your brother? He was twenty-two years old.
How old is he now? He is twenty-five years old. Where
were you walking when you met my brother? I was walking in Jackson street. Are the good always admired?
They are always admired and loved. Is your exercise finished already? It is not yet finished, but it will be finished
soon. Have all my letters been received? They have all
been received. Have your houses been sold? They have
not been sold; but they will be sold on Friday. Are you
going away? I am going away. Is your friend going
away? He is not going away. We are going away; are
you going away also? I am not going away; but these
strangers are going away. Will you go away before I go
away? I shall go away at ten minutes past seven. Will
you go away earlier? I shall not go away earlier. Do
they believe that we have gone away? They believe that
we have gone away.

Cette Syrie,[1] me disais-je, aujourd' hui presque dépeuplée,[2]
comptait un jour cent villes puissantes.[3] Ses campagnes
étaient couvertes de villages, de bourgs[4] et de hameaux.[5]
De toutes parts l'on ne voyait que champs[6] cultivés,[7] que
chemins fréquentés, qu' habitations pressées.[8] Ah! que
sont devenus[9] ces âges d' abondance et de vie? Que sont
devenues tant de brillantes créations de la main de l' homme?
Où sont-ils ces ramparts de Ninive,[10] ces murs de Babylone,
ces palais[11] de Persépolis, ces temples de Balbec et de Jéru-
salem? Où sont ces flottes[12] de Tyr, ces chantiers[13] d' Arad,
ces ateliers[14] de Sidon, cette multitude de matelots, de pilotes,
de marchands, de soldats? et ces laboureurs, et ces mois-
sons, et ces troupeaux,[15] et toute cette création d' êtres[16]
vivants dont s' enorgueillissait[17] la surface de la terre? Hé-
las! je l' ai parcourue cette terre ravagée! J' ai visité les
lieux qui ont été le théâtre de tant de splendeur, et je n' ai
vu qu' abandon[18] et que solitude. J' ai cherché les anciens
peuples et leurs ouvrages, et je n' en ai vu que la trace,
semblable à celle que le pied du passant[19] laisse sur la poussière.[20] Les temples se sont écroulés,[21] les palais sont ren-

versés,[22] les ports sont comblés,[(a)] les villes sont détruites,[23] et
la terre, nue[24] d' habitants, n' est plus qu' un lieu désolé[25] de
sépulcres. Grands dieux! d' où viennent de si funestes[26]
révolutions? Par quels motifs[27] la fortune de ces contrées
a-t-elle si fort changé? Pourquoi tant de villes se sont-elles
détruites? Pourquoi cette ancienne population ne s' est-elle
point[28] reproduite[29] et perpétuée?[30]

1, *Syrie*, Syria. 2, *Dépeupler*, to depopulate. 3, *Puissant*, power-
ful. 4, *Bourg*, town. 5, *Hameau*, hamlet. 6, *Champ*, field. 7, *Cul-
tiver*, to cultivate. 8, *Presser*, to crowd. 9, *Devenir*, to become (of)
10, *Ninive*, Nineveh. 11, *Palais*, palace. 12, *Flotte*, fleet. 13, *Chan-
tier*, dock-yard. 14, *Atelier*, workshop. 15, *Troupeau*, flock. 16,
Etre, being. 17, *S' enorgueillir*, to be proud of. 18, *Abandon*, desti-
tution. 19, *Passant*, passer. 20, *Poussière*, dust. 21, *S' écrouler*, to
fall down. 22. *Renverser*, to overturn. (a,) *Combler*, to fill up. 23,
Détruire, to destroy. 24, *Nu*, bare. 25, *Désoler*, to desolate. 26,
Funeste, sad. 27, *Motif*, moving-cause. 28, *Point*, not. 29, *Se re-
produire*, to be reproduced. 30, *Perpétuer*, to perpetuate.

AVOIR, TO HAVE.

INDICATIVE.

PRESENT.		COMPOUND PERFECT.	
J' ai,	I have.	J' ai eu,	I have had.
Tu as,	thou hast.	Tu as eu,	thou hast had.
Il or Elle } a,	he or she } has.	Il a eu,	he has had.
Nous avons,	we have.	Nous avons eu,	we have had.
Vous avez,	you have.	Vous avez eu,	you have had.
Ils or Elles } ont,	they have.	Ils ont eu,	they have had.

IMPERFECT.		PLUPERFECT.	
J' avais,	I had.	J' avais eu,	I had had.
Tu avais,	thou hadst.	Tu avais eu,	thou hast had.
Il avait,	he had.	Il avait eu,	he had had.
Nous avions,	we had.	Nous avions eu,	we had had.
Vous aviez.	you had.	Vous aviez eu,	you had had.
Ils avaient,	they had.	Ils avaient eu,	they had had.

SIMPLE PERFECT.		PAST PERFECT.	
J' eus,	I had.	J' eus eu,	I had had.
Tu eus,	thou hadst.	Tu eus eu,	thou hadst had.
Il eut,	he had.	Il eut eu,	he had had.
Nous eûmes,	we had.	Nous eûmes eu,	we had had.
Vous eûtes,	you had.	Vous eûtes eu,	you had had.
Ils eurent,	they had.	Ils eurent eu,	they had had.

SIMPLE FUTURE.		COMPOUND FUTURE.	
i,	I shall have.	J' aurai eu,	I shall have had.
as,	thou wilt have.	Tu auras eu,	thou wilt have had.
,	he will have.	Il aura eu,	he will have had.
arons,	we shall have.	Nous aurons eu,	we shall have had.
urez,	you will have.	Vous aurez eu,	you will have had.
ont,	they will have.	Ils auront eu,	they will have had.

CONDITIONAL.

SIMPLE.		COMPOUND.	
tis,	I should have.	J' aurais eu,	I should have had.
ais,	thou shouldst have.	Tu aurais eu,	thou shouldst have had.
it,	he should have.	Il aurait eu,	he should have had.
urions,	we should have.	Nous aurions eu,	we should have had.
uriez,	you should have.	Vous auriez eu,	you should have had.
aient,	they should have.	Ils auraient eu,	they should have had.

SUBJUNCTIVE.

PRESENT.		PERFECT.	
tie,	that I may have.	Que j' aie eu,	that I may have had.
aies,	that thou mayest have.	Que tu aies eu,	that thou mayest have had.
ait,	that he may have.	Qu' il ait eu,	that he may have had.
us ayons,	that we may have.	Que nous ayons eu,	that we may have had.
us ayez,	that you may have.	Que vous ayez eu,	that you may have had.
aient,	that they may have.	Qu' ils aient eu,	that they may have had.

IMPERFECT.		PLUPERFECT.	
eusse,	that I might have.	Que j' eusse eu,	that I might
eusses,	that thou mightst have.	Que tu eusses eu,	that thou mightst
ût,	that he might have.	Qu' il eût eu,	that he might
us eussions,	that we might have.	Que nous eussions eu,	that we might
us eussiez,	that you might have.	Que vous eussiez eu,	that you might
eussent,	that they might have.	Qu' ils eussent eu,	that they might

(have had.)

IMPERATIVE.		INFINITIVE.	
	have (thou.)	PRESENT.	
tit,	let him have.	Avoir,	to have.
	let us have.		
	have (ye.)	PERFECT.	
aient,	let them have.	Avoir eu,	to have had.

PARTICIPLES.

PRESENT.		PAST.	
	having.	Eu,	had.
		Ayant eu,	having had.

ETRE, TO BE.

INDICATIVE.

PRESENT.		COMPOUND PERFECT.	
	I am.	J' ai été,	I have been.
	thou art.	Tu as été,	thou hast been.
	he is.	Il a été,	he has been.
mmes,	we are.	Nous avons été,	we have been.
us,	you are.	Vous avez été,	you have been.
	they are.	Ils ont été,	they have been.

IMPERFECT.		PLUPERFECT.	
J' étais,	I was.	J' avais été,	I had been.
Tu étais,	thou wast.	Tu avais été,	thou hadst been.
Il était,	he was.	Il avait été,	he had been.
Nous étions,	we were.	Nous avions été,	we had been.
Vous étiez,	you were.	Vous aviez été,	you had been.
Ils étaient,	they were.	Ils avaient été,	they had been.

SIMPLE PERFECT.		PAST PERFECT.	
Je fus,	I was.	J' eus été,	I had been.
Tu fus,	thou wast.	Tu eus été,	thou hadst been.
Il fut,	he was.	Il eut été,	he had been.
Nous fûmes,	we were.	Nous eûmes été,	we had been.
Vous fûtes,	you were.	Vous eûtes été,	you had been.
Ils furent,	they were.	Ils eurent été,	they had been.

SIMPLE FUTURE.		COMPOUND FUTURE.	
Je serai,	I shall be.	J' aurai été,	I shall have been.
Tu seras,	thou shalt be.	Tu auras été,	thou wilt have been.
Il sera,	he shall be.	Il aura été,	he will have been.
Nous serons,	we shall be.	Nous aurons été,	we shall have been.
Vous serez,	you shall be.	Vous aurez été,	you will have been.
Ils seront,	they shall be.	Ils auront été,	they will have been.

CONDITIONAL.

SIMPLE.		COMPOUND.	
Je serais,	I should be.	J' aurais été,	I should have been.
Tu serais,	thou shouldst be.	Tu aurais été,	thou shouldst have been.
Il serait,	he should be.	Il aurait été,	he should have been.
Nous serions,	we should be.	Nous aurions été,	we should have been.
Vous seriez,	you should be.	Vous auriez été,	you should have been.
Ils seraient,	they should be.	Ils auraient été,	they should have been.

SUBJUNCTIVE.

PRESENT.		PERFECT.	
Que je sois,	that I may be.	Que j' aie été,	that I may have been.
Que tu sois,	that thou mayest be.	Que tu aies été,	that thou mayest have been.
Qu' il soit,	that he may be.	Qu' il ait été,	that he may have been.
Que nous soyons,	that we may be.	Que nous ayons été,	that we may have been.
Que vous soyez,	that you may be.	Que vous ayez été,	that you may have been.
Qu' ils soient,	that they may be.	Qu' ils aient été,	that they may have been.

IMPERFECT.		PLUPERFECT.	
Que je fusse,	that I might be.	Que j' eusse été,	that I might
Que tu fusses,	that thou mightst be.	Que tu eusses été,	that thou mightst
Qu' il fût,	that he might be.	Qu' il eût été,	that he might
Que nous fussions,	that we might be.	Que nous eussions été,	that we might
Que vous fussiez,	that you might be.	Que vous eussiez été,	that you might
Qu' ils fussent,	that they might be.	Qu' ils eussent été,	that they might

(have been.)

IMPERATIVE.

Sois,	be (thou.)
Qu' il soit,	let him be.
Soyons,	let us be.
Soyez,	be (ye.)
Qu' ils soient,	let them be.

INFINITIVE.

PRESENT.

Etre,	to be.

PERFECT.

Avoir été,	to have been.

PARTICIPLES.

PRESENT.		PAST.	
Etant,	being.	Eté,	been.
		Ayant été,	having been.

FIRST CONJUGATION IN *ER. AIMER.*

INDICATIVE.

PRESENT.		COMPOUND PERFECT.	
,	I love.	*J' ai aimé,*	I have loved.
es,	thou lovest.	*Tu as aimé,*	thou hast loved.
,	he loves.	*Il a aimé,*	he has loved.
imons,	we love.	*Nous avons aimé,*	we have loved.
imez,	you love.	*Vous avez aimé,*	you have loved.
ent,	they love.	*Ils ont aimé,*	they have loved.

IMPERFECT.		PLUPERFECT.	
is,	I loved.	*J' avais aimé,*	I had loved.
ais,	thou lovedst.	*Tu avais aimé,*	thou hadst loved.
it,	he loved.	*Il avait aimé,*	he had loved.
imions,	we loved.	*Nous avions aimé,*	we had loved.
imiez,	you loved.	*Vous aviez aimé,*	you had loved.
zient,	they loved.	*Ils avaient aimé,*	they had loved.

SIMPLE PERFECT.		PAST PERFECT.	
i,	I loved.	*J' eus aimé,*	I had loved.
as,	thou lovedst.	*Tu eus aimé,*	thou hadst loved.
,	he loved.	*Il eut aimé,*	he had loved.
imâmes,	we loved.	*Nous eûmes aimé,*	we had loved.
mâtes,	you loved.	*Vous eûtes aimé,*	you had loved.
irent,	they loved.	*Ils eurent aimé,*	they had loved.

SIMPLE FUTURE.		COMPOUND FUTURE.	
rai,	I shall love.	*J' aurai aimé,*	I shall have loved.
eras,	thou wilt love.	*Tu auras aimé,*	thou shalt have loved.
ra,	he will love.	*Il aura aimé,*	he shall have loved.
imerons,	we shall love.	*Nous aurons aimé,*	we shall have loved.
merez,	you will love.	*Vous aurez aimé,*	you shall have loved.
rront,	they will love.	*Ils auront aimé,*	they shall have loved.

CONDITIONAL.

SIMPLE.		COMPOUND.	
rais,	I should love.	*J' aurais aimé,*	I should have loved.
erais,	thou wouldst love.	*Tu aurais aimé,*	thou wouldst have loved.
rait,	he would love.	*Il aurait aimé,*	he would have loved.
imerions,	we should love.	*Vous aurions aimé,*	we should have loved.
meriez,	you would love.	*Vous auriez aimé,*	you would have loved.
rraient,	they would love.	*Ils auraient aimé,*	they would have loved.

SUBJUNCTIVE.

PRESENT.		PERFECT.	
ime,	that I may love.	*Que j' aie aimé,*	that I may
aimes,	that thou mayest love.	*Que tu aies aimé,*	that thou mayest
ime,	that he may love.	*Qu' il ait aimé,*	that he may
us aimions,	that we may love.	*Que nous ayons aimé,*	that we may
us aimiez,	that you may love.	*Que vous ayez aimé,*	that you may
aiment,	that they may love.	*Qu' ils aient aimé,*	that they may

(have loved.)

IMPERFECT.		PLUPERFECT.	
imasse,	that I might love.	*Que j' eusse aimé,*	that I might
aimasses,	that thou mightst love.	*Que tu eusses aimé,*	that thou mightst
imât,	that he might love.	*Qu' il eût aimé,*	that he might
us aimassions,	that we might love.	*Que nous eussions aimé,*	that we might
us aimassiez,	that you might love.	*Que vous eussiez aimé,*	that you might
aimassent,	that they might love.	*Qu' ils eussent aimé,*	that they might

(have loved.)

IMPERATIVE.		INFINITIVE.	
		PRESENT.	
Aime,	love (thou.)		
Qu' il aime,	let him love.	*Aimer,*	to l
Aimons,	let us love.	PERFECT.	
Aimez,	love (ye.)		
Qu' ils aiment,	let them love.	*Avoir aimé,*	to have k

PARTICIPLES.

PRESENT.		PAST.	
Aimant,	loving.	*Aimé,*	
		Ayant aimé,	having l

SECOND CONJUGATION IN *IR.* *FINIR.*

INDICATIVE.

PRESENT.		IMPERFECT	
Je finis,	I finish.	*Je finissais,*	I fin
Tu finis,	thou finishest.	*Tu finissais,*	thou finis
Il finit,	he finishes.	*Il finissait,*	he fin
Nous finissons,	we finish.	*Nous finissions,*	we fin
Vous finissez,	you finish.	*Vous finissiez,*	you fin
Ils finissent,	they finish.	*Ils finissaient,*	they fin

PERFECT.		FUTURE.	
Je finis,	I finished.	*Je finirai,*	I shall
Tu finis,	thou finishedst.	*Tu finiras,*	thou wilt
Il finit,	he finished.	*Il finira,*	he will
Nous finîmes,	we finished.	*Nous finirons,*	we will
Vous finîtes,	you finished.	*Vous finirez,*	you will
Ils finirent,	they finished.	*Ils finiront,*	they will

SUBJUNCTIVE.

PRESENT.		IMPERFECT.	
Que je finisse,	that I may finish.	*Que je finisse,*	that I might
Que tu finisses,	that thou mayest finish.	*Que tu finisses,*	that thou mightst
Qu' il finisse,	that he may finish.	*Qu' il finît,*	that he might
Que nous finissions,	that we may finish.	*Que nous finissions,*	that we might
Que vous finissiez,	that you may finish.	*Que vous finissiez,*	that you might
Qu' ils finissent,	that they may finish.	*Qu' ils finissent,*	that they might

CONDITIONAL.		IMPERATIVE.	
Je finirais,	I should finish.		
Tu finirais,	thou shouldst finish.	*Finis,*	finish (t
Il finirait,	he should finish.	*Qu' il finisse,*	let him
Nous finirions,	we should finish.	*Finissons,*	let us
Vous finiriez,	you should finish.	*Finissez,*	finish
Ils finiraient,	they should finish.	*Qu' ils finissent,*	let them f

INFINITIVE.		PARTICIPLES.	
PRESENT.		PRESENT.	
Finir,	to finish.	*Finissant,*	finis
		PAST.	
		Fini,	

HE THIRD CONJUGATION IN *OIR*. *RECEVOIR.*

INDICATIVE.

PRESENT.		IMPERFECT.	
ris,	I receive.	*Je recevais,*	I received.
vis,	thou receivest.	*Tu recevais,*	thou receivedst.
it,	he receives.	*Il recevait,*	he received.
recevons,	we receive.	*Nous recevions,*	we received.
recevez,	you receive.	*Vous receviez,*	you received.
nivent,	they receive.	*Ils recevaient,*	they received.

PERFECT.		FUTURE.	
us,	I received.	*Je recevrai,*	I shall receive.
us,	thou receivedst.	*Tu recevras,*	thou wilt receive.
t,	he received.	*Il recevra,*	he will receive.
reçûmes,	we received.	*Nous recevrons,*	we will receive.
reçûtes,	you received.	*Vous recevrez,*	you will receive.
urent,	they received.	*Ils recevront,*	they will receive.

SUBJUNCTIVE.

PRESENT.		IMPERFECT.	
reçoive,	that I may receive.	*Que je reçusse,*	that I might receive.
reçoives,	that thou mayest receive.	*Que tu reçusses,*	that thou mightst receive.
reçoive,	that he may receive.	*Qu' il reçût,*	that he might receive.
us recevions,	that we may receive.	*Que nous reçussions,*	that we might receive.
us receviez,	that you may receive.	*Que vous reçussiez,*	that you might receive.
re.oivent,	that they may receive.	*Qu' ils reçussent,*	that they might receive.

CONDITIONAL.		IMPERATIVE.	
vrais,	I should receive.		
evrais,	thou shouldst receive.	*Reçois,*	receive (thou.)
rrait,	he should receive.	*Qu' il reçoive,*	let him receive.
recevrions,	we should receive.	*Recevons,*	let us receive.
ecevriez,	you should receive.	*Recevez,*	receive (ye.)
rvraient,	they should receive.	*Qu' ils reçoivent,*	let them receive.

INFINITIVE.		PARTICIPLES.	
		PRESENT.	
ir,	to receive.	*Recevant,*	receiving.
		PAST.	
		Reçû,	received.

HE FOURTH CONJUGATION IN *RE*. *RENDRE.*

INDICATIVE.

PRESENT.		IMPERFECT.	
ls,	I render.	*Je rendais,*	I rendered.
ds,	thou renderest.	*Tu rendais,*	thou rendered.
	he renders.	*Il rendait,*	he rendered.
endons,	we render.	*Nous rendions,*	we rendered.
endez,	you render.	*Vous rendiez,*	you rendered.
dent,	they render.	*Ils rendaient,*	they rendered.

PERFECT.		FUTURE.	
is,	I rendered.	*Je rendrai,*	I shall render.
dis,	thou renderest.	*Tu rendras,*	thou wilt render.
it,	he rendered.	*Il rendra,*	he will render.
endîmes,	we rendered.	*Nous rendrons,*	we shall render.
ndîtes,	you rendered.	*Vous rendrez,*	you will render.
irent,	they rendered.	*Ils rendront,*	they will render.

SUBJUNCTIVE.

PRESENT.		IMPERFECT.	
Que je rende,	that I may render.	*Que je rendisse,*	that I might
Que tu rendes,	that mayest render.	*Que tu rendisses,*	that thou mightst
Qu' il rende,	that he may render.	*Qu' il rendit,*	that he might
Que nous rendions,	that we may render.	*Que nous rendissions,*	that we might
Que vous rendiez,	that you may render.	*Que vous rendissiez,*	that you might
Qu' ils rendent,	that they may render.	*Qu' ils rendissent,*	that they might

CONDITIONAL.

		IMPERATIVE.	
Je rendrais,	I should render.		
Tu rendrais,	thou shouldst render.	*Rends,*	render, (thou.)
Il rendrait,	he should render.	*Qu' il rende,*	let him render.
Nous rendrions.	we should render.	*Rendons,*	let us render.
Vous rendriez,	you should render.	*Rendez,*	render, (ye.)
Ils rendraient,	they should render.	*Qu' ils rendent,*	let them render.

INFINITIVE.

		PARTICIPLES.	
Rendre,	to render.	PRESENT.	
		Rendant,	rendering.
		PAST.	
		Rendu,	rendered.

KEY

TO THE

FIRST BOOK IN FRENCH.

BY NORMAN PINNEY, A. M.

HARTFORD:
HENRY E. ROBINS AND CO.
HUNTINGTON AND SAVAGE, NEW YORK. E. C. AND J. BIDDLE, PHILA-
DELPHIA. H. W. DERBY AND CO., CINCINNATI, MACCARTER
AND ALLEN, CHARLESTON, S. C.
1848.

STEREOTYPED BY
RICHARD H. HOBBS,
HARTFORD, CONN.

CLEF DES THÈMES.

1.

J'ai le thé. J'ai le café. J'ai le biscuit. J'ai le pain. J'ai le sucre. J'ai le bœuf. J'ai le mouton. J'ai le fruit. J'ai mon thé. J'ai mon café. J'ai mon biscuit. J'ai mon pain. J'ai mon sucre. J'ai mon bœuf. J'ai mon mouton. J'ai mon fruit. J'ai votre thé. J'ai votre café. J'ai votre biscuit. J'ai votre pain. J'ai votre sucre. J'ai votre bœuf. J'ai votre mouton. J'ai votre fruit.

2.

J'ai le plat. J'ai le sel. J'ai le beurre. J'ai le lait. J'ai le sac. J'ai le bouton. J'ai le papier. J'ai le ruban. J'ai le coton. J'ai le bon plat. J'ai le bon beurre. J'ai le bon sac. J'ai le bon papier. J'ai le bon ruban. J'ai le mauvais sel. J'ai le mauvais lait. J'ai le mauvais bouton. J'ai le mauvais coton. J'ai mon mauvais plat. J'ai votre bon sel. J'ai mon bon beurre. J'ai votre mauvais lait. J'ai mon mauvais sac. J'ai votre bon bouton. J'ai mon bon papier. J'ai votre mauvais coton. J'ai mon mauvais ruban.

3.

Vous avez le cidre. Vous avez le crayon. Vous avez le cordon. Vous avez le bonnet. Vous avez le pantalon. Vous avez le tabac. Vous avez le grand plat. Vous avez le grand sac. Vous avez le grand bouton. Vous avez le long ruban. Vous avez le long cordon. Vous avez le petit crayon. Vous avez le bonnet. Vous avez le petit pan

16*

talon. Vous avez le mauvais tabac. Vous avez le bon cidre. Vous avez mon cidre. Vous avez votre tabac. Vous avez votre petit cordon. Vous avez mon petit bonnet. Vous avez votre grand crayon. Vous avez mon grand pantalon. Vous avez votre long crayon.

4.

Avez-vous le baril? J'ai le baril. Avez-vous le poivre J'ai le poivre. Avez-vous le veau? J'ai le veau. Avez-vous le poulet? J'ai le poulet. Avez-vous le pâté? J'ai le pâté. Avez-vous le gâteau? J'ai le gâteau. Quel gâteau avez-vous? J'ai le joli gâteau. Avez-vous le dernier livre? J'ai le dernier livre. Avez-vous le dernier pâté? J'ai le dernier pâté. Avez-vous le troisième poulet? J'ai le troisième poulet. Avez-vous le deuxième poulet? J'ai le deuxième (ou second,) poulet. Quel poulet avez-vous? J'ai le second poulet. Avez-vous le premier veau? J'ai le premier veau. Quel poivre avez-vous? J'ai mon joli poivre. Avez-vous votre joli baril? J'ai mon joli baril. Avez-vous mon bon baril? J'ai votre bon baril. Quel livre avez-vous? J'ai mon premier livre. Avez-vous le dernier livre? J'ai le dernier livre. Quel pâté avez-vous? J'ai mon pâté.

5.

Ai-je l'arbre? Oui, Monsieur; vous avez l'arbre. Ai-je le lit? Vous avez le lit. Ai-je l'ouvrage? Oui, Mr. vous avez l'ouvrage. Ai-je le fromage? Non, Monsieur; vous avez l'oiseau. Ai-je le gant? Non, Mr. vous avez l'habit. Ai-je l'or? Non, Monsieur; vous avez l'argent. Ai-je l'or et l'argent? Oui, Mr. vous avez l'or et l'argent. Ai-je l'arbre et l'oiseau? Non, Monsieur; vous avez l'habit et le gant. Ai-je votre lit? Vous avez mon lit. Ai-je mon ouvrage? Non, Monsieur; vous avez mon ouvrage. Ai-je le fromage et l'oiseau? Oui, Mr. vous avez le fromage et l'oiseau. Ai-je mon gant? Non, Monsieur; vous avez mon gant. Ai-je le baril et le poivre? Non, Mr. vous avez le veau et le poulet, et j'ai le pâté et le gâteau. Quel habit avez-vous? J'ai le joli habit. Ai-je le premier livre? Oui, Monsieur; vous avez le premier livre et le second. Ai

6.

Avez-vous le bois ? J'ai le bois. Ai-je le bois ? Vous avez le bois. Avez-vous le fer ? J'ai le fer. Ai-je le couteau ? Vous avez le couteau. Avez-vous le fer ou le couteau ? J'ai le fer et vous avez le couteau. Ai-je le gros charbon? Oui, Monsieur; vous avez le gros charbon. Avez-vous le vilain animal? Non, Mr. j'ai le gros oignon. Avez-vous l'âne ou le cheval ? J'ai l'âne. Ai-je le gros oignon ? Oui, Monsieur ; et vous avez cet encrier aussi. Quel domestique avez-vous ? J'ai le vilain domestique. Avez-vous le bois ou le fer ? J'ai le fer. Avez-vous le couteau ou le charbon ? J'ai le couteau et le charbon. Ai-je cet animal? Non, Mr. vous avez l'âne et le cheval. Ai-je cet oignon ? Vous avez cet oignon et cet encre. Avez-vous ce gros cheval ? Non, Mr. j'ai ce vilain domestique. Avez-vous le baril et le poivre ? Oui, Monsieur; et vous avez le cheval et l'âne. Ai-je cet oiseau et ce fromage ? Non, Monsieur ; vous avez le grand lit et le vilain oiseau. Avez-vous le bon domestique ? J'ai le bon domestique.

7.

N'avez-vous pas mon canard ? Je n'ai pas votre canard. N'ai je pas votre dindon? Vous n'avez pas mon dindon. N'avez-vous pas ce parasol? Je n'ai pas ce parasol, j'ai le parapluie. N'avez-vous pas le bon riz ? Non, Mr. je n'ai pas le bon riz. N'ai-je pas le mauvais chat? Vous n'avez pas le mauvais chat. N'avez-vous pas le gros rat? Oui, Monsieur ; j'ai le gros rat. N'ai-je pas le grand fusil ? Non, Mr. vous n'avez pas le grand fusil ; vous avez le petit bâton. N'avez-vous pas le long bâton ? Quel bâton avez-vous ? J'ai le premier bâton. N'avez-vous pas le second marbre ? Je n'ai pas le second, j'ai le troisième et le quatrième. N'ai-je pas le gros drap ? Vous n'avez pas le gros drap, vous avez le gros cuir. Avez-vous le vilain dindon ? Je n'ai pas le vilain dindon. N'avez-vous pas c vilain canard ? Non, Mr. j'ai le joli canard. Avez-vous

parasol.ou le parapluie ? J' ai le parasol. N' avez-vous pa
mon riz ? Non, Mr. j' ai votre fusil. Ai-je le chat ou le rat
Vous avez le chat, vous n' avez pas le rat. N' ai-je pas l
fusil et le bâton ? Vous n' avez pas le fusil et le bâton.
N' avez-vous pas le marbre ? Non, Monsieur ; j' ai le drap et
le cuir.

8.

A-t-il son soulier ? Il a son soulier. N' a-t-il pas son bas ?
Il a son bas. A-t-il son chapeau ? Non, Mr. il n' a pas son
chapeau, il a son mouchoir. A-t-il son chien ? Oui, Mr. il
a son chien. A-t-il son vieux chien ou son beau chien ? Il
a son vieux chien ; il n' a pas son beau chien. A-t-il le
beau jardin ? Non, Monsieur ; il a le vieux pistolet. A-t-il
le beau jardin ou le bel arbre ? Il a le bel arbre. A-t-il le
bel habit et le beau pantalon ? Il a le bel habit ; il n' a pas
le beau pantalon. A-t-il le vieil arbre ? Il n' a pas le vieil
arbre. A-t-il le soulier et le bas ? Oui, Monsieur. N' a-t-il
pas le chapeau et le mouchoir ? Non, Monsieur. Quel
chien a-t-il ? Il a le beau chien. Quel pistolet a-t-il ? Il
a le vieux pistolet. A-t-il le biscuit ou le pain ? Il a le
pain. N' a-t-il pas votre sucre ? Non, Mr. il a mon bœuf.
A-t-il le beau mouton ou le bel oiseau ? Il a le beau mouton. Quel fruit avez-vous ? J' ai le vieux fruit. Ai-je le
bel or, ou le beau fer ? Vous avez le bel or. N' a-t-il pas le
vieil argent ? Non, Mr. il a le vieux fer. Avez-vous le bel
oiseau ? Non, Monsieur ; j' ai le beau cheval.

9.

Cet homme a-t-il le coton ? Il a le coton. L' homme
n' a-t-il pas mon beau ruban ? Oui, Monsieur ; l' homme a le
beau ruban. Votre vieil ami a-t-il le long cordon ? Il a le
long cordon. Le caporal n' a-t-il pas son bonnet ? Il a son
bonnet et son pantalon. Quel tabac le général a-t-il ? Il a
le bon tabac. Quel baril votre père a-t-il ? Il a le mien.
Quel poivre mon frère a-t-il ? Il a le vôtre. Quel veau votre oncle a-t-il ? Il a le sien. Quel poulet mon fils a-t-il ?
Il a le mien. Le soldat n' a-t-il pas le vôtre ? Il a le sien.
N' a-t-il pas le sien. Il a le sien. L' homme a-t-il le mar

u le vôtre ? Il a le sien. Votre ami ou mon oncle a-t-il cet acier ? Mon ami a cet acier. Le capitaine ou le général a-t-il le fusil ? Le capitaine a le fusil. Le caporal ou le soldat a-t-il le pâté ? Le caporal a le pâté. Mon père n'a-t-il pas le dernier gâteau ? Non, Mr. votre frère l'a. Votre oncle a-t-il le joli livre ? Non, Monsieur ; votre fils a le joli livre. Quel acier le soldat a-t-il ? Il a le mien. A-t-il le vôtre ? Il n'a pas le mien, il a le sien. Cet homme a-t-il le beau fusil ? Non, Mr. il a le bel argent. Le général a-t-il le beau bâton ou le bel arbre ? Il a le bel acier et le beau fer.

10.

Avons-nous le vin ? Nous avons le vin. Avons-nous le meilleur vin ? Nous n'avons pas le meilleur vin. N'avons-nous pas son pupitre ? Nous n'avons pas son pupitre. Quel pupitre avons-nous ? Nous avons notre pupitre. Avons-nous le nôtre ? Nous n'avons pas le nôtre. N'avons-nous pas le nôtre ? Nous avons le nôtre. Avons-nous le petit pigeon ? Nous avons le petit pigeon. Quel pigeon avons-nous ? Nous avons le meilleur pigeon. Avons-nous le grand chandelier? Non, Monsieur ; nous avons le vieux chandelier. Quel pistolet avons-nous ? Nous avons notre joli pistolet. Avons-nous le premier ou le second pistolet? Nous avons le premier. Avons-nous le bon chocolat? Nous avons le bon chocolat. N'avons-nous pas le meilleur chocolat? Nous n'avons pas le meilleur chocolat. Avez-vous le troisième ou le quatrième poisson ? J'ai le cinquième poisson ? Avons-nous le long banc ? Nous n'avons pas le long banc. Quel banc avons-nous ? Nous avons le gros banc. N'avons-nous pas le vilain chenet? Nous n'avons pas le vilain chenet ; nous avons le beau chenet. N'avons-nous pas le dernier chenet ? Nous avons le dernier chenet. Avons-nous le sixième ou le septième mot ? Nous avons le huitième mot. Ce jeune garçon a-t-il le meilleur mot? Il n'a pas le meilleur mot. Quel mot ce jeune garçon a-t-il? Il a le neuvième mot. A-t-il le neuvième ou le dixième mot? Il a le meilleur mot. A-t-il *le bel oiseau* ou le beau poulet? Il a le beau poulet ; *il n'a pas le bel oiseau*

11.

Ont-ils l' excellent vin ? Ils ont l' excellent vin. N' o
ils pas mon pauvre chien ? Ils n' ont pas votre pau
chien. Ont-ils l' excellent thé ou l' excellent café ? Ils o
l' excellent thé. Ils n' ont pas l' excellent café. Ont-ils l
bon biscuit ou le bon pain ? Ils ont le bon pain. N' ont-i
pas le mauvais sucre? Non, Monsieur; ils ont le mauvai
mouton et le mauvais bœuf. Quel fruit ont-ils ? Ils o
l'excellent fruit. Ont-ils le gros plat ? Oui, Monsieur ; i
ont le gros plat et le gros sel. Quel beurre ont-ils? Ils o
le mauvais beurre. N' ont-ils pas le mauvais lait? Ils
n' ont pas le mauvais lait ; ils ont le petit sac. Le brave
soldat a-t-il le lion ? Il a le lion. Le brave capitaine a-t-il
le lion ? Il n' a pas le lion ; il a le tigre. Mon cher Monsieur, avez-vous le grand bouton? Non, Mr. j' ai le bon papier. Mon cher ami a-t-il le gros coton ? Non, Mr. il a l
joli ruban. Le prince a-t-il l' excellent vin ? Il a l' excelle
vin et le grand crayon. Le méchant prince a-t-il le lion e
le tigre? Il a le lion ; il n' a pas le tigre. Quel animal c
méchant homme a-t-il ? Il a le pauvre animal. L' honnê
paysan a-t-il le bon cidre ? Oui, Monsieur; il a le bon cidre
L' honnête homme a-t-il le bonnet ou le pantalon ? Il a l
bonnet. Le pauvre paysan quel tabac a-t-il ? Il a l' excel
lent tabac.

12.

Les honnêtes paysans ont-ils leurs barils ? Ils n' ont pa
les leurs, ils ont les miens. Les hommes méchants n' ont
ils pas mes bons poulets ? Ils ont les vôtres. Votre cousin
a-t-il vos pâtés ? Oui, Monsieur ; il a les miens et les vôtres
N' a-t-il pas les siens ? Il n' a pas les siens. Mon voisi
a-t-il mes jolis livres ? Il a les vôtres et les miens. Leur
cousins n' ont-ils pas leurs habits ? Ils ont vos habits et le
leurs. Vos voisins ont-ils vos habits ou les leurs ? Ils o
les miens. Le marchand a-t-il ses arbres ? Il n' a pas le
siens. Les marchands ont-ils leurs lits ? Ils ont les leur
et les miens. Le tailleur n' a-t-il pas votre chandelier
Non, Monsieur; il n' a pas le mien; il a le vôtre. Les tailleur
ont-ils mes grands chandeliers ? Ils n' ont pas les vôtr

.e charpentier a-t-il ses arbres ? Il a les siens. Quel poire les charpentiers ont-ils ? Ils ont l'excellent poivre.
J'étranger a-t-il son argent ? Il a son argent. Les étrangers n'ont-ils pas leurs fromages ? Ils ont les leurs. Les
néchants paysans ont-ils les lions ou les tigres ? Ils ont les
ions et les tigres. Les princes n'ont-ils pas leurs braves
soldats ? Ils ont leurs braves soldats. Mon cher Monsieur,
avez-vous vos excellents domestiques ? J'ai mes excellents
domestiques. Mes chers amis ; avez-vous le bel oiseau ?
Nous avons le bel oiseau et le beau chien. L'homme a-t-il
e moindre courage ? Il n'a pas le moindre courage.

13.

Quel or votre enfant a-t-il ? Il a le bel or. Quel argent
es messieurs ont-ils ? Ils ont le leur. Quels habits les
coliers ont-ils ? Ils ont les meilleurs habits. Lesquels le
oulanger a-t-il ? Il a les nôtres. Le maçon a-t-il notre
arbre ? Il ne l'a pas. Lequel a-t-il ? Il a le mien. Lequel avez-vous ? J'ai le vôtre. Le pêcheur n'a-t-il pas
los lits ? Il ne les a pas. Lesquels le docteur a-t-il ? Il a
es nôtres. Quels fromages le médecin a-t-il ? Il a les
iens. Lesquels les hommes ont-ils ? Ils ont les petits
romages. Qui a mon ouvrage ? L'enfant l'a. Le monieur a-t-il le joli oiseau ? Il l'a. L'écolier a-t-il nos gants ?
l les a. Le boulanger a-t-il mon bois ? Il ne l'a pas, le
naçon l'a. Qui a votre fer ? Le pêcheur l'a. Qui a
es gros oignons ? Les pêcheurs les ont. Ne les ont-ils pas ?
ls ne les ont pas. Le docteur a-t-il ces encriers ? Il ne
es a pas ; le médecin les a. Qui a ces dindons ? Les
étrangers les ont. Quels canards ces charpentiers ont-ils ?
ls ont nos grands canards. Ont-ils les vôtres ? Ils les ont.
Qui a mon pupitre ? Le garçon l'a. Qui a nos pigeons ?
Les jeunes gens les ont. Ont-ils les pigeons vivants ?
ls ont les pigeons vivants. Les messieurs ont-ils notre
café ? Ils l'ont. Ces messieurs ont-ils le mouton mort ?
ls ont le mouton mort. Lesquels nos amis ont-ils ? Ils
nt le mien et le vôtre. Mes cousins ont-ils vos chandeliers ?
ls ne les ont pas. Votre cousin a-t-il l'oiseau mort ? Non,
Monsieur ; il ne l'a pas. Ces étrangers ont-ils le moindre
courage ? Ils n'ont pas le moindre courage. Quels

ces marchands ont-ils ? Ils ont les leurs et le sien. Les
quels les tailleurs ont-ils ? Ils ont les nôtres et les siens
Qui a ses gants ? Le tailleur les a. A-t-il le couteau ? I
l' a. Ne l' a-t-il pas ? Il ne l' a pas. Lequel ont-ils ? Ils
ont le nôtre. Lequel le maçon a-t-il ? Il a le mien.

14.

Avez-vous le sucre de ce Monsieur ? Non, Mr. j' ai le
pain de cet homme. N' avez-vous pas le plat de mon ami ?
J' ai le plat de votre ami. Ai-je le sel de votre capitaine ?
Vous l' avez. Le caporal a-t-il le beurre de ce soldat ? I
ne l' a pas. Avons-nous le papier des notre général ? Non
Monsieur ; nous avons le lait de mon père. Mes frères ont-il
le sac de votre oncle ? Ils l' ont. Votre fils a-t-il les bou
tons d' argent ? Non, Monsieur ; il a les boutons de fer. L
soldat a-t-il le pantalon de cuir ? Il a le pantalon de coton
Qui a le crayon d' argent ? Le garçon l' a. Quel encrie
le paysan a-t-il ? Il a l' encrier de bois. Ces pauvres hom
mes ont-ils le tiroir de bois ? Ils l' ont. Ont-ils le feu d
charbon ou le feu de bois ? Qui a le bonnet de cuir ? Mo
cousin l' a. Où êtes-vous ? Je suis ici sur le planche
N' êtes-vous pas là sur le foyer ? Non, Mr. je suis sur l
banc. Etes-vous sur le banc ou sous le banc ? Je suis su
le banc. Vous êtes sous le lit ; n' êtes-vous pas sous l
lit ? Quels poulets ces messieurs ont-ils ? Ils ont les pou
lets de cet écolier. Quels pâtés a-t-il ? Il a les pâtés d
cet enfant. Lesquels a-t-il ? Il a les miens et les vôtre
Qui a l' habit de notre boulanger ? Le fils de ce maçon l' a
Quel poisson avons-nous ? Nous avons le poisson mort d
ce pêcheur, et le poisson vivant de notre médecin. Lequ
le docteur a-t-il ? Il a le sien et le nôtre. Qui a les a
bres de mon oncle ? Les frères de ce docteur les ont. On
ils les leurs ? Ils les ont. Etes-vous ici ou là ? Je sui
ici sur le banc. N' êtes-vous pas sur le plancher ? Non
Monsieur ; je suis sur le foyer. Etes-vous sous l'arbre ? J
ne suis pas sous l' arbre. Avez-vous les gants de coton, o
les gants de cuir ? J' ai les gants de cuir. Cet homm
a-t-il le cheval de bois ? Il ne l' a pas. A-t-il le fusil d
fer ? Oui, Monsieur ; il l' a.

15.

Avez-vous le bouton de cuivre ou le bouton d'argent ?
J'ai le bouton de cuivre. Lequel avez-vous ? J'ai le bouton d'argent. Qui a cet instrument de cuivre ? Le domestique du général l'a. Quel instrument le fils du capitaine
a-t-il ? Il a mon instrument de fer. A-t-il les livres du père
ou les livres du fils ? Avons-nous l'argent des soldats ?
Non, Monsieur ; nous avons l'argent du marchand. Ont-ils
le drap de votre tailleur ou du mien ? Ils ont le drap du
vôtre. Qui a les livres du docteur ? Les enfants du voisin
les ont. Ont-ils les poulets de notre voisin ou du leur ? Ils
ont les poulets du leur. A-t-il les marbres de nos cousins
ou des siens ? Il a les marbres des siens. Qui a le dindon
du paysan ? Le frère du docteur l'a. L'habit du paysan
est-il noir ? Le gâteau des enfants est-il grand ? Il est bien
grand ? Ont-ils le cheval de votre frère ou du mien ? Ils
ont le cheval du vôtre. Ont-ils l'argent de vos frères ou
des miens ? Ils ont l'argent des vôtres. Ce tailleur a-t-il
le drap de notre père ou du sien ? Il a le drap du nôtre.
Ont-ils l'or de nos frères ou des leurs. Ils ont l'or des nôtres. Où est votre frère ? Il est ici. Où est votre père ?
Il n'est pas ici ; il est au jardin. Où est le chapeau du garçon ? Il est sous le banc. Sommes-nous riches ? Nous
ne sommes pas riches. Ne sommes-nous pas pauvres ?
Nous ne sommes pas pauvres. Sommes-nous dans le jardin
du marchand ? Nous sommes dans son jardin. Le chapeau de l'homme est-il blanc ou noir ? Il est blanc. Cet
oiseau est-il noir ou bleu ? Il est bleu. L'habit du soldat
est-il rouge ou vert ? Il est rouge. N'est-il pas vert ? Non,
Monsieur ; il n'est pas vert. Le mouchoir de l'écolier est-il
jaune ? Oui, Monsieur ; il est jaune. Qui a mon habit de
drap ? Votre ami l'a. Où est l'argent du soldat ? Il est
dans le tiroir. Le chenet est-il sur le plancher ? Non, Monsieur ; il est sur le foyer. Quel feu avez-vous ? J'ai le feu
de bois. Où êtes-vous ? Je suis ici. Etes-vous dans le
jardin ? Oui, Mr. je suis ici dans le jardin. Votre père est-
il dans le jardin ? Il est dans le jardin. Dans quel jardin
est-il ? Il est dans le sien. Dans lequel êtes-vous ? Je suis
dans le mien.

16.

Où sont les fermiers ? Ils sont chez mon père. Où só
les avocats ? Ils sont chez le voisin. Qui a le foie (
l'agneau ? Le fermier l'a. N'est-il pas tendre ? Il e
bien tendre. Ce cheval superbe est-il bien doux ? Il n'e
pas bien doux. Le vin est-il doux. Il n'est pas dou
Mon frère est-il chez vous ? Il est chez moi. N'est-il p
chez lui ? Non, Mr. il est chez nous. Où sont les enfan
du voisin ? Ils sont chez eux. Sont-ils chez vous ou ch
moi ? Ils sont chez nous. Où sont les vieux bas ? Il
sont chez le marchand. Ne sont-ils pas chez l'avoca
Non, Monsieur ; ils sont chez le médecin. Où sont les fusil
des soldats ? Ils sont sous l'arbre sur le gazon. Le gazon
n'est-il pas bien vert ? Il est bien vert. Les gros bas d
l'étranger sont-ils sur le banc ou sous le banc ? Ils son
sur le gazon. Ces bois ne sont-ils pas grands ? Ils son
bien grands. Avez-vous le verrou de fer ou le verrou d
cuivre ? J'ai le verrou de fer. Ce verrou est-il de bois
Il est de bois. N'est-il pas de fer ? Il n'est pas de fer
Où sont ces instruments de cuivre ? Ils sont chez mo
frère. Les papiers de l'avocat sont-ils chez vous ? Ils n
sont pas chez moi ; ils sont chez votre père. Les poule
des paysans sont-ils chez eux ? Non, Monsieur ; ils sont che
nos oncles. Sont-ils chez lui ou chez vous ? Ils sont che
le docteur. A-t-il l'argent de son père ou du mien ? Il
l'argent du vôtre, il n'a pas l'argent du sien. Ont-ils l'a
gent du nôtre ? Non, Monsieur ; ils ont l'argent du leu
A-t-il les livres de vos enfants ou des siens ? Il a les livre
des miens. Ont-ils les livres des nôtres ou des leurs ? Il
ont les livres des vôtres. Le fils du capitaine est-il riche o
pauvre ? Il est riche. Les mouchoirs des étrangers sont-il
blancs ou noirs ? Ils sont blancs. Leurs habits sont-il
bleus ou rouges ? Ils sont bleus. Ce ruban est-il jaune o
vert ? Il est vert. N'a-t-il pas le nez petit ? Il a le ne
petit. Le foie de l'agneau n'est-il pas bien tendre ? Il es
bien tendre.

17.

Ce travail n'est-il pas grand? Il est grand. Ce travai
n'est-il pas long? Non, Monsieur ; il n'est pas lo

Vos travaux ne sont-ils pas bien grands? Ils sont bien grands. Qui a les chevaux de l'étranger? Le domestique du capitaine les a. Ce lieu n'est-il pas très-beau? Il est bien beau. Ces lieux ne sont-ils pas grands et beaux? Ils sont bien grands et bien beaux. Où sont les chapeaux des généraux? Ils sont chez eux. Où sont leurs chevaux? Ils sont dans le jardin. Avez-vous les chapeaux des caporaux? Je ne les ai pas. Le paysan a-t-il les nouveaux chapeaux? Il a les nouveaux chapeaux et les beaux oiseaux. Qui a les ciseaux des tailleurs? Les enfants des soldats les ont. Qu'avez-vous? J'ai le balai du domestique. Le paysan a-t-il le foin des chevaux? Il l'a. Ce jeune homme qu'a-t-il? Il a le miroir du garçon. Qu'avez-vous? J'ai les vieux couteaux et les beaux animaux. Qu'avez-vous? J'ai quelque chose. N'avez-vous rien? Je n'ai rien. Le prince n'a-t-il rien. Il a quelque chose. A-t-il quelque chose? Il n'a rien. Le domestique quel balai a-t-il? Il a celui du garçon. A-t-il celui de l'homme. Il n'a pas celui de l'homme. Quel miroir avez-vous? J'ai celui du général. Avez-vous celui du voisin? J'ai celui du voisin. Quel gond le maçon a-t-il? Il a celui de fer. N'a-t-il pas celui de cuivre? Il a celui de cuivre. N'a-t-il ni celui de fer ni celui de cuivre? Il n'a ni celui de fer ni celui de cuivre. N'a-t-il ni celui du capitaine ni celui du général? Il n'a ni celui du capitaine ni celui du général. N'avez-vous ni celui du docteur ni celui de l'avocat? Je n'ai ni celui du docteur ni celui de l'avocat. Les oiseaux ne sont-ils pas sur le gazon sous l'arbre? Ils sont sur le gazon. Vos travaux sont-ils grands? Ils sont grands. Ces lieux ne sont-ils pas grands et beaux? Ils ne sont ni grands ni beaux. Qu'avez-vous? J'ai les ciseaux du marchand. Avez-vous le foin du cheval et le balai du domestique? Je les ai. Avez-vous le miroir du monsieur et le gond de fer? Je n'ai ni le miroir ni le gond.

18.

Avez-vous froid? J'ai froid. L'enfant n'a-t-il pas froid? Il n'a pas froid. Nous avons froid. Les enfants n'ont-ils pas bien froid? Ils n'ont pas bien froid. N'avez-vous pas chaud? Je n'ai pas chaud. N'a-t-il ni chaud ni fro

Il n'a ni chaud ni froid. Qui a chaud? Nous
chaud et nos amis ont chaud. Avez-vous faim? J
pas faim, mais l'étranger a faim. Nous avons faim
messieurs ont faim. Les écoliers n'ont-ils pas soif?
Mr. ils ont soif et le garçon a soif. Qu'avez-vous?
bien soif. Qui a peur? J'ai peur et mon frère a
Nous avons peur. N'avéz-vous pas peur? Je n'a
peur, mais mes enfants ont peur. N'ont-ils ni pe
honte? Ils ont honte et nous avons honte. N'avez
pas honte? J'ai honte et mon cousin a honte. Le
domestique a sommeil; les soldats n'ont-ils pas som
Ils n'ont pas sommeil, mais nous avons sommeil. N'
vous pas sommeil? J'ai sommeil. Avez-vous raiso
tort? J'ai raison; je n'ai pas tort. Cet avocat n'a-
raison ni tort? Il a tort et nous avons raison. Qui a
Les soldats du prince ont tort. Avez-vous tort? J'a
son; je n'ai pas tort. Le fermier n'a-t-il ni chaud ni f
Il a chaud. Je n'ai ni faim ni soif. Avez-vous faim ou
J'ai soif. Nous n'avons ni peur ni honte. Le caporal
honte? Il n'a pas honte, mais il a peur. Qui a som
Les frères du capitaine ont sommeil. J'ai raison; n'
vous pas tort? J'ai tort. Quels animaux avez-vous?
ceux des voisins. Le domestique a-t-il les chapeau:
garçons? Il les a. Les pêcheurs ont-ils quelque cl
Ils n'ont rien. Avez-vous le cheval du général?
Monsieur; j'ai celui du capitaine. Avez-vous celui du
san ou celui du soldat? Je n'ai ni celui du paysan ni
du soldat. Quel balai a-t-il? Il a celui du domes
Quel foin a-t-il? Il a celui du cheval. N'avez-vous
vieux miroir, ni le gond de fer? Nous avons le gond d

19.

Avez-vous ce canif-ci ou celui-là? J'ai celui-ci et
là. A-t-il ces canifs-ci ou ceux-là? Il n'a ni ceux-
ceux-là, il a ceux du forgeron. Le roi a-t-il ce verre-
celui-là? Il a celui-ci; il n'a pas celui-là. Le roi a-t-
verres-ci ou ceux-là? Il a ceux-ci, il n'a pas cei
Quels peignes avons-nous? Nous avons ceux du roi.
ils ce peigne-ci, ou celui-là? Ils n'ont ni celui-ci ni
là, ils ont ceux de mon parent. Avez-vous ce ma

ou ce marteau-là? Je n'ai ni celui-ci ni celui-là ; j'ai celui du cuisinier. Quelqu'un a-t-il mon ivoire? Personne ne l'a. Avez-vous celui de quelqu'un? Je n'ai celui de personne. Personne n'a-t-il les marteaux des forgerons? Personne ne les a. Quel ivoire vos parents ont-ils? Ils ont le bon. Ont-ils le joli ou le vilain? Ils ont le joli ivoire. Le cuisinier a-t-il ces canifs-ci ou ces canifs-là? Il n'a ni ceux-ci ni ceux-là. Cet enfant n'a-t-il pas le nez bien petit. Il l'a bien petit. Votre foin est-il chez ce fermier-ci ou chez celui-là? Il est chez celui-là. Vos papiers sont-ils chez ces avocats-ci, ou chez ceux-là. Ils sont chez ceux-ci. Ce tendre agneau où est-il? Il est chez moi. Est-il chez vous ou chez lui? Il est chez nous. Ont-ils un cheval superbe chez eux? Ils ont un cheval bien doux. Vos ciseaux ne sont-ils pas sur le gazon? Ils sont sur le gazon. Ce verrou-là est-il d'ivoire? Il n'est pas d'ivoire ; il est de fer. Ces travaux-là ne sont-ils pas grands. Ces travaux sont grands. Vos nouveaux chapeaux sont-ils dans ces lieux-ci ou dans ces lieux-là? Ils sont dans ces lieux-là. Ces beaux oiseaux sont-ils dans ceux-ci ou dans ceux-là? Ils sont dans ceux-ci. Avons-nous les chevaux des caporaux? Nous n'avons pas ceux des caporaux, nous avons ceux des généraux. Le cuisinier qu'a-t-il? Il a les balais. A-t-il ce miroir-ci ou celui-là? Il a celui-ci. Ce gond est-il de fer ou de cuivre? Il est de fer. Le roi qu'a-t-il? Il a quelque chose. N'a-t-il rien? Il n'a rien. A-t-il froid ou chaud? Il a froid. Avez-vous faim ou soif? J'ai bien soif. Ont-ils peur ou honte? Ils ont peur. Avons-nous raison ou tort? Nous avons raison. Avez-vous froid et sommeil? J'ai froid ; mais je n'ai pas sommeil.

20.

Où allez-vous? Je vais à Boston. N'allez-vous pas à New York? Je ne vais pas à New York. Le roi va-t-il à Paris? Il ne va pas à Paris, il va à la Nouvelle Orléans. Allons-nous à Boston ou à New York? Nous n'allons ni à Boston ni à New York ; nous allons à Paris. Vos parents vont-ils à la Nouvelle Orleans? Non, Monsieur; ils ne vont pas à la Nouvelle Orleans. Allez-vous au jardin? Non, Mr. je vais au moulin. Le forgeron où va-t-il? Il va chez

lui. N' allons-nous pas au magasin? Nous allons au
asin du marchand. Allons-nous à votre magasin, o
mien? Nous allons au vôtre et au mien. N'allons-
pas au nôtre et au sien? Nous n'allons ni au nôtre i
sien; nous allons au leur. A quels moulins allons-n
Nous allons aux vôtres. Auxquels vont-ils? Ils vont
miens et aux siens. Ne vont-ils pas aux nôtres et aux le
Ils vont à ceux de mon frère. Allez-vous au buisson
l'arbre? Je vais au buisson. A quel buisson allez-v
Je vais au buisson épais. Ce gazon fleuri n'est-il pas ép
Il est bien épais. Le buisson épais n'est-il pas sur le g
fleuri? Il est sur le gazon fleuri dans le jardin. Qu'a
vous de grand? J'ai le grand arbre. Qu'avez-vous de p
J'ai le petit poulet. Qu'a-t-il de long? Il a le long
don. A-t-il quelque chose de mauvais? Il n'a rien de i
vais. Avons-nous quelque chose de joli? Nous avon
jolis livres. N'ont-ils rien de gros? Ils ont quelque c
de gros. Qu'ont-ils de gros? Ils ont le gros cheval. A
vous ce couteau-ci ou celui-là? Je n'ai ni celui-ci ni c
là. A-t-il ceux-ci ou ceux-là? Il a ceux-ci et ceu
Avons-nous ces canifs-ci ou ces canifs-là? Nous n'avo
ceux-ci ni ceux-là. Ont-ils ce verre-ci, ou ce verre-là?
ont celui-ci et celui-là. Avez-vous le peigne de quelqu'
Je n'ai celui de personne. Personne n'a-t-il mon cou
d'ivoire? Quelqu'un l'a. Allez-vous chez mon par
Je vais chez le docteur. Où va-t-il? Il va chez vous?
vont-ils pas chez eux? Ils vont chez eux. N'allez-
pas chez vous? Je vais chez moi. Où allons-nous? I
allons chez nous.

21.

Voulez-vous le bouillon? Je le veux. Ne voulez-vou
le même bouillon? Oui, Monsieur; s'il vous plaît. Ve
le même bœuf rôti, ou veut-il l'autre? Il veut l'autre l
rôti; il ne veut pas le même. Quel bœuf rôti voulez-vo
Je veux le mien. Ne voulez-vous pas le même bouil
Non, Mr. je vous remercie; je veux l'autre. Nous vou
le bois de pin; voulez-vous le pin? Nous ne voulons p
pin; nous voulons le bois de cèdre. Veulent-ils le boi
pin, ou veulent-ils le bois de cèdre? Ils ne veulent ni

le pin ni le bois de cèdre ; ils veulent le bois de chêne.
L' étranger veut-il un morceau de poulet rôti ? Il en veut un.
Ce Monsieur ne veut-il pas un morceau de dindon rôti ? Il
n' en veut pas. Voulez-vous le sucre? Non, Monsieur; je
vous remercie. Ne voulez-vous pas un morceau de fromage?
Oui, Monsieur ; s' il vous plaît. Votre ami n' est-il pas triste ?
Il est bien triste. N' êtes-vous pas triste? Je ne suis pas triste.
Cet étranger n' a-t-il pas les sourcils épais ? Il a les sourcils
épais et le nez long? Qui a les beaux sourcils ? Ce bon
écolier a les beaux sourcils. Ce fil est-il droit ? Il est droit.
N' est-il pas courbé ? Il n' est pas courbé. Le fil est-il droit
ou courbé ? Il est droit, il n' est pas courbé. Que voulez-vous
de beau ? Je veux quelque chose de beau. Ne veut-il rien de
beau ? Je veux le beau fil. Allez-vous chez vous ? Je vais
chez moi. Va-t-il chez lui? Il ne va pas chez lui. Où allons-
nous ? Nous allons chez mes parents. Où vont-ils? Ils vont
à Philadelphie. Allez-vous au moulin? Non, Mr. je vais au
magasin. A quel magasin allez-vous ? Je vais au mien.
Auquel va-t- il ? Il va au sien. A quels jardins allez-vous ?
Je vais aux vôtres. Auxquels vont-ils ? Ils vont aux leurs.
Voulez-vous ce buisson fleuri ? Non, Monsieur ; je vous remercie. Que voulez-vous? Je veux mon chapeau. Voulez-
vous un verre de vin ? Non, Monsieur ; je vous remercie.

22.

Qui voyez-vous ? Je vois le prince. Ne le voyez-vous
pas ? Je ne vois pas le prince ; je vois le roi. Qui voit-il?
Il ne voit personne. Qui voyons-nous ? Nous voyons ces
Messieurs; ne les voyons-nous pas? Nous les voyons. Qui
voient-ils? Ils voient quelqu' un. Ne voient-ils pas le soleil?
Non, Monsieur ; ils voient le ciel, mais ils ne voient pas le
soleil. Ne voyez-vous pas ce tapis? Je le vois. Le tapis
de qui voyez-vous ? Je vois le tapis de l' homme. Celui de
qui voit-il ? Il voit le tapis de l' avocat. Les volets de qui
voyons nous? Nous voyons les volets du charpentier. Ceux
de qui voient-ils ? Ils voient ceux du général. Cet officier
n' a-t-il pas un œil de verre? Il a un œil de verre. A-t-il
l' œil bleu ? Il a l' œil bleu. Le fauteuil de qui voyez-vous?
Je vois celui de l' officier. Celui de qui voit-il? Il voit celui
lu docteur. Les fauteuils de qui voyons-nous? Nous vçq

ons ceux du marchand. Ceux de qui voient-ils ? Ils vo
ceux de mon père. Ceux de qui avons-nous ? Nous av
les nôtres. Je vous vois ; me voyez-vous ? Je ne vous
pas. Ne me voit-il pas ? Il vous voit. Qui les offic
voient-ils ? Ils vous voient ; ne me voient-ils pas ? Ils
vous voient pas. Que voyez-vous ? Je vois le paon.
paon de qui voyez-vous ? Je vois celui du soldat. C
de qui ne voit-il pas ? Il ne voit pas celui de mon on
Voyez-vous le soleil ? Je le vois. Voyez-vous le ciel ?
le vois. Cette chambre n' est-elle pas obscure ? Elle est
scure. Ne voyez-vous pas le soleil ? Oui, Mr. il est l
clair. Où allez-vous aujourd' hui ? Je vais chez moi
jourd' hui. Allez-vous aujourd' hui chez votre frère ? N
Monsieur ; je vais au magasin. Voulez-vous mon tap
Oui, Mr. s'il vous plaît. Ne voulez-vous pas le vieux faute
Non, Mr. ; je vous remercie. Veut-il le même paon, ou ve
il l'autre ? Il veut l'autre. Nous voulons le bœuf r
veulent-ils le bouillon ? Ils le veulent. Votre frère n'e
pas triste aujourd' hui ? Il est triste aujourd'hui. Veut-i
bois de pin ou le bois de chêne ? Il veut le cèdre. Veul
ils le poulet rôti. Ils le veulent. Voulez-vous un morc
de ce gâteau ? Oui, Monsieur ; s' il vous plaît. Voyez-v
le cordon droit ou le courbé ? Je vois le courbé. Vou
vous un morceau du dindon rôti ? Non, Mr. ; je vous
mercie.

23.

Que faites-vous ? Je fais mon ouvrage. Faites-vous
que je fais ? Non, Monsieur ; je fais mon thème. Cet éco
fait-il son thème ? Il le fait. Voyez-vous ce que nous
sons ? Oui, Mr. ; vous faites ce que nous faisons.
hommes que font-ils ? Ils font leurs thèmes. Cet c
cier que fait-il ? Il fait ce que vous faites. Cet oiseau c
fait-il ? Il fait son nid. Ces oiseaux ne font-ils pas le
nids ? Ils les font. Votre ami fait-il toujours son devc
Il le fait toujours. Fait-il tout son devoir ? Il le fait to
Tous les hommes font-ils toujours leur devoir ? Tous
hommes ne font pas toujours leur devoir ; ils le font quelq
fois. Ne faisons-nous pas quelquefois notre devoir ? N
le faisons toujours. Ne nous voient-ils pas ? Ils nous voi
*Nous vous voyons ; nous voyez-vous ? Nous ne vous

ons pas. Votre temps n'est-il pas précieux? Il est précieux. Votre temps n'est-il pas bien précieux? Il est bien précieux. Voyez-vous cet arc-en-ciel? Je le vois. Voyez-vous plusieurs arcs-en-ciel? Je vois plusieurs arcs-en-ciel en même temps. Le tailleur que fait-il? Il fait un habit. Ne voyez-vous pas ce qu'il fait? Je le vois. Ces officiers qui voient-ils? Ils nous voient. Qui voyez-vous? Je vous vois. Cet enfant qui voit-il? Il me voit. Le thème de qui faites-vous? Je fais le mien; celui de qui faites-vous? Je fais celui du garçon. Celui de qui fait-il? Il fait celui de mon cousin. Le tapis de qui cet homme fait-il? Il fait celui de mon ami. Celui de qui le tailleur fait-il? Les volets de qui les charpentiers font-ils? Ils font ceux des médecins. Ceux de qui font-ils? Ils font les siens. L'enfant n'a-t-il pas les yeux bleus? Il les a bleus. Voulez-vous ce fauteuil? Non, Monsieur; je vous remercie. Voyez-vous le soleil? Je le vois. Le ciel est-il clair aujourd'hui? Il n'est pas clair; il est obscur. Le paysan qu'a-t-il? Il a un paon. Voyez-vous ce qu'il a? Je vois ce qu'il a. Qu'a-t-il? Il a ce que vous voyez. A-t-il tous les paons? Il les a tous. Cet arc-en-ciel n'est-il pas beau? Il est (bien) beau.

24.

Cherchez-vous votre beau-père ou votre beau-frère? Je ne cherche ni mon beau-père ni mon beau-frère. Votre beau-père qui cherche-t-il? Il cherche mon beau-frère. Qui cherchez-vous? Nous cherchons le gendre du capitaine. Ne cherchent-ils pas mon beau fils? Ils le cherchent. Ne cherchez-vous pas son gendre et son beau-fils? Nous les cherchons. Où est votre grand-père? Il est chez lui. Le cherchez-vous? Je le cherche. Votre grand-père que cherche-t-il? Il cherche son petit-fils. Son petit-fils où est-il? Il est chez le voisin. Voyez-vous mon petit enfant? Je vois votre petit-enfant et celui de votre frère. Voyez-vous le garçon que je vois. Je vois celui que vous voyez. Votre petit-fils cherche-t-il le taureau que je cherche? Il cherche celui que vous cherchez. A-t-il le couteau qu'il cherche? Il a celui qu'il cherche. Voit-il le couteau que voici? Il voit celui que voilà. Ne cherchent-ils pas le loup que nous voyons? Ils cherchent celui qui les voit. Voit-il le renard que j'ai? Il oit celui que vous avez. Le renard voit-il le poulet q'

vous? Je ne le touche pas. Touchez-vous jamais le loup
Je ne le touche jamais. Ce voyageur le touche-t-il jamais
Il ne le touche jamais. Ce voyageur n' a-t-il pas un bea
nom? Il a un beau nom. Son fils n' a-t-il pas le mên
nom? Il a un nom différent. Ces noms ne sont-ils p
bien différents? Ils sont bien différents. A qui parle
vous? Je parle à votre beau-père. Vous parle-t-il?
me parle. Ne nous parle-t-il pas? Il vous parle. Lui pa
lent-ils jamais? Ils ne lui parlent jamais. Ne leur parlon
nous jamais? Nous leur parlons quelquefois.

28.

Que prêtez-vous à ce musicien? Je ne lui prête rie
Vous prête-t-il son violon? Il me le prête. Est-ce q
nous vous prêtons quelque chose? Vous nous prêtez bea
coup d' argent. Ne nous le prêtez-vous pas? Nous vo
le prêtons. Votre beau-frère ne prête-t-il pas ses instr
ments au musicien? Il les lui prête. Les prête-t-il à ces éc
liers? Il les leur prête. Vous prêtent-ils quelque chos
Ils me prêtent un violon. Avez-vous le grain ou le foir
J' ai l' un et l' autre. Votre domestique n' a-t-il ni le gra
ni le foin? Il n' a ni l' un ni l' autre. Le paysan aime-t
le pain de maïs ou le biscuit? Il aime l' un et l' autr
Aimez-vous le chocolat ou le café. Je n' aime ni l' un
l' autre. Les médecins donnent-ils au malade du thé ou c
café? Ils lui donnent l' un et l' autre. Ces malades aimen
ils le beurre ou le fromage? Ils n' aiment ni l' un ni l' a
tre. Nous aimons le thé; ne l' aimez-vous pas? Je l' aim
Aiment-ils le thé et le café? Ils n' aiment que le thé. C
malade n' aime-t-il que le biscuit et le thé? Il n' aime qu
le thé. Ces paysans ont-ils le maïs et le foin. Non, Mo
sieur; ils n' ont que le maïs. N' ont-ils que le grain? I
n' ont que le grain. Aimez-vous l' air le matin? Je n' aim
pas l' air le matin. N' aimez-vous pas l' air le soir? J' aim
l' air le soir. Aime-t-il l' air du matin ou l' air du soir?
aime l' un et l' autre. N' aiment-ils ni l' un ni l' autre? I
n' aiment ni l' un l' autre. Nous n' aimons que l' air du m
tin, et ils n' aiment que l' air du soir. Le miel est doux
le sucre est doux; aimez-vous l' un et l' autre? J' aim
l' un et l' autre. Ce voyageur a-t-il le même nom que v

avez ? Il n'a pas le même nom. Ces noms ne sont-ils pas bien différents ? Ils sont bien différents.

29.

Qu' achetez-vous ? J'achète ce que vous achetez. Ce voyageur achète-t-il du grain ou du foin ? Il achète du maïs. Ces musiciens achètent-ils des violons ? Non, Monsieur ; ils achètent des livres, et nous achetons des violons. Où séchez-vous votre linge mouillé ? Je le sèche au vent et ce garçon sèche le sien au soleil. Que faites-vous ? Je sèche mes gants mouillés devant le feu. Sèchent-ils les leurs au soleil ? Ils sèchent les leurs au vent. Aimez-vous le mouton cru, bien cuit ? Je l'aime bien cuit ou mais mon cousin l'aime cru. Aimez-vous le pain chaud ou le pain froid. J'aime l'un et l'autre. Cet enfant veut-il du pain chaud ou du pain froid ? Il veut du pain chaud. Cet étranger aime-t-il ce pays ? Il l'aime. Aime-t-il le climat de ce pays-ci ? Il aime le froid de ce climat. N' aime-t-il pas le chaud de ce climat-ci ? Il n' aime pas le chaud. Où est mon fauteuil ? Il est ici devant le feu. Que voulez-vous ? Je veux du bœuf rôti. Votre frère que veut-il ? Il veut du bouillon et nous voulons du thé chaud. Ces messieurs cherchent-ils des livres ? Ils cherchent des livres et nous cherchons des crayons. Cet homme a-t-il de l'or et de l'argent? Il a de l'or et de l'argent. Achetez-vous des arbres ? J'achète des arbres. Votre ami a-t-il des arbres dans son jardin ? Oui, Mr. et j'ai des arbres dans le mien. Voulez-vous du thé ? Je ne veux pas de thé. Voulez-vous du café? Je ne veux pas de café. J'ai de bon vin et de bon cidre ; qu' avez-vous de bon ? J'ai de bon pain et de bon beurre. Avez-vous des chevaux et des bœufs? Je n'ai pas de bœufs ; mais j'ai de beaux chevaux. Votre père a-t-il des canards? Il n'a pas de canards ; mais il a des poulets et de bons dindons. Voulez-vous du sel ? Je ne veux pas de sel. Voyez-vous des oiseaux? Oui, Mr. je vois de beaux oiseaux et des oiseaux bleus.

30.

Parlez-vous de ce grenier-ci ou de celui-là? Je parle de celui-ci. *Duquel* votre oncle parle-t-il? Il parle de celui là. Duquel nos cousins parlent-ils ? Ils parlent du grand. De quels bouchons parlez-vous? Nous parlons de ceux-ci. Desquels le marchand parle-t-il? Il parle des siens. Duquel nos amis parlent-ils ? Ils parlent de ceux-ci. De quoi votre beau-père parle-t-il? Il parle de son argent. Son petit-fils de quoi parle-t-il? Il parle de ses livres. Son gendre de quoi parle-t-il? Il parle de ces animaux. A quoi pense-t-il ? Il pense à son or. A quoi pensent-ils? Ils pensent à ce qu'ils font. Ces garçons de quoi ont-ils peur ? Ils ont peur de ces chiens. Ces greniers sont-ils pleins ou vides? Ces greniers-ci sont pleins, mais ceux-là sont vides. Ces hommes ont-ils les barils pleins ou les vides? Ils ont les vides. Cherchez-vous le bouchon ? Non, Monsieur ; je cherche le fouet. Cet homme cherche-t-il des bouchons et des clous ? Il cherche des clous, mais il ne cherche pas de bouchons. Le fouet de qui cassez-vous? Je casse le mien. Celui de qui votre frère casse-t-il ? Il casse celui du capitaine. Le verre de qui cassons-nous ? Nous cassons celui du voisin. Ceux de qui cassent-ils ? Ils cassent les vôtres. Les matelas de qui achètent-ils ? Ils achètent ceux du marchand. Ceux de qui le voyageur achète-t-il? Il achète ceux du soldat. Ceux de qui achetons-nous? Nous achetons les leurs. L'ours de qui voyez-vous ? Je vois celui du paysan. Celui de qui voit-il? Il voit celui du voisin. Les billets de qui avez-vous ? J'ai ceux du marchand. Ceux de qui votre frère a-t-il ? Il a ceux de l'avocat. Voyez-vous le trou dans ce mur? Je le vois? Ce marbre là est-il dur? Il est bien dur. Aimez-vous le pain dur? Je ne l'aime pas. Avez-vous peur de cet ours-là? J'en ai peur. L'ours a-t-il peur du fouet? Il en a peur. Parlez-vous du matelas? J'en parle. Parle-t-il du billet? Il en parle. Le cheval a-t-il peur de ce trou-là? Il en a peur. Parlent-ils du long mur? Ils n'en parlent pas. Parle-t-il du pain dur? Il n'en parle pas. A quoi pensez-vous? Je pense à ce qu'il dit. Aimez-vous le bœuf bien cuit, ou cru? Je l'aime cru. Aimez-vous le chaud, ou le froid? Je n'aime ni l'un ni l'autre. Cet homme sèche-t-il son linge mouillé au soleil, ou au vent? Il le sèche devant *le feu.* Achetez-vous des bouchons? Je n'achète pas de *bouchons.* Achetez-vous du foin? J'achète de bon foin.

31.

Cette femme que tient-elle? Elle tient sa lettre. Tiens-la lettre de ta mère? Je tiens sa lettre. Tenez-vous la aise de ma sœur? Nous la tenons. Ces servantes tien-nt-elles les gants de ces dames? Elles les tiennent.)yez-vous une lettre sur cette table? Je vois une lettre et e ardoise sur cette table. Avez-vous mon ardoise ou son loise? J'ai ton ardoise. Allez-vous à l'école, ou venez-us de l'école? Je viens de l'école. Ne vient-il pas de)n école? Il vient de chez lui. Viens-tu de ton école, ou son école? Je viens du moulin. D'où venez-vous?)us venons de chez le général. Ces femmes viennent-elles chez nous? Elles ne viennent pas de chez vous. Votre re vient-elle souvent ici? Non, Monsieur; mais elle va ivent au magasin. Vos sœurs viennent-elles souvent ez ma mère? Oui, Monsieur; et elles vont souvent chez tte dame. D'où vient sa servante? Elle vient de chez . Combien de lettres tenez-vous? Je tiens deux lettres. ie tient-il? Il tient une lettre et une ardoise. Ce pauvre mme a-t-il des chaises et des tables? Il a trois chaises une table. Venez-vous de l'école? J'en viens. Nous ions du magasin; le garçon en vient-il? Il en vient. en viennent-ils pas? Ils n'en viennent pas. Parlez-us de cette école? Nous en parlons. Cette dame de oi parle-t-elle? Elle parle de ses livres. N'en parle-t-elle s? Elle en parle. Parle-t-elle de cette lettre-ci? Elle parle. Ces femmes d'où viennent-elles? Elles viennent . grenier. N'en viennent-elles pas? Elles en viennent. enez-vous des greniers pleins? J'en viens. Vient-il des les? Il n'en vient pas. Desquels vient-il? Desquels rle-t-il? Il parle des pleins. Parle-t-il des bouchons et s clous? Il en parle. Parle-t-il de cet ours? Il en rle. A quoi le domestique pense-t-il? Il pense au fouet. chetez-vous des matelas? J'achète des matelas. Vou-z-vous du pain dur? Je ne veux pas de pain dur. Je ux du pain, et je veux de bon pain. Que tenez-vous? Je ns des billets et quelques petites lettres.

32.

Allumez-vous ma chandelle ou la vôtre? Je n'allum
ni la mienne ni la vôtre. Allume-t-il la sienne ou la nôtre
Il allume la leur. Allument-ils celle-ci ou celle-là? I
allument celle-ci. Allument-ils celles-ci ou celles-là? I
n'allument ni celles-ci ni celles-là, ils allument les mienn
et les tiennes. Allumez-vous celle de la demoiselle? J'a
lume la sienne et la nôtre. De quoi remplissez-vous cet
bouteille? Je la remplis d'eau. Ne remplit-il pas la sien
de vin? Non, Monsieur; il la remplit de lait. No
remplissons notre tiroir de papier, de quoi remplissent-ils l
leurs? Ils remplissent les leurs de livres. De quoi reme
ciez-vous cet homme? Je le remercie du fruit qu'il n
donne. Nous l'en remercions; ne l'en remercient-ils pas
Ils l'en remercient. Cette femme a-t-elle peur du chier
Elle en a peur. A-t-elle peur de ces chevaux? Elle en
peur. Votre mère parle-t-elle de ces gâteaux? Elle
parle. Vos sœurs viennent-elles du magasin? Elles
viennent. Remerciez-vous ces dames de ce qu'elles vo
donnent? Je les en remercie. Qu'avez-vous sur votre t
ble? J'ai une ardoise, une lettre et deux livres, sur n
table. Cette fille qu'achète-t-elle? Elle achète des chaise
Vient-elle de l'école? Elle en vient. Va-t-elle souvent
l'école? Non, Monsieur; elle ne va pas souvent à l'écol
mais elle va souvent chez le voisin. Que faites-vous?
tiens le cheval de la demoiselle. D'où venez-vous?
viens du docteur? Cette fille, de quoi remplit-elle sa bo
teille? Elle la remplit de lait et d'eau. Ne la remplit-el
pas de vin? Elle l'en remplit. Quelle bouteille rempl
elle? Elle remplit la sienne. Remplissent-ils celle-ci
celle-là? Ils remplissent celle de la dame.

33.

Avez-vous ma plume? Je n'ai pas votre plume. Quel
plume cette fille a-t-elle? Elle a celle de la demoisell
Quelle porte ouvrez-vous? J'ouvre celle que vous ferme
Laquelle la femme ouvre-t-elle? Elle ouvre celle?
Ferme-t-elle la porte que nous ouvrons? Non, Monsi

elle ferme celle qu'ils ouvrent. Fermez-vous la porte ou la fenêtre ? Je ferme la fenêtre. Nous fermons nos fenêtres ; ferment-ils les leurs ? Ils ferment celles que la servante ouvre. Ferme-t-elle celle qui est ouverte? Elle ferme celle qui est ouverte, et elle ouvre celle qui est fermée. La porte de votre chambre n'est-elle pas ouverte ? Non, Mr. la porte de ma chambre est fermée, mais la fenêtre est ouverte. Le domestique où porte-t-il cette clé ? Il la porte dans cette chambre. Est-ce la clef de votre chambre ou de la mienne ? C'est celle de la mienne. Cette fourchette est-elle d'argent ? Non, Monsieur ; elle est de fer. Où portez-vous ces fourchettes d'argent ? Je les porte chez moi. Ces soldats portent-ils des habits rouges ? Oui, Mr. ils portent des habits rouges, mais nous portons des habits bleus. Portez-vous une lumière ? Je ne porte pas une lumière. Le soleil ne donne-t-il pas la lumière à ce monde ? Il donne la lumière au monde. Les paysans portent-ils leurs fruits à la ville ? Ils les portent à la ville. Avez-vous beaucoup d'encre ? J'ai une bouteille pleine d'encre. Votre tante où va-t-elle ? Elle va à la ville. Votre tante remplit-elle sa bouteille d'encre ? Elle l'en remplit. La remerciez-vous des fruits qu'elle donne ? Je l'en remercie. Vient-elle de la ville ? Elle en vient. Ouvrez-vous la porte qu'elle ouvre? J'ouvre celle qui est fermée. Ferme-t-elle celle que vous ouvrez ? Elle ferme celle qui est ouverte. Allumez-vous la chandelle que vous portez ? J'allume celle qu'elle porte. J'allume celle que voici sur la table.

34.

Voulez-vous de bonne soupe ? J'en veux. Votre sœur en veut-elle ? Elle n'en veut pas. Goûtez-vous de cette soupe? J'en goûte. Cette dame achète-t-elle de la soie ? Elle en achète. Achète-t-elle de bonne soie ? Elle en achète de bonne. Achetez-vous des habits neufs ? Nous en achetons des neufs. Ces femmes achètent-elles des robes neuves ? Elles en achètent des neuves. Cette servante heureuse a-t-elle une robe neuve ? Elle en a une. Cet homme heureux achète-t-il des cravates ? Il en achète deux. Cette femme *heureuse achète-t-elle de grosse toile?* Elle en achète *Ramassez-vous* ces grosses cravates? Je les ramasse. Com-

bien en ramassez-vous ? J' en ramasse trois. Ce garço
ramasse-t-il des papiers ? Il en ramasse. Appellez-vous l
garçon qui a la main grande ? J'appelle celui qui a la mai
petite. Cette dame qui a la belle figure achète-t-elle d
grosse toile ? Elle en achète. Cet homme n' a-t-il pas l
bouche bien petite ? Il a la bouche petite et la tête rond(
N' a-t-il pas la tête grande ? Il a la tête bien grande et l
figure large. Cet homme qui a la bouche petite n' achète-t-
pas des pantalons larges ? Il en achète. Combien e
achète-t-il ? Il en achète quatre. Comment appelez-vou
votre fils qui a les belles dents ? Je l'appelle Jean. C(
enfant combien de dents a-t-il ? Il en a six. N' en a-t-
pas huit ? Il n' en a pas huit. Aimez-vous la soupe ? J
l'aime. En voulez-vous ? Je n' en veux pas. Cette tabl
n' est-elle pas ronde ? Elle est ronde. Cherchez-vous d
l' encre ? J' en cherche. Remplissez-vous votre encrie
d' encre ? Je l' en remplis. Votre voisin comment appelle
t-il son fils ? Il l'appelle Pierre. Ce garçon, comment fait-i
son ouvrage ? Il le fait très-bien, (or) Il le fait bien bon.

35.

Menez-vous cette anglaise chez elle ? Je mène la fran
çaise chez elle. Mène-t-il à la ville l' anglaise ou la fran
çaise ? Il mène sa parente à la ville. Voulez-vous de l'eau
fraîche ? J' en veux. Portez-vous de l' eau fraîche à l' an
glaise ? J' en porte à cette française. Cet anglais qu 'étudie
t-il ? L' anglais étudie le français, et le français étudi(
l' anglais. Que prêtez-vous à l' anglais ? Je prête un livr(
à l' anglais, et je prête mon fusil au français. Vos voisine
mènent-elles leurs enfants à l' école ? Elles mènent leurs en
fants à l' école, et les enfants portent leurs livres à l' école
Nous étudions beaucoup; étudiez-vous beaucoup ? Je n'étu
die pas beaucoup. Vos parentes vous prêtent-elles de l'ar
gent. Elles m' en prêtent. Trouvez-vous déjà ce que vou
cherchez ? Je ne le trouve pas encore. Que trouvent
ils ? Ils trouvent leurs bonnes briques. Les trouvent-il
déjà ? Ils ne les trouvent pas encore. Votre parent(
a-t-elle déjà faim ? Elle n' a pas encore faim. Quell(
étrangère connaissez-vous ? Je connais l' étrangère don
vous parlez. Votre voisine connaît-elle celle don

parle ? Toutes mes voisines connaissent celle dont vous parlez. Connaissez-vous l'étranger qui achète la maison de brique ? Nous le connaissons. Achetez-vous la maison de bois ou la maison de brique ? J'achète celle dont vous parlez. Cet enfant ferme-t-il les paupières ? Il les ferme. N'ouvre-t-il pas les paupières ? Il n'ouvre pas les paupières. A-t-il les paupières fermées ou ouvertes ? Elles sont fermées. Combien de maisons avez-vous ? J'en ai une. Votre sœur achète-t-elle deux robes neuves ? Elle en achète deux. Cherchez-vous de grosse toile? J'en cherche. Veut-elle de l'encre rouge ou de l'encre noire ? Elle veut de la noire. Cherchent-ils des cravates blanches ou des noires ? Ils en cherchent des noires. Connaissez-vous la dame qui a la main petite et la figure jolie ? Oui, Monsieur ; et je connais aussi celle qui a la bouche petite et la tête ronde. (ou) dont la tête est ronde.)

36.

Cette jolie demoiselle est riche ; doutez-vous de cela? Je n'en doute pas. Votre voisine de quoi doute-t-elle? Elle doute de votre courage. Nous ne doutons pas de leur courage ; doutent-ils du mien ? Ils n'en doutent pas. Ceci est beau et cela est vilain ; les voyez-vous ? Je les vois. Ceci est laine et cela est soie ; lequel voulez-vous ? Je veux l'un et l'autre. Achetez-vous de la laine ou de la soie? Je n'achète ni de l'une ni de l'autre. Doutez-vous de cela? Je n'en doute pas. Cette dame n'a-t-elle pas les mains vilaines? Elle a les mains vilaines, mais la figure jolie. Aurez-vous beaucoup d'argent demain ? J'en aurai beaucoup demain. Cet homme en aura-t-il beaucoup ? Il n'en aura pas beaucoup. Aurez-vous de l'argent demain ? J'en aurai, et mon père en aura beaucoup. Quel jour est-ce aujourd'hui ? C'est lundi. N'est-ce pas mardi? (or) N'est-il pas mardi ?) Ce n'est pas mardi aujourd'hui, ce sera mardi demain. Combien de jours font une semaine ? Sept jours font une semaine, et le lundi est le second jour de la semaine. Où serez-vous demain ? Je serai chez mon beau-père. Votre beau-père sera-t-il chez lui cette semaine ? Il sera chez lui lundi et mardi. L'anglais mène-t-il le français chez lui ? Oui, Monsieur ; et le français porte ses livres chez lui. Cette française parle-t-elle déjà l' anglais ? Elle ne le parle pas encore. L' anglaise étudie-t-elle le français ? Elle l' étudie et elle le parle déjà. Connaissez-vous cet écolier français dont je parle? Je le connais. Voyez-vous les maisons de brique desquelles nous parlons ? Je ne les vois pas. Remplissez-vous votre encrier d' encre? Je l' en remplis. Le remplissez-vous d' encre rouge ou d' encre noire. Je le remplis de bleue.

37.

Aurons-nous notre argent lundi ou mardi? Nous l' aurons mercredi ou jeudi. Aurons-nous nos livres vendredi? Nous ne les aurons pas vendredi ; nous les aurons samedi. Où serez-vous dimanche ? Nous serons ici dimanche. Seront-ils chez eux cette semaine? Ils seront chez eux cette semaine et tout ce mois-ci. Ou serez-vous la semaine prochaine? Nous serons chez mon père. Vos frères où seront-ils? Ils se-ront chez eux? Auront-ils leurs livres et leurs papiers? Ils les auront. Qu' auront-ils? Ils auront leurs thèmes. Com-bien de mois font une anneé? Douze mois font une an-neé, et cinquante-deux semaines font aussi un an. Vo-tre beau-frère aura-t-il bientôt son argent? Il l' aura bientôt. Sera-t-il ici bientôt ? Il sera bientôt ici. Pensez-vous à moi? Je pense à toi. Pensez-vous à lui? Je ne pense pas à lui. Pense-t-il souvent à elle? Il pense à elle bien souvent. Nous pensons à vous ; pensez-vous à nous ? Nous pensons à vous. Penses-tu à eux? Je pense quelquefois à eux. Pensent-ils à ces dames? Ils pensent à elles. Mon frère, vas-tu à ta mère ou à ton père? Je vais à ma mère. Je vais à elle, je ne vais pas à lui. Re-venez-vous à moi? Je ne reviens pas à vous, je vais à eux. Venez-vous à nous, ou revenez-vous à vos sœurs? Je re-viens à elles. Reviennent-elles à vous? Elles reviennent à nous. Revient-il à vous, ou revenez-vous à lui. Nous revenons à lui. Qu' avez-vous de nouveau? J' ai un nou-veau cheval et de nouveaux livres ? Avez-vous un nouvel ami? J' en ai un nouveau. Restez-vous ici? Je reste ici. *Votre nouvel ami reste-t-il ici?* Il reste ici. Nous restons *chez nous* aujourd' hui. Vos frères restent-ils chez eux? *Non, Mr. ils* vont à l' école. Demeurez-vous à la ville? Non,

Mr., je demeure à la campagne. Votre ami où demeure-t-il?
Il demeure à la campagne. Nous demeurons dans la ville.
Ces dames où demeurent-elles? Elles demeurent dans la
ville.

38.

Quand irez-vous à Boston? J'irai la semaine prochaine.
Serez-vous à la Nouvelle Orléans le huit de Janvier? Je
serai ici le huit de Janvier. Où irez-vous le neuf de Février? J'irai le neuf à Boston. Cet homme ira-t-il à New
York le dix de Mars? Il ira à New York le onze de Mai.
Ira-t-il à la campagne le douze d'Avril? Non, Monsieur;
il ira à la campagne le treize ou le quatorze de Juin. Irez-
vous à la ville Juillet prochain? J'irai à la ville le quinze
ou le seize de Juillet. Serez-vous chez moi le dix-sept
d'Août. Non, Mr.; mais je serai chez vous le dix-huit ou le
dix-neuf de Septembre. Votre père sera-t-il chez lui le vingt
et le vingt-un d'Octobre? Nous serons chez nous le vingt-
deux et le vingt-trois d'Octobre. Quel quantième du mois
avons-nous aujourd'hui? C'est le vingt-quatre de Novembre. Quel jour du mois aurons-nous lundi? Nous aurons
lundi le vingt-sept, et mardi ce sera le vingt-huit. Irez-vous
à l'école le vingt-neuf de Décembre? Non, Mr. le maître
d'école nous donne congé pour trois jours, le vingt-neuf, le
trente et le trente-un de Décembre. Les enfants aiment-ils
avoir du congé? Les enfants aiment avoir du congé, et les maî-
tres d'écoles aiment l'avoir aussi. Faites-vous cela pour moi?
Je fais ceci pour vous et cela pour lui. Achetez-vous de la
gomme élastique (*caoutchouc*)? Je n'en achète pas. Voulez-vous de la gomme élastique? J'en veux. Où envoyez-
vous le domestique? Je l'envoie chez lui. Nous envoyons
de l'argent à ce pauvre homme; votre père lui en envoie-t-il?
Il lui en envoie, et mes frères lui en envoient aussi.

39.

Mettez-vous votre vin dans la cave? Je l'y mets. Met-il
ses livres sur la table? Il les y met. Nous mettons nos
papiers *dans le tiroir*; y mettez-vous les vôtres? Nous y
mettons les nôtres. Y mettent-ils les leurs? Ils les y me

tent. Va-t-il à la cave ? Il y va. Vont-ils au grenier ? Ils n'y vont pas. Qui va au marché ? Le domestique y va. Y va-t-il à présent ? Il y va à présent. Que faites-vous à présent ? J'écris des billets. Les envoyez-vous chez le voisin ? Je les y envoie. Les y envoyez-vous à votre ami ? Je les lui y envoie. M'y en envoyez-vous ? Je ne vous y en envoie pas. Y en envoyez-vous aux dames ? Je leur y en envoie. Le marchand envoie-t-il des livres à la campagne ? Il y en envoie. Nous y en envoie-t-il ? Il y en envoie à vous et à moi. Y en envoie-t-il à toi ? Il ne m'y en envoie pas ; il vous y en envoie. Prenez-vous ce billet de banque ? Je le prends. Cet homme ne le prend-il pas ? Il le prend, mais nous ne le prenons pas. Je prends mon livre ; celui de qui prenez-vous ? Je ne prends celui de personne. Il prend celui de quelqu'un ; ne prenez-vous celui de personne ? Je prends celui de quelqu'un, mais ils ne prennent celui de personne. Allez-vous à la banque ? Je n'y vais pas ; je vais à l'église. Où est l'église ? Elle est dans la rue Jackson. Demeurez-vous dans la rue Jackson ? Je n'y demeure pas ; je demeure dans la rue Charles. Où est votre frère ? Il est à la chasse. Allez-vous à la chasse ? Je n'y vais pas ; je vais à la pêche. Allez-vous à la pêche à présent ? J'y vais à présent et demain j'irai à la chasse. Irez-vous dimanche à l'église ? J'irai dimanche, et lundi j'irai à l'école. Irez-vous à l'école française, ou à l'école de danse ? Je vais à l'une et l'autre. Je vais à l'école française le lundi, et à l'école de danse le mardi.

40.

Est-ce que je fais trop de bruit ? Vous en faites trop. Est-ce que je sors souvent ? Vous sortez bien souvent. Est-ce que je choisis bien ? Vous choisissez très-bien. Est-ce que je sors le matin ? Vous sortez le matin et le soir. Sort-il trop souvent ? Il sort trop souvent. Sortons-nous quand vous sortez ? Non, Monsieur ; vous sortez tout seul, et ils sortent tout seuls. Est-ce que je ne fais pas facilement mon *ouvrage* ? Vous faites votre travail tout seul, et vous le *faites très-facilement*. Le charpentier fait-il son ouvrage facilement ? Il le fait facilement. Quel fruit choisissez-vous ?

choisis des figues, mais mon ami choisit des pommes.
oisissent-ils ces pommes-de-terre-ci, ou celles-là ? Ils
isissent celles-là. Choisissent-ils le mouchoir de batiste
celui de soie ? Je choisis celui de batiste. Cette femme
oisit-elle la robe de mousseline ou celle d'indienne ? Elle
oisit celle de batiste et la paysanne choisit celle d' indienne.
-t-elle besoin de robes ? Elle en a besoin. Veut-elle celles de
ousseline ou celles d'indienne ? Elle ne veut ni les unes ni
s autres. Voulez-vous de la soie ou de la batiste ? Je veux
une et l'autre. Avez-vous besoin de gants ? Je n' en ai
s besoin. De quoi avez-vous besoin ? J' ai besoin d' ar-
nt. Le domestique porte-t-il vos pommes de terre à la
ve ? Il les y porte. Met-elle cette indienne dans le tiroir ?
lle l'y met. Ce garçon que fait-il ? Il va le lundi à l'école
ançaise, le mardi à l'école de danse, il va à la pêche le
ercredi, il va à la chasse le jeudi, et il va à l'église le diman-
he. Dans quelle rue demeure-t-il ? Il demeure dans la rue
ean. Prenez-vous cet argent ? Je ne le prends pas.
Portez-vous le billet de banque à la banque ? Je l'y porte.

41.

Mettez-vous votre chapeau là sur la table ? Je l'y mets.
Met-il le sien ici sur le banc ? Il l'y met. Portent-ils leurs
ivres chez eux ? Ils les y portent. Mènent-ils le cheval à
a rivière ? Ils l'y mènent. Est-ce que je choisis le jam-
on gras ou le maigre ? Vous choisissez le gras, et votre
ami choisit le maigre. Aimez-vous mieux le jambon gras
que le maigre ? J'aime mieux le jambon maigre que le
gras. Lequel aime-t-il le mieux, le gras ou le maigre ? Il
aime mieux le gras. Pourquoi plaignez-vous cet étranger ?
Je le plains parce qu'il est aveugle. Pourquoi le français
plaint-il cette étrangère ? Il la plaint parce qu'elle est sourde
et muette. Nous la plaignons parce qu' elle n' a pas d' amis.
Plaignent-ils cet aveugle ? Non, Monsieur ; ils plaignent
cet sourd-muet. Ceux qui sont sourds sont-ils toujours
muets ? Ceux qui sont sourds ne sont pas toujours muets.
Cet homme-ci est-il aveugle comme celui-là ? Celui-ci est
plus aveugle que celui-là. Cette fille-ci est-elle aussi sourde
que celle-là ? Elle est aussi sourde que celle-là. Elle est plus
ourde que celle-là ? Pourquoi cet homme veut-il de l'eau

Il en veut parce qu'il a soif. Connaissez-vous ce sourd ou ce muet? Je ne connais ni l'un ni l'autre; je connais cet aveugle. Cet homme n'a-t-il pas l'œil noir comme le charbon? Il a l'œil noir comme le charbon. Fait-il bien sa tâche? Il la fait comme cela. Ce soldat n'est-il pas hardi? Il est hardi comme un lion. Ce soldat-ci est-il hardi comme celui-là? Il est plus hardi que celui-là. Cet écolier-ci fait-il sa tâche aussi bien que celui-là? Il la fait mieux que celui-là. Le levain fait-il lever le pain? Il le fait lever. Pourquoi lève-t-il la fenêtre. Il la lève parce qu'il a chaud. Avez-vous de bon levain? Je n'en ai pas. Cette dame sort-elle toute seule? Elle sort toute seule. Laquelle est-ce que je choisis la mousseline ou la batiste? Vous ne choisissez ni l'une ni l'autre, vous choisissez l'indienne.

42.

Cet écolier a-t-il autant d'esprit que moi? Il n'a pas autant d'esprit que vous. Ai-je autant de jugement que lui? Vous avez autant de jugement que lui. Ont-ils autant de goût que nous? Ils ont moins de goût que nous, mais ils ont autant de jugement. Cet écolier a-t-il autant de goût que d'esprit? Il n'a ni goût ni esprit. Comment fait-il le thème? Il le fait très-bien. Le fait-il mieux que moi? Il le fait mieux que vous. Font-ils les leurs mieux que nous? Ils font les leurs aussi bien que vous. Fait-elle le sien aussi bien que lui? Elle fait le sien mieux que lui. Est-ce que je fais le mien aussi bien qu'elle? Vous faites le vôtre très-bien, vous le faites aussi bien qu'elle, et mieux qu'eux. Avez-vous plus de beurre que de pain? Non Monsieur; j'ai moins de beurre que de pain. Avez-vous moins de vin que d'eau? J'ai plus de vin que d'eau. Mangez-vous peu de foie? Je mange peu de foie, mais je mange beaucoup de poisson? Cet homme a-t-il du foie? Il en a un peu. Avez-vous assez d'assiettes? J'ai assez d'assiettes, mais je n'ai pas assez de cuillers. Avez-vous plus de cuillers que de fourchettes? J'ai plus de fourchettes que de cuillers. Ne mangent-ils pas plus de bœuf que de mouton? Ils mangent plus de bœuf que de mouton, mais nous mangeons plus de mouton que de bœuf. Cet homme fait-il mieux son ouvrage que vous ? Je fais mieux mon travail que lui, et je fais un meilleur ouvrage que lui. Ce paysan n' a-t-il ni esprit ni jugement ? Il n' a ni esprit ni jugement. Ce pauvre homme n' a-t-il ni pain ni argent ? Il n'a ni l' un ni l' autre. De quoi doutez-vous ? Je doute du goût de cet homme. Doute-t-il de ce dont vous doutez ? Il doute de ce dont je doute. Parlent-ils de ce dont nous parlons ? Ils parlent de ce dont nous parlons. Pourquoi battez-vous votre domestique ? Je le bats parce qu'il ne fait pas son travail. Qui battez-vous ? Nous battons ce garçon. Le paysan bat-il son bœuf ? Il le bat, et ces hommes battent leurs chevaux.

43.

Cette bouteille est-elle carrée ou ronde ? Elle est ronde. Voyez-vous ce trou carré ? Je le vois. Ce puits carré est-il bien profond ? Il n' est pas bien profond ; mais ce puits rond est bien profond. Avez-vous peur de cette rivière profonde? J' en ai peur. Cette pomme est-elle aigre ? Elle n' est pas aigre, elle est amère. Ce chocolat est-il amer ? Le chocolat est amer et le lait aigre. Voulez-vous du vinaigre ? Je veux cette salade. Voulez-vous du vinaigre et de l' huile pour votre salade ? Je veux du vinaigre, mais je ne veux pas d' huile. Avez-vous beaucoup d' huile ? Je n' en ai pas beaucoup, mais j' en ai assez. Aimez-vous la salade? Je ne l' aime pas. Remplissez-vous de vinaigre cette tasse de porcelaine? Je l' en remplis. Votre oncle achète-t-il les pantalons étroits ou les larges ? Il achète les étroits. Les soldats demeurent-ils dans cette rue étroite ? Ils y demeurent. Ce jeune tailleur sait-il la grammaire? Il sait la grammaire et l' histoire. Combien de langues savez-vous? J' en sais plusieurs. Savez-vous ce que vous faites ? Nous savons ce que nous faisons. Ces étrangers savent-ils la grammaire et l' histoire ? Ils ne savent ni la grammaire ni l' histoire, mais ils savent l' arithmétique. Le fils du charpentier étudie-t-il l' arithmétique ? Il l'étudie. Achetez-vous un chandelier de porcelaine ? J' en achète un de porcelaine fine. Cet enfant que casse-t-il ? Il casse mon chandelier de porcelaine. Avez-vous autant de vinaigre que d' huile? J'ai plus de vinaigre que d' huile. Le boulanger a-t-il a

tant d' assiettes que de cuillers ? Il a autant des unes que
des autres. Le pêcheur a-t-il autant de poissons vivants que
de morts ? Il a moins de poissons vivants que de poissons
morts. Savez-vous autant de langues que moi ? Je en sais
plus que vous. Votre fils sait-il sa leçon aussi bien que le
mien ? Il la sait aussi bien que lui.

44.

Qu'étudiez-vous ? J'étudie la géographie et l'histoire.
La géographie est-elle nécessaire pour savoir l'histoire ?
Elle est très-nécessaire. Avez-vous des cartes de géographie ? J'en ai plusieurs. L'écolier et sa sœur étudient-ils
les cartes de géographie ? Ils les étudient. Le médecin
sait-il bien les mathématiques ? Il sait bien la géometrie.
L'arithmétique et la géométrie ne sont-elles pas des parties
de mathématiques ? Ce (elles) sont des parties de mathématiques. Sait-il toutes les parties des mathématiques ?
Il sait la géométrie mais il ne sait pas toutes les parties des
mathématiques. Recevez-vous des lettres tous les jours ?
J'en reçois tous les jours. Nous recevons notre argent tous
les jours, reçoit-il le sien tous les jours ? Il ne reçoit pas le
sien tous les jours, mais ils reçoivent le leur tous les jours.
Le maçon et le pêcheur vont-ils quelque part ? Ils ne vont
nulle part. Allez-vous quelque part ? Je ne vais nulle
part. Où mettez-vous vos cartes de géographie ? Je les
mets dans le tiroir. Le garçon où met-il les siennes ? Il
les met sur le plancher et sur le foyer. Prenez-vous soin de
ces livres ? J'en prends soin. Le domestique prendra-t-il
soin de mon cheval ? Il en prendra soin. Qui prendra
soin de ces papiers ? Vous et moi nous en prendrons soin.
Lui et moi nous irons chez nous ; où irez-vous ? Je n'irai
nulle part. Le garçon et l'ouvrier iront-ils quelque part ? Ils
iront chez eux. Pleut-il ? Il pleut. Ne pleut-il pas ? Il
ne pleut pas. Savez-vous s'il pleuvra ? Je ne sais pas s'il
pleuvra ? Pensez-vous qu'il pleuvra lundi ? Je pense qu'il
pleuvra demain. Que ferez-vous demain ? Je ferai demain
mon ouvrage. Vous et moi que ferons nous demain ? Nous
ferons nos thêmes. Votre beau-frère que fera-t-il mardi ?
Il ne fera rien. Les fermiers que feront-ils mercredi ? Ils
iront chez eux mercredi. Mon frère et moi nous recevo

notre argent tous les jours ; vous et votre frère recevez-vous
le vôtre tous les jours ? Lui et moi nous recevons le nôtre
tous les jours.

45.

Avez-vous un atlas ? J'en ai un. Combien de cartes
cet atlas contient-il ? Il en contient douze. Combien de
pages ce livre contient-il ? Il en contient quatre cents.
Combien de lignes cette page a elle ? Elle en a trente.
Achetez-vous une maison de brique ou de pierre ? J'en
achète une de pierre. Combien de chambres cette maison
de pierre contient-elle ? Elle en contient douze. Cette
pierre est-elle dure ? Elle est bien dure. Conduisez-
vous cette dame chez-elle ? Je l'y conduis. Le domestique conduit-il le monsieur à sa chambre ? Il l'y conduit.
Où conduisez-vous ces étrangers ? Nous les conduisons au
théâtre. Conduisent-ils ces dames au bal. Ils les y condu-
isent. Conduisez-vous cette demoiselle au théâtre ou au
bal ? Je la conduis au bal. Traduisez-vous le livre latin ?
Je traduis le livre français. Votre cousin traduit-il du latin
en anglais ? Il traduit de l'anglais en français. Nous
traduisons le livre allemand ; que traduisent-ils ? Ils tra-
duisent de l'espagnol en anglais. Savez-vous traduire de
l'allemand en espagnol ? Non, Monsieur ; je ne sais pas
l'allemand, mais je sais traduire de l'espagnol en anglais.
Ces écoliers traduisent-ils bien du latin en anglais ? Non,
Monsieur ; ils ne savent pas le latin. Où est le vent ? Il
est au nord. Le vent n'est-il pas au sud ? Il n'est pas au
sud. Est-il à l'est ou à l'ouest ? Il n'est ni à l'est ni a
l'ouest. Est il au nord ou au sud ? Il est au nord, mais il
sera au sud demain. Ne sera-t-il ni à l'est ni à l'ouest ?
Il ne sera ni à l'est ni à l'ouest. Admirez-vous l'allemand autant que l'espagnol ? Je l'admire plus que l'espagnol. Nous admirons le général ; les soldats l'admirent-
ils ? Ils l'admirent. Sentez-vous le vent ? Je sens le vent
et le froid. Cet enfant sent-il la chaleur ? Il ne la sent
pas. Nous sentons le froid ; le sentent-ils. Ils ne le sentent
pas. Quand aurez-vous votre argent ? Je l'aurai tout de
suite. *Faites-vous* votre ouvrage à présent ? Je ne le fais
pas à présent, mais je le ferai tout de suite. Sortez-vous un

de suite ? Je sors tout de suite. Voyez-vous l'aile de cet oiseau? Je la vois. N'a-t-il pas l'aile forte? Il l'a bien forte. Mon cheval est il aussi fort que le vôtre? Il est plus fort que le mien.

46.

Que vendez-vous? Je vends mon cheval et ma selle. Le charpentier vend-il son marteau et sa scie? Il les vend. Nous vendons nos oranges et nos pommes ; que vendent les libraires? Ils vendent leurs livres, leur plumes et leur papier. Que me rendez-vous? Je vous rends l'assiette, le couteau et la fourchette. Que nous rend la maîtresse de la maison? Elle nous rend les oranges et les noix. Nous vous rendons plus d'oranges que de noix ; vous rendent-ils plus de celles-ci que de celles-là? Ils me rendent autant des unes que des autres. Montez-vous sur cette montagne? J'y monte. Cette montagne n'est-elle pas haute? Elle n'est pas haute. Le libraire monte-t-il sur le toit de sa maison? Il y monte souvent. Le toit de la maison est-il aussi haut que cette montagne? Il n'est pas aussi haut. Cette selle est-elle de cuir? Elle est de cuir. Me rendez-vous la scie et le bois? Je vous les rends. Les mouches aiment-elles le miel? Elle l'aiment. Les mouches aiment-elles le miel mieux que le vinaigre? Elles l'aiment mieux que le vinaigre. Combien d'ailes la mouche commune a-t-elle? Elle en a deux. Le soleil et la lumière ne sont-ils pas communs à tous les hommes? Ils sont communs. Entendez-vous une voix? J'entends une voix. Quelle voix entend-il? Il entend une voix qui l'appelle. Nous entendons un grand bruit ; l'entendent-ils aussi. Ils l'entendent aussi. Cette couleur n'est-elle pas belle. Elle est belle. Quelle couleur aimez-vous le mieux? J'aime le bleu le mieux, parce que c'est la couleur du ciel. La maîtresse de la maison vous rend-elle votre atlas? Elle me le rend. La conduisez-vous au théâtre de pierre? Je l'y conduis. Combien de pages ce livre latin que vous traduisez contient-il? Il en contient trois cents. Allez-vous au bal? J'y vais. Où est le *vent?* Il est au sud. Admirez-vous la couleur de l'aile de *cet oiseau?* Je l'admire. L'Allemand traduit il le livre *espagnol.* Il le traduit. Sentez-vous le froid? Je sens le

oid, parce que le vent vient du nord. Aurez-vous votre
rgent tout de suite? Je l'aurai tout de suite.

47.

Cet homme n'a-t-il pas le bras fort? Il l'a fort. N'avez-
ous pas le bras long et le front haut? J'ai le front haut,
nais je n'ai pas le bras long. Reconnaisses-vous l'homme
qui a le corps gros et le front bas? Je le reconnais. A-t-il
e corps sain? Il a le corps sain. Le soldat porte-t-il son
iusil sur le dos? Il en porte un sur le dos et un autre à
'(dans) la main. N'a-t-il pas le dos courbé? Il l'a courbé.
N'avez-vous pas les doigts plus petits que moi? J'ai les
doigts plus petits que vous, mais vous avez la bouche plus
petite que moi. Cet homme n'a-t-il pas les doigts enflés?
Il les a enflés. Cette dame n'a-t-elle pas la bouche belle?
Elle a la bouche belle, mais elle a le cou trop long. N'ai-je
pas le cou enflé? Vous avez le cou enflé. Ce cheval n'a-
t-il pas les jambes enflées? Il ne les a pas enflées. N'a-t-il
pas les jambes trop grosses? Il les a trop grosses. N'avez-
vous pas le cou plus blanc que moi? Je ne l'ai pas plus blanc
que vous. N'avez-vous pas les cheveux plus noirs que moi?
Je les ai plus noirs que vous. Cet enfant a-t-il le corps
sain? Il l'a sain. Reconnaissez-vous cet homme? Je le
reconnais. Admirez-vous cette dame qui a le bras blanc et
la main petite? Je l'admire. Quelqu'un peut-il prévoir tous
les accidents? Personne ne peut prévoir tous les accidents.
Rendrez-vous ses livres au libraire? Je les lui rendrai.
Votre frère vendra-t-il son meilleur cheval? Il ne le vendra
pas. Reconnaîtrons-nous nos vieux amis? Nous les recon-
naîtrons. Ces étrangers monteront-ils demain sur cette
haute montagne? Ils iront demain. Entendrez-vous la
voix de la maîtresse de la maison quand elle vous appellera?
Je l'entendrai. L'entendrons-nous aussi? Vous l'entend-
rez aussi. Où le vent sera-t-il demain? Il sera à l'est
demain. Le vent sera-t-il à l'ouest mercredi? Je ne
sais où il sera. Sentirez-vous le vent quand il sera au
nord? Je le sentirai. Conduirons-nous les dames au
bal ou au théâtre? Nous les conduirons chez elles. Ces
hommes achèteront-ils des maisons de brique ou des maisons
de pierre? Ils achèteront des maisons de bois. Traduirez-
vous le livre latin? Je le traduirai.

48.

Cet homme ne voyage-t-il pas beaucoup ? Oui, Monsieur ; il va partout. Dieu n' est-il pas partout ? Il est partout. Dites-vous du bien de moi ? Je dis du bien de vous partout où je vais. Trouvez-vous beaucoup de mal dans le monde ? Je trouve beaucoup de bien et beaucoup de mal partout où je vais. Que boit votre ami ? Il boit de l' eau. Nous buvons de la bierre ; que buvez-vous ? Je bois de l'eau et du thé. Vos cousins boivent-ils de la bierre ? Non, Monsieur ; ils boivent de l'eau et du vin. Dites-vous du bien de mon frère. J'en dis du bien. Que dit cet homme de moi ? Il dit du mal de vous partout où il va. Ne disons-nous pas du bien de ces hommes ? Nous disons du bien d'eux, et ils disent du bien de nous. Que dites-vous ? Je dis qu'il pleuvra bientôt. Ce voyageur dit-il la vérité ? Il dit toujours la vérité. Tous les hommes cherchent-ils la vérité ? Tous les hommes aiment la vérité ; mais tous les hommes ne la cherchent pas. Me dites-vous votre secret ? Je vous le dis. Vous dit-il ses secrets ? Il n'a pas de secrets. Savez-vous l' Espagnol parfaitement ? Non, Monsieur ; je le sais mieux que mon frère, mais je ne le sais pas parfaitement. Connaissez-vous quelqu'un qui parle l'Allemand parfaitement. Oui, Monsieur ; le maître le parle parfaitement. Ce voyageur a-t-il beaucoup de crédit ? Il n'a pas de crédit. A-t-il beaucoup d' argent ? Il n'a ni argent ni crédit. Mettez-vous le charbon sur le foyer ? Je le mets dessus. Met-il le bâton sous la table ? Il le met dessous. Le met-il dessus ou dessous ? Il le met dessus. Faisons-nous nos thèmes bien ou mal ? Vous les faites bien. Les fesons nous très-bien ? Vous faites les vôtres très-bien, mais ces écoliers font les leurs très-mal. Cet ouvrier fait-il mal son ouvrage. Il le fait bien mal. Ce diamant jaune n' a-t-il pas beaucoup d'éclat ? Il en a beaucoup. Admirez-vous l'éclat de ce diamant ? Je l'admire. Le voyageur boira-t-il de l' eau ? Il en boira. Me direz-vous toute la vérité ? Je vous la dirai. Où voyagerons-nous ? *Nous* voyagerons partout. Reconnaîtront-ils leur vieux *amis ?* Ils les reconnaîtront. Aurez-vous soin de ces enfants ? J'en aurai soin.

49.

Ecrivez-vous avec une plume ou avec de la craie? Je n'écris ni avec une plume ni avec de la craie. Cet écolier écrit-il avec de la craie? Il écrit avec du charbon. N'écris-tu pas trop vite? Non, Monsieur; les écoliers écrivent plus vite que moi. Apprenez-vous à écrire avec un crayon? J'apprends à écrire avec une plume. Votre frère qu'apprend-il? Il apprend la grammaire et l'arithmétique, et mes cousins apprennent le latin et le français. Votre sœur aime-t-elle à étudier? Elle aime à écrire mais elle n'aime pas à étudier. Aurez-vous beaucoup à faire demain? J'aurai beaucoup à faire vendredi. L'écolier cherchera-t-il à trouver le maître? · Il cherchera à le trouver. Donnerons-nous quelque chose à faire à cet ouvrier? Nous lui donnerons quelque chose à faire? Ces horlogers apprendront-ils à faire de bonnes horloges? Ils apprendront à en faire de bonnes. Cette horloge n'ira-t-elle pas bien? Elle ira mal. Cet horloger n'écrit-il pas trop vite? Il écrit vite, mais il n'écrit pas trop vite. Cette viande a-t-elle bon goût? Elle a goût de venaison. L'étranger veut-il de la morue? Il en veut. Veut-il de la morue? Non, Monsieur; il préfère de la venaison. Aiment-ils mieux la viande que la morue? Ils préfèrent la morue? Cette demoiselle n'a-t-elle pas le visage pâle? Elle l'a pâle. Ma sœur n'a-t-elle pas le teint frais? Elle l'a frais. Admirez-vous cette dame? Je l'admire; elle a le teint frais, mais la maîtresse de la maison a le visage trop pâle.

Ce voyageur va partout; trouve-t-il de bons hommes partout où il va? Buvez-vous autant de bière que d'eau? La maîtresse de la maison dit-elle du bien de ses voisins? Ne disons-nous pas toujours la vérité? Savent-ils votre secret? Mettez-vous votre parapluie sur le banc ou dessous? Le mettez-vous dessus. Votre beau-fils admire-t-il l'éclat de ce diamant? Aura-t-il beaucoup de crédit? Ces écoliers apprendront-ils la géographie et l'histoire. L'arithmétique et la géométrie ne sont-elles pas parties des mathématiques?

50.

Que vendent-ils dans ce magasin? Ils y vendent de la soie et de la toile. Que fait-on ici? On y fait des cho

peaux et des souliers. Fait-on ici du beurre et du fromage?
On y en fait. Savez-vous ce que l'on cherche ici? On y
cherche de l'or. Que vendra-t-on dans ce magasin? On
y vendra du vin et de la bière. Que dira-t-on de vous s
vous faites cela? On dira du mal de moi. Liront-ils de
bons livres chez vous? Ils y en liront. Lisez-vous beau
coup? Je ne lis pas beaucoup, mais j'étudie beaucoup
Lit-on des livres Français chez-vous? On y lit des livre
Français et des livres Allemands. Nous cherchons à lir
leur écriture, savent-ils lire la nôtre? Ils savent lire notre
écriture, mais ils n'aiment pas à la lire. Lisons-nous plu
qu'eux? Ils lisent plus que nous. Cette écriture n'est
elle pas belle? Elle est belle. Ce monsieur n'a-t-il pa
l'air agréable? Il a l'air agréable. Cet étranger a-t-i
l'air agréable? Non, Monsieur; il a l'air d'un petit-mai
tre. Ce lion n'a-t-il pas l'air méchant? Il a l'air mé
chant. Ce voyageur a-t-il l'air d'un écolier? Il n'a pa
l'air d'un écolier; il a l'air d'un petit-maître. Viendrez
vous me voir? Je viendrai vous voir et mes cousins vien
dront aussi. Cet écolier a-t-il une bonne mémoire? Il a
une bonne mémoire. A-t-il plus de jugement que de mé
moire? Il a plus de mémoire que de jugement. Voulez
vous la moitié de ce bouilli? Non, Monsieur; je préfère le
rôti. Votre ami préfère-t-il le bouilli? Il le préfère. L'Eu
rope, l'Asie et l'Afrique ne comprennent-elles pas la moiti
du monde? Elles en comprennent la moitié. La vie de
l'homme n'est-elle pas courte? Elle est courte. Quelle
vie cet homme mène-t-il? Il mène une vie triste. Com
prenez-vous ce que vous lisez. Je comprends ce que je lis
et ces enfants comprennent ce qu'ils lisent. L'ancien con
tinent que comprend-il? Le continent de l'ancien mond
comprend l'Europe, l'Asie et l'Afrique, et celui du nouvea
monde contient l'Amérique du nord et l'Amérique du sud
L'ancien continent est-il plus grand que le nouveau conti
nent? Il est plus grand. L'Amérique du nord (septentri
onale) est-elle plus grande que l'Amérique du sud (méridi
onale)? Elle est plus grande. Irez-vous quelque par
demain? Pleut-il? Pleuvra-t-il? Le vent est-il a l'es
ou à l'ouest? Ces horlogers feront-il de bonnes horloges
Irez-vous voir votre frère tous les jours? Avez-vous soin d
ces enfants? Ce puits profond est-il rond ou carré?

51.

Croyez-vous cet homme ? Je le crois. Le maître croit-il
e que nous disons ? Il croit tout ce que vous dites. Nous
royons que vous dites la vérité ; ne le croient-ils pas ? Ils
e croient. Croirez-vous ce que je dirai ? Je le croirai.
Viendrez-vous me voir mercredi ? Je viendrai vous voir
eudi ou vendredi. Ne viendront-ils pas ici demain. Ils y
viendront aujourd' hui. Quand l' Américain viendra-t-il ici ?
Il y viendra bientôt, et nous y viendrons aussi. L' Américain est-il caporal ? Il est capitaine. Etes-vous avocat ?
Non, Monsieur ; je suis médecin. Ces voyageurs sont-ils
Français ? Ils sont Espagnols. Cet homme est-il charpentier ? Il n' est pas charpentier, il est horloger. Cet Allemand est-il matelot ? Non, Monsieur ; il est marchand.
Menez-vous une vie heureuse ? Je mène une vie heureuse,
et ce méchant homme mène une vie malheureuse. Ce pauvre homme est-il heureux ? Il est heureux, et cet homme
riche est malheureux. Y' a-t-il beaucoup de bonheur dans le
monde ? Il y a beaucoup de bonheur et beaucoup de malheur aussi dans le monde. Ya-t-il plus de malheur que de
bonheur dans le monde ? Non, Monsieur ; il y a plus de
bonheur que de malheur dans le monde. N' y a-t-il pas de
médecine sur votre table ? Il y en a. Y a-t-il beaucoup
de livres dans ce tiroir ? Il n' y en a pas beaucoup. Combien d' écoliers y a-t-il dans cette école ? Il y en a deux
cents. N' y a-t-il pas trop de médecine chez vous ? Il y
en a trop. Cet arbre n' est-il pas tout sec ? Il est tout sec.
Voulez-vous du poisson sec ? Je veux de la morue sèche.
Cet homme aime-t-il le plaisir ? Il aime le plaisir et il le
cherche. Ces pommes n' ont-elles pas beaucoup de jus ?
Elles ont beaucoup de jus ; mais ces oranges ont plus de
jus qu' elles n' en ont. La France, l' Espagne, l' Allemagne
et l' Angleterre ne sont-elles pas des royaumes d' Europe ?
Elles sont des royaumes d' Europe. La France et l' Espagne
ne sont-elles pas de beaux royaumes. Ce sont de beaux
royaumes, et l' Allemagne et l' Angleterre sont belles aussi.

Le nouveau continent ne comprend-il pas l' Amérique
septentrionale et l' Amérique méridionale ? L' Asie n' est-elle
pas plus grande que l' Afrique ? Cet Espagnol n' a-t-il pa

l' air d' un petit-maître?   Votre frère lit-il beaucoup?   A-t-il
une bonne mémoire ?   Savez-vous lire l' Allemand.

52.

Y a-t-il beaucoup de républiques dans le monde ?   Les
Etats-Unis forment une grande république, mais il n' y en a
pas beaucoup.   Y a-t-il quelque chose de nouveau dans la
république des lettres ?   Il n' y a rien de nouveau.   Demeure-t-il dans les Etats-Unis de l' Amérique du nord ?   Il
y demeure.   Va à l' école mon fils, n' y vas-tu pas ?   J' y
vais.   Fermez la porte et ouvrez la fenêtre.   Mettez votre
livre sur la table et cherchez votre chapeau.   Parlez à cet
homme.   Venez ici.   Tenez ce cheval.   Allons chez nous.
Buvons de l' eau.   Lisons ce livre.   Achetons des pommes.
Fermons la fenêtre.   Ouvrons la porte.   Va à ta mère.
Viens à ton père.   Parle à ton frère.   Etudiez votre leçon.
Faites votre ouvrage.   Ecrivons nos thèmes.   N' écrivez
pas si vite.   Cet homme aime-t-il le plaisir ?   Il l' aime.
Y a-t-il beaucoup de plaisirs innocens?   Il y en a beaucoup
d' innocens et beaucoup de criminels.   N' avez-vous pas la
gorge enflée?   J' ai la gorge enflée.   Buvez de l' eau;
n' avez-vous pas la gorge sèche ?   Je l' ai sèche.   Pourquoi
n' entrez-vous pas dans cette chambre ?   Je n' y entre pas
parce qu' il y a trop de gens (monde).   Entrons dans ce
magasin, et achetons quelque chose de neuf.   Y aura-t-il
beaucoup de monde chez vous dimanche?   Il y en aura
beaucoup demain et mardi.   Y aura-t-il un bal chez le voisin ?   Il y en aura un.   Pourquoi cet homme a-t-il l' air
gai?   Il a l' air gai parce qu' il a beaucoup d' argent.
N' a-t-il pas l' air ivre?   Il a l' air ivre.   N' a-t-il pas l' air
gai ?   Il n' a pas l' air gai, il a l' air ivre.   Saurez-vous bientôt écrire et parler le Français ?   Je saurai bientôt le parler,
et mon frère saura bientôt le parler aussi.   Nous saurons
faire notre ouvrage ; sauront-ils faire le leur ?   Il le sauront.
Cet homme n' a-t-il pas beaucoup de sagesse.   Il en a beaucoup.   Admirez-vous sa sagesse ?   Je l' admire.   Combien
de lignes forment un triangle.   Trois lignes forment un triangle.   Aimez-vous les fleurs?   Je les aime.   N' y a-t-il
pas de fleurs dans la cour de devant?   Il y a des fleurs
dans la cour de devant, et des arbres dans la cour de derrière

N' y a-t-il pas de fleurs dans la cour de derrière ?   Il n' y en a pas.

53.

Allumez la lampe.   Allumez-la.   Allumons-la.   Allumons les lampes.   Allumons-les.   Allumez-les.   Allume ta lame.   Donnez-moi le pain.   Donnez-m' en.   Donnez-le-lui.   Donnez-lui-en.   Rendez-nous nos livres.   Rendez-les-nous.   Menez le cheval à la rivière.   Menez-y-le.   Menons-y-le.   Envoyez des lettres à vos frères.   Envoyez-leur-en.   Envoyons-leur-en.   Envoyez-les à votre frère.   Envoyez-les-lui.   Porte tes livres à l' école.   Porte-les-y.   Porte-les à ta sœur.   Porte-les-lui.   Porte-lui-en.   Ne courez-vous pas trop vite ?   Je ne cours pas trop vite.   L' Américain court-il aussi vite que le Français.   Ils courent l' un aussi vite que l' autre.   Ne courons-nous pas mieux que lui ?   Nous courons mieux que lui.   Courez-vous aussi vite que moi ?   Je courrai plus vite que vous.   Courrons nous après cet homme ?   Nous ne courrons pas après lui, mais les soldats courront après lui, et le garçon courra après lui.   Avez-vous du fruit chez vous ?   Nous avons des poires, des pêches et des fraises.   Aimez-vous les poires ?   J' aime les poires, mais j' aime mieux les pêches que les poires, et les fraises mieux que les pêches.   Y a-t-il des arbres dans votre cour ?   Il y a des rosiers dans ma cour de devant, et des pommiers, des poiriers et des pêchers dans la cour de derrière.   Quels arbres y a-t-il dans votre jardin ?   Il y a des rosiers, des pommiers, des pêchers et des poiriers.   Combien de lignes forment un carré ?   Quatre lignes forment un carré et une ligne forme un cercle.   Combien de mains avez-vous ?   J' en ai deux, la main droite et la gauche.   J' ai aussi deux pieds, le pied droit et le gauche.

Croyez-vous tout ce que l' on dit ?   Verrez-vous l' Américain mercredi ?   Y a-t-il plus de bonheur que de malheur dans le monde.   La France, l' Espagne, l' Angleterre, et l' Allemagne ne. sont-elles pas des royaumes d' Europe ?   Les Etats-Unis de l' Amérique septentrionale ne forment-ils pas une grande république.

54.

Cet homme a-t-il le cœur content? Il l' a content. Etes-vous mécontent de moi? Non, Monsieur; je suis content de vous. Le musicien est-il mécontent parce qu' il a mal à l'oreille? Il est mécontent parce qu' il a mal aux yeux. Qu'avez-vous? J'ai mal au pied. Avez-vous mal à la langue? Je n'y ai pas mal; j'ai mal au doigt. Qu'a cet homme? Il a mal au bras gauche. A-t-il mal à la main droite? Il n'y a pas mal. Ces garçons qu' ont-ils? Ils ont mal aux pieds. Ont-ils mal aux doigts? Ils n'y ont pas mal. Ce musicien a-t-il l' oreille juste? Il l'a juste. Cette musique charme toutes les oreilles; l' entendez-vous? Je l'entends. Aimez-vous la musique? Je l' aime beaucoup. Apportez-moi les pêches. Apportez-les-moi. Ne me les apportez pas. Apportez-m' en. Ne m' en apportez pas. Porte les poires à ton frère. Porte-les-lui. Ne les lui portez pas. Portez-lui-en. Ne lui en portez pas. Envoyons les fraises chez nous. Envoyons-les-y. Ne les y envoyons pas. Envoyons-y-en. N' y en envoyons pas. Ce pauvre homme ne va-t-il pas mourir? Il va mourir de misère. Ce cheval ne mourra-t-il pas de faim? Il en mourra. Ces pauvres enfants ne meurent-ils pas de froid? Ils en meurent. Donnez-moi quelque chose à lire, car je meurs d'ennui. Je vous donnerai quelque chose à (de quoi) lire. Est-ce que je ne mourrai pas si je bois tout cela? Vous mourrez si vous le buvez. Ce malade meurt-il de misère? Il en meurt. Avez-vous eu mon parapluie? Je l' ai eu. Nous avons eu notre argent; les soldats ont-ils eu le leur? Ils ont eu le leur, et le caporal a eu le sien. Avez-vous été au marché? J'y ai été. Nous avons été à la rivière; nos amis y ont-ils été? Ils y ont été, et le capitaine y a été aussi.

55.

Avez-vous vu le général? Je l' ai vu. Cet écolier a-t-il fait son thème. Non, Monsieur; il est paresseux; il ne l' a *pas fait.* N'ont ils pas voulu acheter votre maison? *Ils ont voulu* l' acheter mais nous n' avons pas voulu la vendre. *Avez-vous* donné son argent à cet homme? Je le lui ai donné. A-t-il cherché son gant ? Il ne l'a pas cherché. Quelqu'un a-t-il touché à mon fruit ? Personne n'y a touché. Nous avons parlé a vos frères ; nous ont-ils parlé ? Ils vous ont parlé. Les écoliers ont-ils aimé le maître. Ils l'ont beaucoup aimé. Qu'avez-vous acheté au magasin ? J'ai acheté des poires, des pêches, des pommes et des fraises. Où ont-ils séché leur linge ? Ils ont séché le leur devant le feu ; et nous avons séché le nôtre au soleil. Qu'a-t-il cassé ? Il a cassé sa fenêtre. Y a-t-il de pauvres hommes qui ne vivent que de pommes de terre ? Il y en a beaucoup. Chacun ne vit-il que pour lui-même ? Non, Monsieur ; chacun vit pour le bonheur des autres. De quoi vivez-vous ? Je vis de viande et de pain, et de bien d'autres choses. Le vice n'est-il pas odieux de lui-même ? Le vice est odieux de soi, (lui-même,) et la vertu est aimable de soi (d'elle-même.) Ce domestique gras n'a-t-il pas l'air paresseux ? Il a l'air paresseux. Pourquoi cet écolier n'a-t-il pas étudié sa leçon ? Il n'a pas étudié parce qu'il est paresseux. Connaissez-vous cette dame qui est bien aimable ? Je ne la connais pas, mais je l'ai souvent vue. Qu'avez-vous ? J'ai le mal de dents. Avez-vous souvent le mal de dents ? Je n'ai pas souvent le mal de dents, mais j'ai souvent mal à la tête. Qu'a votre frère ? Il a le mal de cœur parce qu'il a mangé trop de fruit. A-t-il souvent le mal de cœur ? Il n'a pas souvent le mal de cœur, mais il a souvent le mal de tête, et quelquefois mal aux dents.

56.

Pouvez-vous me dire où est mon frère. Je ne puis vous dire où il est. Ce garçon peut-il faire ses thèmes. Il peut les faire bientôt. Nous pouvons faire nos thèmes, peuvent-ils faire les leurs ? Ils peuvent faire les leurs. Pouvez-vous apprendre toutes vos leçons ? Je peux les apprendre toutes très-bien. Votre ami pourra-t-il apprendre les siennes ? Il pourra les apprendre. Pourrez-vous faire vos thèmes demain ? Je pourrai les faire aujourd'hui. Connaissez-vous cet homme qui a le dos courbé ? Je le connais bien. Avez-vous connu celui qui a les genoux faibles ? Je l'ai connu. Avez-vous connu ses frères ? Je les ai connus. Cet homme a le dos courbé, n'a-t-il pas les jambes faibl aussi? Il les a faibles. Puis-je vous être utile? Vous pouvez m'être utile. Ce garçon vous sera-t-il utile? Il me sera bien utile. Cet homme sort-il sans chapeau? Il sort sans chapeau. Sortirez-vous sans parapluie? Je ne sortirai pas sans parapluie? Tiendrez-vous ces chevaux? Je les tiendrai. À-t-il rempli les barils d'eau? Il les en a rempli. Avez-vous remercié les dames des fleurs? Je les en ai remerciées. Les domestiques ont-ils ouvert les fenê-tres? Ils les ont ouvertes. Ont-ils ouvert la porte? Ils l'ont ouverte. Avez-vous étudié le français? Je l'ai étudié. Avez-vous beaucoup étudié la grammaire Fran-çaise? Je ne l'ai pas étudiée beaucoup. Y a-t-il des roses dans votre cour de devant? Il y a des roses? Quels arbres y a-t-il dans votre cour? Il y a des rosiers et des arbres-verts. La dame a-t-elle chanté cette chanson? Elle l'a chantée. A-t-elle chanté toutes ces chansons? Elle les a chantées toutes. Aurez-vous des arbres-verts dans votre cour de der-rière. J'y en aurai.

Avez-vous vu l'homme qui a les cheveux noirs? L'avez-vous vu? Ont-ils fait leur thèmes? Les ont-ils faits? Avez-vous voulu les pommes? Les avez-vous voulues.

57.

Qu'est-ce qui cause cela? Le vent le cause. Qu'est-ce qui cause (fait) tant de bruit? Les enfants le font. Qu'est-ce qui cause ce grand bruit? Les chiens le causent. Qui fait tant de tapage? Les soldats le font. Ne faites pas tant de tapage. Nul homme vivant ne sait cela. Je n'ai guère d'argent, m'en prêterez-vous? Non, Monsieur; je n'ai que cinq gourdes. Ce pauvre homme n'a guère d'ar-gent, lui en donnerez-vous? Je ne lui donnerai que deux dollars. Connaissez-vous mes amis? Je ne connais aucun de vos amis. Entreprenez-vous aucune chose sans argent? Je n'entreprends aucune chose (rien) sans argent. Entre-prend-il d'apprendre le Français. Il entreprend de l'ap-prendre. Ont-ils honte d'aller chez ce pauvre homme. Ils ont honte d'y aller. N'a-t-il pas l'air d'être riche. Il a l'air d'être riche. Avez-vous peur de parler à cet homme? Je n'ai pas peur de lui parler. Choisira-t-il de prendre ces gants ou de les laisser? Il choisira de les prendre. Entre-

renez-vous d'apprendre l'allemand sans maître? Je
' entreprends pas de l'apprendre. Pourquoi votre ami est-
.si joyeux? Il est joyeux de me voir. De quoi vous parle-
-il? Il m'a parlé d'acheter une maison neuve. Pré-
érez-vous d'aller chez vous, ou de rester ici? Je préfère
le rester ici. Où est son fils? Il l'a laissé à Paris. Où
ivez-vous laissé votre vieil ami? Je l'ai laissé à la cam-
)agne. Où avez-vous mis vos livres? Je les ai mis sur la
able. Où a-t-il mis ses plumes neuves? Il les a mises
lans le tiroir. Qui a pris ma cravate? Je l'ai prise.
Quels gants avez-vous choisis? J'ai choisi ceux-là.
Quelles pommes avez-vous choisies? J'ai choisi celles-là.
Quels chiens avez-vous battus? J'ai battu ceux que vous
avez battus. Avez-vous reçu ma lettre. Je l'ai reçue.
Avez-vous reçu les siennes? Je les ai reçues. Quand re-
cevrons-nous notre argent? Vous recevrez le vôtre quand
il recevra le sien.

58.

L'écolier a-t-il su sa leçon? Il l'a sue très-bien. Avez-
vous su son secret? Je ne l'ai pas su. Où avez-vous conduit ces hommes? Je les ai conduits à l'église. Où a-t-il
conduit ses sœurs? Je ne les a conduites nulle part. Quels
livres ont-ils traduits? Ils ont traduit les livres que vous
avez traduits. Avez-vous reçu vos lettres? Je les ai reçues. Avez-vous rendu ses livres à cet homme? Je les
lui ai rendus. Votre frère et votre père ont-ils vendu leurs
maisons? Ils les ont vendues. Avez-vous entendu ces
oiseaux? Je les ai entendus. Avez-vous reconnu ces
hommes? Je les ai reconnus. Qui a bu cette eau? Je
l'ai bue. Qui vous a dit la nouvelle. Mon beau-frère me
l'a dite. Me direz-vous la nouvelle? Je vous l'a dirai.
Promettez-vous de venir chez moi souvent? Je promets
d'y venir tous les jours. Viendrez-vous par le bateau ou à
pied. Je viendrai à cheval. Promettez-vous de venir par le
bateau à vapeur? Je viendrai par le bateau à vapeur ou
par le chemin de fer. Ne voyage-t-on pas très-vite quand
ou va par le chemin de fer? On voyage bien vite par le
chemin de fer. Aimez-vous mieux aller à cheval ou à pied?
J'aime mieux aller à pied. Pensez-vous à moi? J'y (je)

pense (à vous.) Pensez-vous à moi souvent? J'y (je) pense (à vous) bien souvent. Pensez-vous à cet homme tous les jours? Je n'y (ne) pense pas (à lui) tous les jours. Qu'est-ce qui a causé tout ce bruit? Je ne sais pas ce qui l'a causé. Cet homme entreprend-il aucune chose sans argent? Il entreprend de voyager sans argent. Ce garçon travaille-t-il tous les jours? Il travaille tous les jours et lit tous les soirs. Va-t-il à l'église tous les dimanches? Il y va tous les trois jours. Ces enfants ne boivent-ils pas toutes les cinq minutes? Ils boivent toutes les heures. Avez-vous pris ma plume? Je l'ai prise. A-t-il mis les plumes sur la table? Il les y a mises.

59.

Votre père est-il arrivé? Oui, Monsieur; il est arrivé la nuit dernière. Où est-il allé ce matin? Il est allé au magasin. Ces hommes malades sont-ils morts? Ils sont morts. Vos sœurs sont-elles venues? Elles ne sont pas encore venues, mais elles viendront bientôt. Votre mère est-elle revenue de la campagne. Elle est revenue. Quand les soldats arriveront-ils? Ils sont déjà arrivés. Votre frère est-il allé à l'école? Il y est allé. Quand votre voisin est-il mort? Il est mort ce matin à six heures. A quelle heure ses enfans sont-ils venus ici? Ils sont venus ici à neuf heures et demie. A quelle heure votre sœur est-elle allée au théâtre? Elle y est allée à huit heures, et elle est revenue à minuit moins vingt minutes. Quel tems fait-il? Il fait bien beau tems. Ne fait-il pas trop froid? Il fait froid, mais il ne fait pas trop froid. Quel tems fera-t-il demain? Il fera chaud demain. Ne fait-il pas un tems frais? Il fait frais à présent, mais il fera bientôt chaud. Fait-il jour? Il fait jour. Ne fait-il pas nuit? Il ne fait pas nuit, mais il fera bientôt nuit. Fait-il du vent? Il fait du vent, et il fait bien sec. Fera-t-il de l'orage demain? Il ne fera pas d'orage demain. Pleut-il? Non, Monsieur; il fait beaucoup de poussière. Ce pauvre homme a-t-il beaucoup d'argent? Il n'a guère d'argent. Combien en a-t-il? Il n'a que vingt sous. Ne lui en donnerez-vous pas. Je n'ai pas un sou. Avez-vous une demi-gourde? J'ai une gourde et demie. Quelle heure est-il. Il est midi. N'est-il pas un heure? Il est une heure moins un quart. Est-il deux heures? Il est deux heures et demie. Est-il quatre heures? Il est cinq heures moins cinq minutes. N'est-il pas six heures moins un quart. Il est six heures et un quart. N'est-il pas minuit? Il est minuit et dix minutes. Les écoliers sont-ils venus à l'école à neuf heures? Ils sont venus à huit heures et un quart. Est-il midi moins vingt-cinq minutes. Il est midi moins vingt-cinq minutes.

60.

Pourquoi vous chauffez-vous? Je me chauffe parce que j'ai froid. Se lave-t-il souvent? Il se lave tous les matins. Ne nous habillons-nous pas souvent? Vous vous habillez souvent. Se rasent-ils? Non, Monsieur; le barbier les rase. Le barbier ne vous rase-t-il pas? Non, Monsieur; je me rase moi-même. Ne vous lavez-vous pas souvent quand il fait chaud? Je me lave tous les matins et tous les soirs quand il fait chaud. Est-ce que je ne me chauffe pas souvent quand il fait froid? Vous vous chauffez souvent et votre ami se chauffe souvent quand il fait froid. Pourquoi vous lavez-vous si souvent? Nous nous lavons souvent parce qu'il fait de la poussière. Cet enfant se fatigue-t-il souvent? Il se fatigue quand il court. Ne te fatigues-tu pas? Je me fatigue beaucoup. Voici votre livre. Voilà votre cahier. Cherchez-vous votre chapeau le? voilà. Voici vos pommes. Les voici. Voilà vos gants. Les voilà. Voici le livre que je veux. Le voici. Voilà des pêches; en voulez-vous? Voilà ce que je veux. Voilà l'homme que vous voulez voir. Avez-vous écrit votre lettre. Je l'ai écrite. Cet écolier a-t-il appris l'espagnol? Il l'a appris. Avez-vous lu ces livres? Nous les avons lus. Les étrangers ont-ils cru ces histoires? Ils les ont crues. Les écoliers ont-ils su leurs leçons. Ils les ont sues très-bien. L'ouvrier a-t-il pu faire tout son ouvrage? Il a pu le faire tout. Pourquoi êtes-vous si fatigué? Je suis fatigué parce que j'ai beaucoup couru.

61.

Aimez-vous que j'aie soin de vos papiers? J'aime que vous en ayez soin. Aimez-vous que le domestique ait soin

de votre cheval? J'aime qu'il en ait soin. Voulez-v
que nous ayons vos livres? Je veux que vous les ay
Aime-t-il que les enfants aient ces pommes? Il veut qu'
les aient. Avez-vous peur que je ne sois malade? J
peur que vous ne soyez malade. Avez-vous peur que vo
fils ne soit malade? Je n'ai pas peur qu'il soit mala
Voulez-vous que nous soyons bientôt prêts? Je veux q
vous soyez bientôt prêts. N'avez-vous pas peur qu'ils
soient pas prêts? Je n'ai pas peur qu'ils ne soient p
prêts. Désirez-vous que j'aille au magasin? Je désire q
vous y alliez. Désirez-vous que le domestique aille
marché? Je désire qu'il y aille. Voulez-vous que no
allions à la rivière? Je ne veux pas que vous y alliez.
veut-il que les enfans aillent? Il veut qu'ils aillent à l'éco
Comment votre ami passe-t-il son tems? Il le passe à li
Comment ces hommes paresseux passent-ils leur tems?
le passent à manger, à boire et à jouer. Comment vo
amusez-vous avec les enfans? Je m'amuse à leur con
(dire) des histoires. Vous amusez-vous à étudier les matl
matiques? Non, Monsieur; je m'amuse à écrire età li
Nous nous amusons à aller an théâtre, s'amusent-ils à y al
aussi. Ils s'amusent à travailler. Peut-on apprendre
Français sans étudier? On ne peut pas l'apprendre sa
étudier. Apprenez-vous la géographie sans voyager?
l'apprends sans voyager. Quand êtez-vous arrivé en vill
J'y suis arrivé ce matin à huit heures moins un quart, et m
frère est arrivé à neuf heures et demie. Où est-il allé?
est allé chez mon père. Voilà notre père. Le voilà. Vo
vos livres. Les voici. Voilà l'homme de qui vous av
parlé.

62.

Croit-il que je vienne. Il ne croit pas que tu viennes.
croit que tu viens. Croyez-vous qu'il vienne? Je cr
qu'il vient. Croient-ils que nous venions? Ils ne croi
pas que nous venions, ils croient que le maître vient. Ci
ent-ils que vous veniez chez eux? Ils ne croient pas q
j'y vienne. Croient-ils que leurs amis y viennent?
croient qu'ils y viennent. Dites-vous qu'il fasse son
voir? Je dis qu'il le fait. Espère-t-il que nous fassions

ouvrage? Il espère que nous le fassions. Affirmez-vous qu'ils fassent toujours leur devoir? Je n'affirme pas qu'ils le fassent toujours. Que faites-vous? Je me lave les mains et le visage. Que fait cet enfant? Il se chauffe les pieds. Vous coupez-vous les ongles? Je me les coupe. Que font ces hommes? Ils se coupent les ongles et se lavent les mains. Qu'avez-vous? Je me suis cassé le bras. Cet enfant ne s'est-il pas coupé le doigt? Il se l'est coupé. Nous nous sommes lavé les mains, vous êtes vous lavé les vôtres? Nous ne nous les sommes pas lavées. Les dames se sont-elles chauffé les pieds? Elles se les sont chauffés. Ce méchant garçon ne s'est-il pas cassé le cou? Non, Monsieur; il ne s'est pas cassé le cou, mais il s'est cassé la jambe. Ne se cassera-t-il pas le cou? Il se le cassera. Cet enfant n'a-t-il pas brûlé ses souliers. Il a brûlé ses souliers et il s'est brûlé les pieds aussi. En se chauffant les pieds se les brûle-t-il? Il se les brûle. En vous chauffant les mains vous les brûlez-vous. Lisez-vous en mangeant. Je lis en mangeant. Etudie-t-il en travaillant. Il étudie en travaillant. Ne parlons-nous pas en écrivant? Vous parlez en écrivant. Les oiseaux ne chantent-ils pas en volant? Ils chantent en volant. Les oiseaux ne volent-ils pas hant en chantant. Ils volent quelquefois hant en chantant. Vous chauffez-vous en lisant? Je me chauffe en lisant. Cet homme se coupe-t-il le visage en se rasant? Il se coupe souvent le visage en se rasant. Qu'a ce domestique? Il s'est brûlé les doigts en faisant le feu.

63.

Est-il juste que je meure? Il est juste que vous mouriez. Ce méchant fils veut-il que son père meure? Ils veut qu'il meure. Faut-il que nous mourions? Il fant que vous mouriez. N'est-il pas dommage que nos chevaux meurent? Il est dommage qu'ils meurent. Est-il possible que je reçoive mon argent? Il est possible que vous le receviez. Est-il important qu'il reçoive cette lettre? Il importe qu'il la reçoive. Suffit-il (est-il suffisant) que nous recevions notre argent? Il ne suffit pas que nous recevions le nôtre; il faut qu'ils reçoivent le leur aussi. Où étiez-vous l'été passé? J'étais à la campagne. Où était votre père l'hiver passé (dernier.) Il était en ville. Où étiez-vous la semaine dernière? Nous étions chez nous. Vos frères étaient-ils chez eux aussi? Ils étaient chez eux. Déjeunez vous de bonne heure dans le printemps? Je déjeune de bonne heure dans le printemps. Vos amis déjeunent-ils de meilleure heure dans le printemps qu'en automne? Non, Monsieur; ils déjeunent de meilleure heure en automne que dans le printemps. A quelle heure déjeunerons-nous en hiver? Nous déjeunerons à sept heures et demie en hiver, et à six et demie en été. Que faisiez-vous quand votre ami est arrivé? Je dînais (j'etais à dîner) quand il est arrivé. Dînez-vous de bonne heure? Je dîne à deux heures. Ne dormiez-vous pas quand nous déjeunions? Non, Monsieur; je soupais aussi Dormez-vous beaucoup en été et en automne? Je dors beaucoup en été et en automne et dans le printemps aussi. Est-ce que je n'écrivais pas (n'étais pas à écrire) pendant que vous lisiez? Vous vous chauffiez pendant que je lisais (j'étais à lire.) Se chauffait-il les pieds quand il a brûlé ses souliers. Il se les chauffait. Ne faisions nous pas le feu quand nous nous sommes brûlé les doigts? Vous le faisiez (fesiez.) Dînaient-ils ou soupaient-ils quand vous êtes arrivé? Ils étaient à souper, (soupaient). Vôtre fils était-il chez lui quand il s'est cassé la jambe? Il y était. Etiez-vous chez vous quand ils vous ont appelé? J'y étais.

64.

Vous en irez-vous avant que votre père ne vienne? Je m'en irai avant qu'il ne vienne. Pourquoi votre père vous donne-t-il de l'argent? Il nous donne de l'argent afin que nous achetions des chevaux. Dormirez-vous jusqu'à ce qu'il vienne? Je ne dormirai pas, je lirai jusqu'à ce qu'il vienne. Serez-vous content quoique vous n'ayez pas d'argent? Je serai content. Cet homme ne sera-t-il pas content en cas qu'il soit riche? Il ne sera pas content. Voulez-vous que votre fils aille au théâtre? Je ne veux pas qu'il y aille. Apportez-moi le meilleur livre qu'il y ait sur votre table. Appelez le premier domestique qui vienne. *Ne faut-il* pas que nous fassions nos thèmes? Il faut que *nous les* fassions. Voulez-vous que vos enfans reçoivent *beaucoup* d'argent? Je ne veux pas qu'ils en reçoivent

acoup. Importe-t-il qu' ils reçoivent leur argent ? Il
orte qu' ils le reçoivent. A quelle heure déjeuniez vous
nd vous étiez à la campagne. Je déjeunais toujours à
t heures, je dînais à deux heures et demie et je soupais
ept heures et un quart. Où était votre frère quand vous
arrivé ? Il était chez lui. Que fesait-il ? Il dormait.
ez-vous vécu long-temps en Europe ? J' y ai vécu quatre
. Quel âge aviez-vous quand vous êtes arrivé dans ce
s ? J' avais dix-huit ans. Quel âge avait votre frère ?
vait vingt-deux ans. Quel âge a-t-il à présent ? Il a
gt-cinq ans. Où vous promeniez-vous quand vous avez
contré mon frère ? Je me promenais dans la rue Jack-
. Les bons sont-ils toujours admirés ? Ils sont toujours
irés et aimés. Votre thème est il déjà fini. Il n' est
encore fini, mais il sera bientôt fini. Toutes mes lettres
-elles été reçues ? Elles ont toutes été reçues. Vos
sons ont-elles été vendues ? Elles n' ont pas été ven-
s, mais elles seront vendues vendredi. Vous en allez-
s ? Je m' en vais. Votre ami s' en va-t-il ? Il ne s'en
pas. Nous nous en allons ; vous en allez-vous aussi ?
ne m' en vais pas, mais ces étrangers s' en vont. Vous
irez-vous avant que je m' en aille ? Je m' en irai à
t heures et dix minutes. Vous en irez-vous de meilleure
re (plutôt) ? Je ne m' en irai pas de meilleure heure.
ient-ils que nous nous en sommes allés ? Ils croient
nous nous en sommes allés.